M. Leighton
Amor ardente

Tradução
Ana Lima

1ª edição
Rio de Janeiro-RJ / São Paulo-SP, 2023

VERUS
EDITORA

Copidesque
Lígia Alves

Revisão
Marina Wendel de Magalhães

Título original
Some Like It Wild

ISBN: 978-65-5924-128-6

Copyright © M. Leighton, 2014
Todos os direitos reservados.

Tradução © Verus Editora, 2022
Direitos reservados em língua portuguesa, no Brasil, por Verus Editora. Nenhuma parte desta obra pode ser reproduzida ou transmitida por qualquer forma e/ou quaisquer meios (eletrônico ou mecânico, incluindo fotocópia e gravação) ou arquivada em qualquer sistema ou banco de dados sem permissão escrita da editora.

Verus Editora Ltda.
Rua Argentina, 171, São Cristóvão, Rio de Janeiro/RJ, 20921-380
www.veruseditora.com.br

CIP-BRASIL. CATALOGAÇÃO NA FONTE
SINDICATO NACIONAL DOS EDITORES DE LIVROS, RJ

L539a
Leighton, M.
  Amor ardente / M. Leighton ; tradução Ana Lima. - 1. ed. - Rio de Janeiro : Verus, 2023.
  (Wild ; 2)

Tradução de: Some Like It Wild
Sequência de: Amor indomável
Continua com: Amor que não se apaga
ISBN 978-65-5924-128-6

1. Romance americano. I. Lima, Ana. II. Título. III. Série.

22-81206
CDD: 813
CDU: 82-31(73)

Meri Gleice Rodrigues de Souza - Bibliotecária - CRB-7/6439

Revisado conforme o novo acordo ortográfico.

Seja um leitor preferencial Record.
Cadastre-se no site www.record.com.br e receba informações sobre nossos lançamentos e nossas promoções.

Atendimento e venda direta ao leitor:
sac@record.com.br

Agradeço a Deus pelos homens do sul, como o meu marido,
pelas garotas do sul, como as que eu conhecia,
e pela série do sul que fez tudo começar para mim.

1
Laney

Quatro anos antes, no verão

— Qual é, Laney. Você precisa viver um pouco. Daqui a algumas semanas você faz dezoito anos e vai embora para a faculdade. É a última feira da sua adolescência. Não quer que este verão seja inesquecível?

— Sim, mas isso *não* inclui ir presa por beber antes da idade legalmente permitida. — Tori, minha melhor amiga, me lança aquele olhar que diz que eu não tenho salvação. — Que foi? — pergunto, na defensiva. — Papai me mataria.

— Eu imaginava que os filhos de um pastor seriam insanamente rebeldes.

— Eu posso ser rebelde — digo a ela, evitando seus olhos azuis descrentes. — Só não quero ser rebelde *agora*.

— Quando, então? Quando você vai fazer alguma coisa? *Qualquer coisa?* Você não vai sobreviver a um semestre longe, na faculdade, se não aprender algo do mundo agora, Laney.

Mordo o lábio inferior. Não me sinto preparada para a faculdade. Mas a questão é que eu *não quero* fazer nada rebelde. Tudo o que eu sempre quis da vida foi encontrar o cara perfeito por quem eu me apaixonasse para casar, construir uma família e viver feliz para sempre. E eu não preciso de rebeldia para conseguir nenhuma dessas coisas. Entretanto, analisar a expressão de Tori me faz sentir esquisita por não querer quebrar as regras. Pelo menos um pouquinho. Mas ela não entende meus sonhos. Ninguém entende, na verdade. Com exceção da minha mãe. Ela também era assim quando tinha a minha idade e encontrou tudo o que queria da vida quando conheceu o meu pai.

— Vamos lá, Laney. Só desta vez.

— Por quê? Qual a grande diferença de fazer isso aqui? De fazer agora?

— Porque eu quero *com ele*.

— Por quê? — pergunto novamente. — Qual é a diferença?

— Porque eu tenho uma queda por ele faz anos, essa é a diferença. Ele foi embora por causa da faculdade, e eu nunca mais o vi. Mas agora ele está aqui. E eu preciso de alguém para ser o cupido. — Como não cedo, ela pressiona: — Por favooooorrr. Por mimmmm.

Eu suspiro. Preciso dar crédito a Tori por ser uma manipuladora muito talentosa. É uma maravilha eu *não ser* uma rebelde descontrolada. Ela me convence a fazer coisas que eu não quero fazer *o tempo todo*. Só que, até agora, foram coisas bem inocentes. Ser filha do pastor e ter pais tão severos dificulta que eu me meta em problemas *demais*. Tori deveria estar feliz por causa disso. Se não fosse pelas restrições colocadas sobre ela indiretamente por ser minha amiga, a esta altura ela talvez fosse uma criminosa drogada e grávida.

Mas ela não é. Em parte por minha causa e por minha influência "domadora". E são essas diferenças gritantes em nossa personalidade que fazem com que sejamos tão amigas. Uma equilibra a outra perfeitamente. Ela me mantém alerta. Eu a mantenho longe do reformatório.

— Tá — resmungo. — Vamos lá. Mas se ele nos entregar, vou pôr a culpa em você.

Tori dá um gritinho e pula, seus peitões ameaçando sair pelo decote profundo da camisa.

— Por que você simplesmente não se aproxima e faz o que tá fazendo agora algumas vezes? Tenho certeza que ele te daria o que você quisesse.

— Isso vem depois — diz Tori, bagunçando a franja loira e arqueando as sobrancelhas.

Reviro os olhos quando começamos a atravessar a feira. Ao chegarmos perto da caminhonete em que o cara sem camisa está descarregando engradados, pergunto de novo a Tori:

— Quem é ele mesmo?

— Jake Theopolis.

— Theopolis? Como o pomar de pêssegos Theopolis?

— Sim, é da família do Jake.

— Por que eu não lembro dele?

— Porque seus hormônios estavam dormindo no primeiro ano. Ele era veterano. O irmão mais velho de Jenna Theopolis. Jogava beisebol. Namorou quase todas as garotas gostosas.

— Menos você — digo antes de Tori.

Ela sorri e bate com o cotovelo na minha costela.

— Menos eu.

— E você tem certeza que ele não vai nos meter em problemas?

— Tenho. Ele era um bad boy. Qualquer coisa que a gente pense em fazer eu garanto que ele já fez dez vezes pior. — Paramos alguns passos atrás de Jake, e ouço Tori sussurrar: — Meu Deus, olha isso.

Então eu olho.

Consigo entender por que Tori o acha atraente. A pele bronzeada reluz sob o sol da Carolina do Sul. Os músculos bem definidos do peito e dos ombros ondulam enquanto ele pega um engradado de trás da caminhonete, e a barriga tanquinho se contrai quando ele vira para deixá-lo no chão. O jeans surrado, pairando baixo nos quadris estreitos, nos fornece uma visão quase indecente da fina trilha de pelos que segue a partir do seu umbigo e desaparece depois do cós da calça.

Mas então as palavras de Tori voltam e eu me desinteresso imediatamente. Tori disse que ele é um bad boy. E não estou interessada em bad boys. Eles não cabem nos meus planos. Não mesmo. De nenhum jeito. É por isso que não preciso me preocupar por ter me sentido atraída.

Mesmo ele sendo muuuuito gostoso.

9

Tori limpa a garganta quando nos aproximamos.

— Oi, Jake.

A cabeleira escura de Jake se vira na nossa direção, enquanto ele interrompe o trabalho para secar a testa. Ele olha para Tori primeiro.

— Oi — responde, com o palito de dentes preso no canto da boca. Sua voz é baixa e rouca. O sorriso é educado, e eu penso comigo mesma que ele é bem bonito, mas nada que justifique a insistência de Tori em puxar assunto.

Mas então ele olha *para mim*.

Ainda que semicerrados sob o sol forte, seus olhos roubam meu fôlego. No rosto bronzeado emoldurado pelo cabelo preto, eles impressionam. O tom âmbar é como mel, mel que eu sinto chegar até meu estômago — quente e pegajoso.

— Oi — ele repete, um dos cantos da boca se curvando num sorriso convencido.

Por algum motivo, não consigo pensar em nada para dizer. Nem mesmo em um cumprimento casual, algo que diria para qualquer desconhecido. Eu o encaro por vários longos segundos até que, finalmente, ele dá uma risadinha abafada e se volta para Tori.

— Qual o problema dela?

— Humm, ela só é tímida.

— Tímida? — pergunta, voltando a atenção para mim. E eu quase desejo que ele não o tivesse feito. Minha barriga segue cheia de líquido quente e começo a ficar sem ar. — Hum, eu não encontro meninas tímidas com muita frequência.

De canto de olho, vejo Tori balançar a mão com desdém.

— É, ela vai se soltar já, já. Na verdade, é mais ou menos por isso que nós estamos aqui.

Jake volta o olhar para Tori, me libertando da prisão que são seus estranhos olhos. Respiro devagar e profundamente para me situar.

— Ah, eu preciso ouvir isso — diz ele, se recostando na caçamba da caminhonete e cruzando os braços. Não consigo não notar quando seus bíceps incham com o movimento.

Tori se aproxima dele e sussurra:

— A gente estava meio que esperando que você nos vendesse uma garrafa desse vinho de pêssego. Só entre nós, sabe?

Ele olha de Tori para mim e de novo para ela antes de se abaixar para pegar uma garrafa.

— Uma dessas? Para ela se soltar?

— Isso. Certeza que vai dar certo.

Os olhos dourados de Jake se voltam para mim enquanto ele se apruma devagar, até ficar da altura normal.

— Eu não acredito em você. Não acho que ela vá beber vinho. — O olhar dele para na minha boca e depois percorre meu pescoço, meus seios, até chegar à minha barriga e às minhas pernas nuas. Fico pensando no que ele está vendo: somente o vestido tomara que caia verde-claro, que realça meu bronzeado? Ou ele está imaginando o que há por trás? O que tem por baixo das minhas roupas? Por baixo da minha pele? — Ela parece ser uma garota boazinha. E garotas boazinhas não bebem.

Jake ter sido tão preciso ao me classificar mexe comigo por algum motivo. Fico imediatamente na defensiva, encolho a barriga, estufo o peito e arrebito o queixo.

— Como? Não passo de uma garota simples do interior, é isso que você quer dizer?

Ele dá de ombros, seus olhos não se desviam dos meus.

— Estou errado?

— Sim — declaro, insolente, embora seja uma grande mentira. — Você não poderia estar mais enganado.

Uma sobrancelha escura fica arqueada em desafio.

— Ah, é? Então me prova.

Orgulhosa demais para recuar, arranco a garrafa dos dedos dele, desenrosco a tampa e viro, dando um gole demorado.

É só vinho artesanal feito com pêssegos do pomar do pai dele, mas não significa que o álcool não vá queimar na garganta de alguém que não esteja habituado a beber.

Enquanto abaixo a garrafa e engulo o que restou na boca, meus olhos se enchem d'água com o esforço de não cuspir tudo. Jake fica observando até que minhas bochechas não estejam mais cheias de vinho.

— Satisfeito? — pergunto, empurrando a garrafa contra o meio do seu peitoral.

— Eu vou me ferrar — diz Jake, baixinho.

Ignorando o quanto a voz dele faz meu estômago apertar, procuro a mão de Tori.

— Vamos. Temos que voltar para o nosso turno na barraca.

Balançando o cabelo, eu me viro e saio pisando duro, com o que consigo reunir de dignidade. Tori está relutante, mas, quando eu puxo, ela me acompanha.

— Que diabos você está fazendo? Você simplesmente estragou tudo pra mim. Sem contar que deixou o vinho lá.

— Não precisamos do vinho daquele babaca.

— Hum, nós precisamos, sim. E que papo foi aquele sobre o turno na barraca? Só temos que voltar daqui a uns quarenta minutos.

— Vamos mais cedo, então. Pelo amor, é só a barraca do beijo. Você não vai morrer se trabalhar mais quarenta minutos. Na verdade, você vai até gostar.

— O que você quer dizer com isso? — pergunta ela, indignada.

Interrompo minha marcha insana e olho para Tori. Balanço a cabeça para pensar melhor. Não sei como aquele tal de Jake conseguiu me irritar tão rápido, mas foi o que aconteceu.

— Me desculpa, Tori. Eu não quis dizer nada. Fiquei irritada, só isso.

— Eu percebi. Mas por quê? O que ele fez pra você?

— Não sei. Nada, eu acho. Só que detesto quando as pessoas presumem o pior sobre mim.

— Presumir que você é uma garota boazinha não é uma coisa ruim.

— Mas ele com certeza fez parecer uma coisa ruim. — Começo a andar de novo e olho para trás, na direção de Tori, até ela me alcançar. — Além do mais, você não estava me cutucando por não viver um pouco?

— Sim, mas não era bem isso que eu tinha em mente.

Sorrio e enlaço meu braço no dela, esperando uma reconciliação rápida para deixarmos de lado qualquer assunto sobre Jake.

— Tenha cuidado com o que você deseja, então. Né?

Ela suspira.

— Acho que sim.

— Vamos agora.

Vinte minutos depois, estou lamentando minha decisão precipitada. Já beijei a bochecha de todos os garotos com acne da cidade. Tori passou na minha frente para pegar os caras mais bonitos que apareceram. Não que eu tenha problemas com isso. Acho que estou devendo uma para ela, por ter estragado seus planos com Jake. Além disso, não tenho interesse em nenhum menino de Greenfield. Estou trabalhando na barraca somente para arrecadar fundos para a igreja.

Dou um sorriso, educada, ao pegar dois dólares do próximo da fila. Ele parece não ter mais do que doze anos. Eu me inclino para dar um estalinho em sua bochecha. Pressiono os lábios ali e depois ofereço minha bochecha. Ele a beija com doçura e afasta o olhar, envergonhado.

— Obrigada pelo beijo — digo pela centésima vez.

Olho para baixo enquanto ponho o dinheiro na gaveta. Quando levanto a cabeça, pronta para chamar o próximo da fila, meu coração para de bater e as palavras morrem na língua.

Na minha frente, parado e sorrindo como se soubesse que eu não consigo respirar, encontro Jake Theopolis. Ele agora está de camiseta azul, bem justa nos ombros largos. O peitoral salta por baixo do tecido enquanto ele cava o bolso da frente do jeans. Vejo-o lançar uma nota de dez dólares no balcão à minha frente. Confusa, volto o olhar para Jake. As órbitas claras e líquidas estão absortas em mim.

— Eu vim pelos pêssegos — diz ele, calmamente. Levanta a mão para pegar o palito dos lábios. Observo, encantada, enquanto seu rosto chega mais e mais perto. — Preciso de um gostinho antes de ir embora — sussurra, o hálito doce de canela soprando em meus lábios.

E então sua boca está roçando na minha. Nem penso em resistir. Na verdade, eu não penso. Apenas sinto.

Seus lábios são macios contra os meus e ele tem cheiro de sabonete e suor limpo. Seu toque é leve como uma pluma até que ele inclina a cabeça para o lado e aprofunda o beijo. Sinto sua língua traçar os vincos dos meus lábios até abri-los para deixá-lo entrar. Com movimentos lentos e longos, sua língua lambe a minha, como se ele a estivesse saboreando. Saboreio a dele em resposta, absorvendo o toque de canela da sua boca. Eu me inclino na direção dele, me segurando no balcão, com medo de que minhas pernas não me sustentem por muito mais tempo.

Finalmente, ele se afasta e olha na direção do meu rosto atordoado.

— Hummm, esse é o pêssego mais doce que eu provei em muito tempo — ronrona. Quando Jake pisca para mim, sinto um jato quente como lava no estômago.

Sem mais uma palavra, ele se vira e vai embora.

2
Jake

No presente

A porta com tela de proteção se fecha atrás de mim. Depois de ter ficado ao ar livre no pomar, o cheiro doce e frutado da casa está ainda mais evidente. A fazenda da minha família passou por muitas colheitas para *não* ter o odor de pêssegos.

É exatamente o mesmo cheiro que teve ao longo de toda a minha vida. Na verdade, pouca coisa da casa mudou realmente com o passar dos anos. A não ser pela diminuição do número de seus habitantes, é claro.

Primeiro mamãe, agora meu pai. Levou alguns anos para se parecer de novo com um lar depois que minha mãe morreu, mas finalmente aconteceu. Com papai, vai ser diferente. Eu já posso dizer. Embora a morte dele tenha sido súbita e acidental (ele caiu de uma escada no pomar e bateu a cabeça em uma pedra), não lamento a morte dele como lamentei a da minha mãe. Nem como Jenna lamenta a morte dele. Ela mal consegue chegar à entrada, muito menos ficar dentro da casa. Isso porque ela sempre foi a favorita dele. Mas é compreensível, considerando tudo.

Sentindo as fisgadas de uma ferida antiga, vou até a geladeira para pegar uma cerveja. Dou um puxão para abrir a porta com muito mais força que o necessário. É boa a sensação de conseguir pôr para fora um pouco da minha agressividade, entretanto. Vai servir até eu poder voltar para o trabalho e ganhar a vida encarando a morte de frente. Adrenalina: é a droga que escolhi para adormecer a dor do passado. E do presente, se ela decidir se manifestar e se meter comigo.

Mas, neste momento, preciso tomar banho antes que o idiota sanguessuga do assistente do advogado que administra legalmente a propriedade chegue para começar a catalogar todos os bens da nossa família.

Abro a garrafa e bebo metade da cerveja antes mesmo de chegar à escada. Tento não pensar nos bons e velhos tempos, apenas algumas semanas antes, quando eu estava vivendo a vida que escolhi e não a vida que meu pai deixou para trás ao morrer.

Em que diabos eu estava pensando quando voltei para cá?

Menos de meia hora depois, estou de banho tomado, barbeado, com uma calça jeans e uma camiseta em que se lê: PARAQUEDISMO: O CHÃO É O LIMITE. Pego outra cerveja da geladeira e me sento no escritório, enquanto espero o sanguessuga. Os únicos sons vêm do cão, Einstein, latindo para alguma coisa nos fundos da casa; o tique-taque do relógio do vovô na sala de jantar e o vento assobiando através da fenda da porta de tela. São necessários apenas sete minutos para essa combinação silenciosa me levar à loucura. Quando termino a cerveja, decido buscar algumas coisas na garagem para lavar o meu Jeep enquanto espero.

Se esse imbecil almofadinha não gostar, que beije a minha bunda.

Vinte minutos depois, estou enxaguando o sabão do Rubicon quando vejo um raio de sol refletir num para-brisa, levando meu olhar para a extremidade do portão da entrada. Um carro azul empoeirado se aproxima lentamente pelo caminho, se desviando das sombras das árvores altas espelhadas no chão. Vez ou outra, o sol atravessa o vidro e acerta o cabelo platinado de quem está dirigindo. O *longo* cabelo platinado de quem está dirigindo. Isso imediatamente melindra o meu interesse. Nunca considerei que pudessem mandar uma mulher.

Continuo borrifando água, mas mantenho um olho no carro conforme ele se aproxima. Observo quando para a alguns metros de onde eu estou, estacionando em frente à casa com a traseira virada para mim. O motor é desligado e eu vejo a motorista alcançar o banco do carona ao lado. Ela remexe algo antes de abrir a porta.

A primeira coisa que aparece são as pernas. Dois metros de comprimento, perfeitamente torneadas e arrematadas por um par de saltos bem, bem altos. Aguardo ansioso para ver o restante. Ela espera um segundo antes de sair do veículo.

Primeiro a vejo de perfil, quando se inclina para puxar a bainha da saia lápis preta para depois pôr uma mecha de cabelo atrás da orelha.

Quando ela finalmente se vira em minha direção, sua cabeça está abaixada, enquanto olha para alguma coisa nas mãos. Por mim, tudo bem. Isso me dá tempo de comê-la com os olhos sem receber um olhar de repulsa em troca.

As longas pernas eram apenas o começo do pacote. Um quadril estreito faz a curva para a cinturinha, e para cima levam até o que parece ser um belo par de seios. Não muito grandes, não muito pequenos, embora seja difícil ter certeza através da blusa de caimento soltinho.

Ela caminha na minha direção com graça e, quando está a alguns passos de distância, levanta o olhar.

No mesmo instante que o meu queixo cai com a surpresa do reconhecimento, a água da mangueira atinge o para-choque do Jeep, atirando água no meu peito e abdome.

— Merda! — grito, dando um pulo para trás bem na hora que a água fria me atinge.

Redireciono a mangueira e dou uma olhada na garota parada logo depois do alcance do jato d'água. Ela está rindo da minha blusa molhada.

Fico salivando quando vejo os exuberantes lábios cor-de-rosa espalhados sobre aqueles dentes perfeitos. Eu me lembro do gosto que tinham: doce e inocente.

Como pêssegos.

E eu gosto de um desafio.

3
Laney

Eu sabia que seria lembrada ao vir até esta propriedade. Vi os nomes na papelada e reconheci imediatamente.

Jake Theopolis.

Fazia bastante tempo desde aquele beijo na feira, então não pensei duas vezes em pegar a causa. Ia me levar para perto de casa por um tempo e era o que eu mais queria.

Espaço.

Distância.

Fuga.

Embora eu tenha esquecido o quanto ele era incrivelmente bonito, me senti no controle de mim mesma enquanto o olhava com aquela camiseta encharcada.

Isso até ele deixar a mangueira de lado e remover o tecido ensopado do seu corpo.

De repente meu fôlego está preso no peito, minha pulsação está acelerada, e eu sinto a pele quente e úmida.

Centímetros e mais centímetros de pele dourada reluzente cobrem os ombros largos, um poderoso peitoral e o abdome definido. O jeans repousa baixo sobre os quadris, como se tivesse sido feito para caber no corpo esguio dele. Se tudo isso já não fosse suficiente para me deixar afobada, o sorriso pretensioso em seu rosto faria o trabalho.

Ele sabe exatamente o que está fazendo comigo. Talvez tenha inclusive feito de propósito. Acho que é o que recebo por ter rido da sua trapalhada.

Quem está rindo agora?

— Algum problema? — Jake pergunta, da voz grave escorria diversão consciente.

Meus olhos voam até os dele na expectativa de ter um respiro do ataque violento do quanto ele é gostoso. Mas o respiro não vem. Mergulho de cabeça naqueles olhos amarelados cor de mel. Tinha esquecido o quanto são desconcertantes.

Nunca vi um mel como esse!

O movimento da sua mão atrai meu olhar para baixo novamente. Jake está limpando a palma úmida da mão na perna coberta pelo jeans. A ação faz os músculos do seu peito se flexionarem, provocando ainda mais calor em mim.

Aperto os olhos até fechar e rezo por um mínimo de compostura.

Meu Deus! Meu Deus! Meu Deus!

— Jake Theopolis. — Ouço quando ele diz. Abro os olhos um pouquinho e vejo sua mão estendida na minha direção. Bem devagar a alcanço e escorrego meus dedos nos dele. Cálidos, eles se fecham sobre os meus. — Bem-vinda à minha toca.

Novamente noto a diversão quando meu olhar se volta para ele e pestanejo. Jake está gostando mesmo de me ver fazendo papel de boba.

Desvencilhando minha mão da dele, limpo a garganta e olho na direção da casa.

— Bom, é essa a casa principal da propriedade?

Como Jake não me responde, sou forçada a olhar de novo para ele, que está sorrindo para mim, um sorriso diabólico e perverso, enquanto torce a camiseta. Novamente, está mascando um palito de dente, fazendo com que eu me lembre do gosto da sua boca tantos anos atrás.

— Sim, é. Gostaria que eu te mostrasse o espaço?

— Isso ajudaria, obrigada — digo com formalidade, me sentindo envergonhada diante da minha reação a ele.

Ele inclina a cabeça na direção da casa, os lábios ainda curvados em um meio sorriso convencido.

— Então venha comigo.

Enquanto sigo logo atrás dele, me deslumbro com sua capacidade de fazer cada olhar, cada palavra e cada gesto parecer tão... tão... sugestivo. Não tenho dúvidas de que é intencional. Ele obviamente sabe que estou perturbada e está tirando partido disso, o que me deixa louca. Infelizmente, essa raiva não é o bastante nem para me manter olhando para a frente, o que fica evidente quando observo sua bunda por todo o caminho até a casa.

Depois de subir os degraus, ele se vira na porta de entrada para deixar que eu entre primeiro. Levanto o olhar rápido, com culpa, desviando-o do seu traseiro e esperando que ele não tenha visto o que eu estava fazendo.

Quando pisca para mim ao passar, percebo que ele tinha visto. Sinto meu rosto em chamas.

Ai, meu Deus! Pode me matar agora!

A casa está silenciosa e escura, seu interior tem um leve aroma doce e caseiro. A princípio, acho difícil entender um cara como Jake Theopolis sendo criado ali. Ele é o tipo que eu imagino chegando num lugar com um estrondo, como se a vida tivesse acabado de cuspi-lo ali totalmente crescido e descontroladamente selvagem. Nunca um menininho doce e inocente.

Jake inclina a cabeça na direção de um sofá verde-claro na antessala.

— Sente-se. Vou buscar uma cerveja pra gente.

— Não, não, obrigada. — Eu me apresso em dizer, enquanto sigo para o sofá. Ao me empoleirar humildemente na beiradinha de uma das almofadas, olho na direção de Jake. Ele me observa da porta que eu presumo levar até a cozinha.

Ele dá de ombros.

— Você que sabe.

Alguns instantes depois ele volta, trazendo uma cerveja e um copo com algum outro tipo de líquido amarelo. Levanto a cabeça para vê-lo franzindo a testa ao pegar a taça de vinho oferecida.

— O que é isto?

— Vinho de pêssego — diz ele, me observando de propósito. — Você achou que eu iria esquecer?

Minhas bochechas ardem, e eu dou um gole nervoso no líquido doce; qualquer desculpa serve para eu tirar meus olhos dele.

— Obrigada — murmuro, evitando a pergunta.

Depois de um momento tenso, Jake se joga com um estrondo numa cadeira à minha frente, cruzando as pernas para descansar um tornozelo no joelho. Ele ainda não vestiu outra camisa, e, quando levanto o olhar, tudo o que eu vejo é um oceano de pele sem defeitos.

— Você poderia se vestir para discutirmos o que aguarda a sua família?

Com seus olhos dourados controlando os meus, Jake esfrega as mãos no peito nu.

— Por quê? Isso te incomoda?

Sei que ele está me provocando, mas estou tentando manter as coisas num nível profissional. E não posso fazer isso com um homem maravilhoso e seminu sentado a uma mesinha de centro de distância.

— Nem um pouco, mas não é muito apropriado.

Uma sobrancelha escura fica arqueada.

— Nem um pouco, hein?

Continuo encarando, esperando que ele não veja a mentira nas minhas palavras.

— Nem. Um. Pouco.

— Bom, então vou ter que ver o que, *de fato*, incomoda uma mulher certinha como você.

Eu compreendo o aviso, entretanto minha única opção é ignorá-lo. Não posso fazer meu trabalho direito se permitir que Jake Theopolis me deixe idiota e sem palavras cada vez que estivermos no mesmo cômodo.

Jake se levanta para sair. Com um dos pés no primeiro degrau da escada, ele se vira na minha direção:

— Você vai me dizer o seu nome um dia? Ou eu devo simplesmente te chamar de "pêssegos"?

— Laney — ofereço, pondo mais um tijolinho na comprida fila que vem a ser minha vergonha. — Laney Holt.

Ele concorda com a cabeça, devagar.

— Você é daqui, Laney Holt? Ou estava trabalhando na barraca do beijo naquele dia por diversão?

— Sou daqui, sim.

Jake começa a se virar para sair de novo, mas interrompe o movimento, a testa franzida.

— Holt. Você não seria parente de Graham Holt, seria?

— Sou sim. Ele é meu pai. Por quê?

Jake joga a cabeça para trás e ri com vontade.

— Meu Deus! Isso é perfeito! A filha do pastor!

Parece que ele está me sacaneando, e eu me irrito.

— E por que isso seria *perfeito*? — pergunto, rispidamente.

Jake abaixa a cabeça para encarar meus olhos.

— Porque eu tenho um lance com frutos proibidos, Laney Holt. Fique sabendo.

Com mais um sorriso presunçoso para mim, Jake se vira para subir os degraus, me deixando sem ar.

4
Jake

Na tarde seguinte, estou dirigindo para casa e pensando comigo mesmo que esse imprevisível e indesejável encarceramento em Greenfield, na fazenda de pêssegos da minha família, está parecendo bem mais promissor. Entre o trabalho de meio expediente que acabei de pegar e a coisinha deliciosa que vai estar vagando pela minha casa nas próximas duas semanas, estou bastante otimista quanto ao tempo que vou passar aqui. Não me dou muito bem com o tédio, mas parece que não vou precisar me preocupar com isso num futuro próximo.

Quando faço a curva na entrada, vejo um pontinho azul entre as árvores. Só pode ser Laney. Ela avisou que me veria hoje, mas não disse o horário. Presumi que fosse ligar antes. Felizmente, esse é o tipo de visita inesperada com o qual eu posso me acostumar.

À medida que a pista se alarga em frente da casa, vejo Laney marchando irritada em direção ao carro dela. Conduzo o Jeep para a garagem e desligo o motor, saindo antes que ela pudesse partir.

— Aonde você vai? — pergunto ao me aproximar.

Ela não responde, apenas dá um puxão na maçaneta da porta do carro. Que não abre na primeira tentativa, o que a deixa ainda mais contrariada.

— Ei — digo, alcançando seu braço para deixá-la de frente para mim.

Ela se vira rapidamente para me encarar, os olhos faiscando de raiva.

— Não encosta em mim!

Levo as duas para mão ao alto em redenção e dou um passo para trás.

— Que diabos está acontecendo com você?

Não estou irritado, só curioso. É uma pergunta simples, mas ela fica toda sensível, o que me deixa com tesão.

Laney respira fundo e me cutuca com um dedo no meu peito.

— Escuta bem, sr. Theopolis, eu não vim aqui para ficar de brincadeira. Estou aqui para fazer um trabalho, mas, se você se recusa a demonstrar o mínimo de respeito e decência, vou ficar mais que feliz em entregar o seu caso para outro assistente.

Sinto meus lábios retorcerem.

— Você está de brincadeira?

Primeiro ela fica boquiaberta, como se não pudesse acreditar que eu tinha dito aquilo. Em seguida, emite um rosnado e se vira tão rápido que seu cabelo quase chicoteia meu rosto.

Sou mais rápido que ela e seguro seu braço de novo, virando-a na minha direção. Eu a puxo para perto e olho nos seus olhos azuis-safira. Eles brilham de ira e indignação, e eu nunca desejei tanto uma mulher.

— Espera um minutinho. O que eu fiz para demonstrar algo diferente de respeito e decência? — Meu tom de voz é baixo e razoável, e eu a seguro sem força. Apenas o suficiente para impedi-la de ir embora.

— Eu te disse que voltaria hoje e você nem teve a decência de estar aqui.

— Se eu soubesse quando você viria, teria ficado aqui. Você disse que viria hoje, mas não marcou um horário.

Vejo a dúvida atravessar seus olhos. Eles perdem um pouco do fogo quando ela relaxa em meus braços.

— Eu disse... quero dizer, pensei ter dito...

Balanço a cabeça.

— Não, você não disse. Você não foi específica quanto ao horário. Imaginei que ligaria primeiro.

A dúvida se transforma em remorso relutante bem diante dos meus olhos.

— Então devo me desculpar por ter ficado irritada. Eu só pensei que...

— Você pensou o pior — termino a frase por ela. — Para sua sorte, estou acostumado.

— Sr. Theopolis, eu...

Levanto um dedo para alcançar os lábios dela.

— Para começar, me chame de Jake. E não se desculpe assim tão cedo.

— Mas eu lhe devo...

— Não depois disso — respondo, abaixando o rosto para cobrir sua boca com a minha.

Seus lábios são tão macios quanto eu me lembrava, e, quando deslizo a língua no meio deles, o gosto é tão doce quanto antes, mas sem o toque de pêssego desta vez.

Eu a pego de guarda baixa e, por alguns segundos, ela retribui, inclinando a cabeça e arrastando a língua na minha. Mas então, como se alguém tivesse jogado um balde de água fria em sua cabeça, ela reage e se afasta.

Laney me olha e a raiva está de volta, como se nunca tivesse a deixado. Ela levanta uma das mãos para me dar um tapa, mas eu a seguro, enrolando meus dedos em seu pulso e puxando seu braço para trás de mim. O peito dela bate contra o meu e eu sussurro em seu ouvido:

— *Isso*, sim, foi desrespeitoso. E eu não vou fazer de novo até que você me peça.

Com um beijo leve em seu maxilar, eu me reclino e solto Laney. Por alguns instantes, ela fica parada me encarando com a boca aberta antes de me xingar uma vez, dar meia-volta nos seus sapatos de salto e escancarar a porta do carro para entrar. Observo enquanto ela gira a chave na ignição, dá marcha à ré e acelera pela entrada sem olhar para trás.

Caramba, isso vai ser divertido!

5
Laney

Jake Theopolis está me incomodando. Eu sinto como se minhas entranhas estivessem em turbulência e ainda assim não consigo parar de pensar nele por tempo suficiente para que elas se acalmem. Isso me deixa tão frustrada quanto possessa.

A falta de sono não tem ajudado. Nem a lembrança da nossa conversa ao telefone.

Tive que ligar para Jake para avisar que eu passaria lá por volta das nove da manhã. A conversa foi curta e ele, agradável, mas havia algo em seu tom de voz — convencimento, satisfação e provocação — que me deixou fora de órbita. E não gosto disso.

— Por que você acordou tão cedo? — pergunta minha mãe, a caminho da cozinha.

Ela está vestindo o mesmo roupão que usa desde que sou uma garotinha — azul-marinho com minúsculas flores cor-de-rosa bordadas sobre o peito. Seu cabelo curto cor de areia está perfeitamente penteado, como se ela não tivesse dormido oito horas sobre ele, e os olhos castanhos parecem suaves, sonolentos e angelicais, como sempre.

Dou de ombros, trazendo a caneca de café aos meus lábios e tomando mais um gole dele.

— Muita coisa na cabeça, eu acho.

— É essa confusão toda com Shane? Não sei por que você não pode simplesmente perdoá-lo e seguir em frente. É o mais cristão a fazer, independentemente do que ele tenha feito.

Engulo minha resposta atrevida. Ela não faz ideia. Mas também não tem culpa. Não contei aos meus pais os motivos do término do meu noivado com Shane Call. Eles simplesmente acham que estou sendo impulsiva e petulante.

— Mãe, eu já te disse: Shane e eu não vamos voltar.

Ela balança a cabeça, com uma expressão triste no rosto.

— Odeio ver você deixando qualquer coisa passar na frente da sua felicidade, docinho.

— Às vezes não depende de nós, mamãe.

— Sempre depende de nós.

Sinto minha frustração vindo à tona e percebo que chegou a hora de mudar de assunto.

— Você se lembra de Cris Theopolis?

— É claro — responde ela, vindo comigo por essa nova direção. — Ele era um homem maravilhoso. Que tragédia, principalmente depois do que aconteceu com Elizabeth.

— Quem é Elizabeth?

— A esposa de Cris. Ela morreu faz muitos anos. Estava bastante doente. Isso partiu o coração dele. Acho que Cris nunca se recuperou de verdade. Mas ele sempre procurou criar bem os filhos. Pelo menos tentou.

— Como assim "tentou"?

— Bom, não é fácil ser pai solteiro e cuidar de um pomar tão grande quanto era o dele. Não me espanta que...

— Quem é pai solteiro? — pergunta meu pai, ao entrar na cozinha.

Ele já está de macacão e uma camisa branca de botão, o cabelo escuro ainda molhado do banho. Sua presença autoritária enche qualquer cômodo no momento em que ele entra. Agora não é diferente.

— *Era*, querido. Cris Theopolis. É na propriedade dele que a Laney vai trabalhar.

Papai se interrompe ao se inclinar para beijar minha mãe, a testa franzida.

— O Shane sabe?

— Sabe o quê?

— O que você está fazendo aqui?

— Eu não estou fazendo nada aqui que não seja trabalho.

— Quero dizer, ele sabe no que você está trabalhando?

— Não, não é da conta dele.

— Tenho certeza que ele não ficaria satisfeito ao saber — diz papai, ignorando meu comentário.

— Sorte a minha que eu não ligo. Não preciso mais me preocupar com o que Shane gosta ou não gosta. Além disso, eu não estou fazendo nada de errado.

— Não, mas lidar com uma gente como os Theopolis...

— Mamãe estava dizendo que eram boas pessoas.

— Eu disse que *Cris* era um homem bom — esclarece ela.

— Os filhos dele não?

— Você é esperta o suficiente para saber essa resposta, Laney — diz meu pai. — Você frequentou a escola com a mais nova deles, Jenna.

— Sim, mas eu não a *conhecia* de verdade.

Papai me lança *aquele olhar*.

— Não, mas você sabe o bastante, mocinha.

Escorrego minha banqueta para trás.

— O suficiente para não julgar ninguém. — devolvo, andando até a pia para lavar minha caneca semicheia.

— Evitar um mau elemento não é julgar, é ser prudente.

Eu me viro para ficar de frente para meu pai. Mantenho a cabeça erguida, cansada de uma vida encolhida diante da reprovação dele.

— E como você determina exatamente quem é um mau elemento, papai?

Saio da cozinha antes que ele possa responder. Tenho certeza de que ele vai ter um pouquinho de sabedoria para mim. E sem dúvida será também verdade. Mas agora, neste momento da minha vida, não estou procurando sabedoria. Não estou procurando prudência, segurança ou sensatez, nenhuma das coisas que um dia atribuí a Shane.

Na verdade, penso comigo mesma conforme sigo para subir a escada, talvez eu esteja procurando o oposto de tudo isso.

Como diminuí a permanência em casa pela manhã a fim de evitar meus pais, chego à curva da entrada do pomar dos Theopolis vinte minutos mais cedo. Penso em ficar dentro do carro para dar uma olhada nos papéis antes de bater à porta, para o caso de Jake ainda estar dormindo.

Ele parece ser daquele tipo festa-a-noite-toda-e-dorme-o-dia-seguinte-inteiro.

O pensamento mal teve tempo de se formar na minha mente, quando vejo um corredor esguio, bronzeado e sem camisa logo adiante. Mesmo que o cara não estivesse correndo pela comprida e sinuosa entrada da propriedade dos Theopolis, eu não teria problemas em identificá-lo: Jake. Seu físico e a bela aparência bronzeada são inconfundíveis, mesmo ele estando de costas.

E meu estômago reage de acordo.

Meu pé fica frouxo no freio, decidindo o que fazer. Ir adiante, dar a volta, parar e esperar? O que seria a coisa certa aqui?

Entretanto, Jake tira a decisão das minhas mãos quando desacelera até parar e se vira para olhar a estrada onde estou. Seus olhos encontram os meus, e ele sorri. Mesmo distante, ele me deixa sem ar.

Por um instante, tenho a sensação de que deveria dar a volta e correr. Mas ela se vai quase tão rapidamente quanto chegou quando Jake começa a correr na minha direção.

Meu pé agora pressiona o freio com mais força à medida que o vejo se aproximando. Sua pele está escorregadia de suor, e os músculos ficam marcados e flexionados por baixo dela. Ele para ao lado do vidro do carro e se abaixa, apoiando o antebraço na maçaneta, o rosto a poucos centímetros do meu. Está sem fôlego e seu hálito faz cócegas na minha bochecha.

— Você chegou cedo.

— Eu sei. Ia arrumar alguns papéis antes de acordar você.

— Me acordar? Estou de pé há horas. Agora, se você preferir me acordar, tenho certeza de que posso providenciar ainda estar na cama quando você chegar aqui. — A piscadela que ele dá me diz que Jake quer dizer exatamente o que eu acho que ele quer dizer. Eu gostaria de amaldiçoar minha pele clara ao sentir as bochechas corando com a insinuação.

— Acredito que isso não será necessário — respondo, tentando não parecer envergonhada, mas possivelmente me saindo bem mal nisso. — Continue sua corrida. Eu te encontro na casa quando você terminar. Se não se incomodar comigo esperando lá por você, quero dizer.

— Não consigo imaginar mais ninguém com quem eu quisesse esbarrar, estando quente e suado, a caminho do chuveiro.

Lançando aquele risinho presunçoso para mim, Jake se endireita e sai correndo antes que eu consiga responder. E isso é bom. Nem sei o que responder nesse caso. Por alguns instantes, observo como o short fica justinho na bunda à medida que ele se move. Porém, Jake me tira do meu estado catártico quando se vira e vem correndo de costas por alguns segundos, rindo escancaradamente de mim.

Ai, meu Deus, ele sabe que estou olhando para sua bunda!!!

E, é claro, eu fico morta de vergonha. Piso no acelerador e desvio para bem longe quando passo por Jake. Mantenho os olhos fixos na estrada à frente.

Quando chego à casa, estaciono e puxo minha pasta do banco de trás. Dali tiro a pasta etiquetada com *Propriedade Theopolis* e a abro sobre o colo, mas é tudo o que consigo fazer. Meus olhos ficam desviando para o retrovisor, esperando que Jake apareça nele. É como se meu cérebro estivesse preso e só fosse se mexer depois disso.

Um lampejo vermelho atravessa meu olhar. O short de Jake. Num passo constante, ele corre até o meu campo de visão, se aproximando mais e mais. Novamente, eu admiro o modo como ele brilha sob a luz do sol, como um campeão puro-sangue no auge do seu condicionamento físico.

Eu me forço a olhar de novo para minha pasta quando Jake se aproxima da traseira do carro. De esguelha, dou uma olhada no retrovisor lateral quando ele passa. Ele nem desvia o olhar para baixo, simplesmente passa correndo. Sobe dois degraus de cada vez e abre a porta da frente, que estava destrancada.

Estou observando Jake, esperando que desapareça dentro da casa, quando ele se vira. Ele encontra meus olhos e inclina a cabeça em direção ao interior da propriedade antes de cruzar a soleira da porta, deixando-a entreaberta para mim.

— Acho que essa é a minha deixa — murmuro sozinha.

Reúno minhas coisas, tentando manter afastada da mente a imagem de Jake arrancando aquele short vermelho antes de entrar no banho. Distraída, fico pensando se sua pele é toda bronzeada ou se tem alguma marquinha de sunga.

Puta merda! Laney, você precisa parar!, brigo comigo mesma. Não vou me concentrar de jeito nenhum se não conseguir me recompor.

Eu me atenho à lista de coisas que preciso fazer e em qual ordem, enquanto saio do carro e subo os degraus. Uma vez dentro da casa, tento descobrir onde está Jake pelo som. Não ouço nada com exceção de ruídos abafados vindo do andar de cima. Agradecida pelo breve respiro no qual eu posso tentar resetar meu cérebro desobediente, sigo até a sala de jantar e começo a espalhar minhas coisas sobre a mesa.

Determinada, de volta ao modo trabalho, fico fazendo listas mentais e dividindo áreas para fazer o inventário quando ouço um pigarro atrás de mim. Eu me viro para encontrar Jake recostado no batente da porta, sorrindo conforme me observa.

— Eu não quis te assustar. Você parecia absorta nos pensamentos — observa ele.

— Obrigada. Eu estava.

— Então — começa ele, se aprumando ao afastar-se da porta —, o que eu preciso fazer?

Não posso deixar de notar o modo como a camiseta amarela-clara se agarra a sua pele ainda úmida, ou o jeito como seus cílios fartos parecem espetados e molhados.

— Ahn... bem... — gaguejo, me esforçando para trazer a mente de volta à tarefa em mãos. Aperto bem os olhos e depois estudo novamente os documentos espalhados à minha frente. — Na verdade, não tem nada em que você possa me ajudar neste momento. Vou precisar entrar nos cômodos da casa para listar o que há em cada um. Se eu tiver alguma dúvida, deixo anotada para te perguntar depois.

Agora, que consegui elaborar uma frase coerente, volto a olhar para Jake.

— Tudo bem, então acho melhor voltar um pouco mais tarde para falar com você.

— Não precisa — eu lhe garanto. — Vou ficar bem.

Ele dá um sorrisinho, um brilho perverso acende seus olhos cor de âmbar.

— De qualquer forma, vou estar de volta daqui a umas duas horas.

Não faz sentido argumentar. Sinto que, quanto mais eu protestar, mais evidente vai ficar o meu desconforto com a presença dele. Em vez disso, assinto e lhe dou um sorriso tenso.

— Certo. Até mais tarde, então.

Pego alguns papéis aleatórios e os analiso como se fossem importantes quando, na verdade, eu nem consigo entender o que está na minha frente. Até que, ao vê-lo se afastar pelo canto do olho, percebo que estava segurando as folhas de cabeça para baixo.

6
Jake

— Estou cuidando de tudo, Jenna. Quer parar de se preocupar?
— É que me mata pensar naqueles dois fracassados morando na nossa casa, destruindo tudo o que a mamãe e o papai lutaram tanto para construir.
— Eu sei, Jenna. Por isso pedi que você parasse de se preocupar. Eu nunca deixaria isso acontecer. Iria reduzir este lugar a cinzas antes de permitir que ela o destruísse. Agora pare de me perturbar com isso.
— Não estou te perturbando. É que eu me sinto uma inútil estando aqui, em Atlanta, sem poder fazer nada.
— Você não poderia fazer nada, mesmo se estivesse aqui. Estou fazendo o que precisa ser feito. Ficar em Atlanta com Rusty é onde você deve estar.
— Eu a ouço suspirar. Ela sabe que tenho razão. — Controladora — murmuro, provocando-a.
— Idiota.
— Mas é isso que você ama em mim.
— Isso é o que você acha.

— Mentirosa.

Escuto sua risada ligeira. Nós jogamos duro, como sempre. Mas, se um dia eu fosse amar alguém na vida, provavelmente seria Jenna. O problema é que caras como eu se saem melhor sem muito amor na vida. Isso nos mantém focados, afiados. E é assim que eu gosto. É assim que funciona melhor para mim. Por que mudar? Consigo o que quero sem grandes complicações. Ponto-final.

Ou pelo menos é o que digo para mim mesmo.

— Tudo bem, vai fundo, então, idiota.

— Eu iria de qualquer forma, piranha.

— Me ligue na semana que vem.

— Sim.

— Te amo — diz ela.

— Eu também — respondo. É tudo o que eu sempre digo.

Enfio o celular de volta no bolso e me viro para a entrada do celeiro. Fico imóvel quando vejo Laney parada ali. O sol a ilumina, fazendo-a parecer cercada por um halo dourado. Cada pedacinho dela aparenta ser o anjo que eu sei que ela é. E isso só me faz querer corrompê-la ainda mais.

— Por favor, me diga que veio procurar algum prazer vespertino — provoco, me aproximando dela devagar.

Laney se apruma, determinada, dá um pigarro e ignora meu comentário, o que me faz sorrir.

— Desculpe interromper. Eu só ia te avisar que vou de carro até a cidade para almoçar.

Sua cabeça está levantada, e a expressão parece tão natural quanto ela consegue manter, mas, ainda assim, Laney não pode esconder de mim o que está sentindo. Ela sente atração por mim, fica desconcertada, queira ela admitir ou não. Posso ver seu nervosismo no movimento dos dedos segurando a bainha da blusa dela.

— Tem certeza que não prefere ficar aqui? Garanto que eu poderia inventar alguma coisa para... satisfazer você.

Suas bochechas ficam vermelhas e os olhos se arregalam levemente, me fazendo querer puxar Laney para meus braços e beijá-la feito um bobo.

Mas não vou fazer isso. Prometi que não faria até ela me pedir. E não tenho dúvidas de que ela vai pedir. Preciso apenas garantir que vai ser mais cedo e não mais tarde. Ela está me dando uma comichão que eu não quero esperar para poder coçar.

— Não, obrigada. Tenho algumas coisas pra fazer também. — Não digo nada, só balanço a cabeça, enquanto a analiso. Seus olhos miram longe e eu sei que ela está procurando uma forma de aliviar a tensão. — Então, eu não pude deixar de ouvir uma parte da sua conversa. Se nem você nem a sua irmã querem ficar aqui em Greenfield com o pomar, por que não deixar que a tia de vocês fique com ele?

Tenho vontade de bufar. Toda vez que penso na minha tia Ellie, eu fico com raiva. E agora, na frente de Laney, são muitas as outras emoções nas quais prefiro me concentrar.

Num outro dia...

— Meus pais queriam que ficasse comigo ou com Jenna. Eles vão se revirar no caixão se deixarmos Ellie ficar aqui.

Mamãe principalmente. Ela sempre sonhou com seus netos brincando pelo pomar. É por causa dela que estou tão determinado a mantê-lo com a gente, assim como a razão de Jenna é o papai.

— Por quê? Ela é da família.

— Nem toda a família é do tipo bom.

— E você acha que a sua tia está na categoria dos que não são bons?

— Sim. Ela é totalmente diferente da minha mãe. Minha mãe era uma mulher gentil e carinhosa e amava este lugar. Quando os meus avós se aposentaram e se mudaram para a Flórida, deixaram a casa e o pomar para ela, que era a filha mais velha. Só descobrimos depois que o meu pai morreu que uma parte da propriedade ficaria com Ellie. E agora, sendo a egoísta que é, ela quer tudo.

— Por que agora?

— Ellie nunca gostou do pomar, para começo de conversa. Ela e o marido tinham planos de sair daqui e ganhar rios de dinheiro. Acho que ela sempre pensou que o dinheiro do pomar seria um extra. Mas as coisas não aconteceram conforme ela planejou. Por outro lado, ela jamais poderia ter feito alguma coisa em relação a isso enquanto o meu pai fosse vivo. Mas agora ele se foi e sobramos eu e Jenna

— Ela alega que deve ter direito à sobrevivência, mais que vocês dois — finaliza Laney.

Eu concordo com a cabeça.

— E é por isso que você está aqui, fazendo o inventário de tudo o que a minha família já teve.

É a vez de Laney assentir. Ela baixa o olhar, como se estivesse com medo de me encarar. Finalmente diz:

— Eu sinto muito, Jake. Não consigo imaginar como deve ser difícil enfrentar uma situação dessas logo depois de enterrar o seu pai.

Ela é doce. E sincera. Consigo sentir as ondas de compaixão atravessando seu corpo. E isso me deixa, evidentemente, desconfortável.

Então faço o que sei fazer melhor: eu mudo de assunto.

Eu me aproximo de Laney, fico próximo o bastante para sentir seu perfume. É leve e doce. Sexy. Como um raio de sol e pecado.

Seguro o queixo dela com os dedos e espero até que seus olhos encontrem os meus.

— Não tenha pena de mim. A não ser que você planeje fazer alguma coisa para eu me sentir melhor.

As bochechas dela ficam vermelhas de novo.

— Você não é fácil, hein? — sussurra Laney, quase como se estivesse pensando alto.

— Posso ser tão mau ou tão bom quanto você queira.

— Sempre gostei dos bonzinhos — devaneia. Não estou nada surpreso. Estaria disposto a apostar que ela nunca desrespeitou uma regra na vida.

— Talvez seja hora de mudar.

— Talvez seja — diz ela suavemente, os olhos azuis tremeluzindo em direção à minha boca e de volta para mim.

— Me peça para beijar você — digo baixinho, enquanto me inclino devagar na direção dela.

Como se eu a tivesse cutucado com aguilhão, vejo seus olhos se arregalarem e uma expressão assustada tomar seu rosto. Ela recua, como se estivesse se afastando do perigo.

— Preciso ir. Volto depois do almoço.

E com isso Laney dá meia-volta e segue até onde seu carro está estacionado, escorrega para trás do volante e vai embora. Saio do celeiro para vê-la partir. E vejo que ela me olha pelo retrovisor interno.

Sorrio e dou uma piscadinha para ela. Não importa se Laney pode me ver ou não.

É questão de tempo.

7
Laney

É domingo de manhã, e nunca fiquei tão feliz por ouvir o pianista começar o primeiro hino. Pensei que teria que lidar com pensamentos pecaminosos a respeito de Jake durante o culto. Mal sabia que, em vez disso, a tortura do dia seria Shane.

Já estou cansada de todas as perguntas bem-humoradas e bem-intencionadas sobre a ausência dele. Não consigo me lembrar da última vez que estive em casa e fui à igreja *sem* ter Shane comigo. É claro que todo mundo já notou isso também. Uma das maiores desvantagens de estar no interior é que todos sabem da sua vida. Ainda não estava circulando a fofoca de que não estamos mais juntos, mas vai se espalhar como um incêndio agora.

Solto o ar, aliviada, quando mamãe desliza para o meu lado no banco da igreja. O interrogatório terminou. Pelo menos por agora.

Quando o coral preenche o ambiente, a batida na porta nos fundos da igreja faz girar quase todas as cabeças ali. Meu sangue ferve ao avistar Tori, minha ex-melhor amiga, se abaixar e andar rapidamente pela nave lateral em direção à frente da igreja. Na minha direção.

De jeito nenhum ela terá a audácia de vir se sentar comigo!

E, ainda assim, ela tem. Minha mãe põe as pernas para o lado para deixar Tori passar. Eu não. Eu me mantenho ereta, os pés firmes no chão, os olhos fixos lá na frente.

Quando ela se senta ao meu lado, eu me afasto, me aproximando alguns centímetros da minha mãe. Ouço o suspiro de Tori e travo o maxilar.

— Sério? É assim que você vai se comportar? Na *igreja*? — sussurra Tori.

Independentemente do quanto eu quero responder, do quanto quero perturbar seus ouvidos, permaneço calada e a ignoro.

— Legal. Muito cristão da sua parte, Laney.

Lanço um olhar fulminante para ela.

— *Você* está me dizendo o que é cristão? — Minha risada, embora suave, é evidentemente amarga. — Ah, tá certo.

— O que isso deveria significar? Você nem vai me dar uma chance de explicar. Está me julgando sem conhecer todos os fatos.

Jogo a cabeça para trás com força antes de me virar para olhá-la.

— Não preciso de uma explicação, Tori. Eu peguei você na cama com o meu noivo. A menos que você tenha uma irmã gêmea que eu não conheço, não estou interessada na sua explicação.

— Não é como você pensa, Laney — diz Tori, os olhos suplicantes para mim.

— Eu posso ser a filha do pastor e posso ser mansa segundo os padrões de *algumas pessoas*, mas não sou idiota. Sei o que eu flagrei.

— Você *acha* que sabe o que flagrou — responde Tori.

De repente, me sinto cansada. Cansada de me sentir magoada. Cansada de me sentir traída. Cansada de tentar entender o porquê de tudo isso. Cansada de me sentir menor. Shane queria uma garota rebelde. Encontrou uma. Fim de papo.

— Acabou, Tori. Eu já superei. Superei Shane. Superei você. — Volto minha atenção para o coral. Treino bem para que minhas feições pareçam educadamente interessadas, algo que aprendi anos atrás para que meu pai não mexesse comigo por não me comportar na igreja. Mas, por dentro, há um buraco no meu coração. Não sei se ela pode me ouvir e realmente não me importo quando complemento: — Está na hora de encher a minha vida com pessoas diferentes. Pessoas que não mentem.

Apesar de eu ainda estar sofrendo pelo que o meu noivo e minha melhor amiga fizeram comigo, a primeira pessoa que me vem à cabeça é Jake Theopolis. Ele não mente sobre quem ou o que ele é. E ele é do jeito que parece ser. Puro e simples. Ele é um bad boy, sim. Mas é também uma lufada de ar fresco. E a minha vida estagnada está precisando muito disso.

Fico feliz por ter ido de carro para a igreja. Assim eu posso escapar no mesmo minuto que o meu pai encerra a missa. Posso ir embora antes que qualquer outra pessoa me pergunte sobre Shane e antes de Tori me alcançar.

Dirijo pela cidade, sem pensar para onde estou indo. Sei apenas de duas coisas: não quero ficar na igreja e não quero voltar para casa. Mas para onde isso vai me levar? Enquanto sigo sem rumo subindo e descendo as ruas, numa cidade cheia de gente que conheço desde que nasci, eu me sinto completa e profundamente sozinha.

Depois de meia hora desperdiçando combustível, ouço o alarme do tanque de gasolina, sinalizando que ela está acabando e que só tenho mais uns oito quilômetros antes de ficar zerada. Entro no estacionamento de um mercado e retorno, voltando pela estrada 60 e pelo caminho que havia feito.

Ao passar pelo corpo de bombeiros, um Jeep familiar chama minha atenção.

Jake.

Meu coração acelera. Como não percebi ele ali antes?

Vários homens estão parados lá dentro, logo depois da imensa porta da frente, reunidos ao lado de um caminhão vermelho. Ergo o pescoço para ver se um deles é Jake, mas passo rápido demais para conseguir enxergar direito.

Dou uma olhada no retrovisor interno, esperando vê-lo de relance, mas nada, e em alguns segundos eles estão distantes demais para que eu possa discernir qualquer coisa. Acelerando, tento afastar da minha mente o curioso desejo de ver Jake de novo. Mas é inútil. Em pouco mais de um quilômetro, estou pegando um retorno em frente a uma loja de conveniência para voltar no corpo de bombeiros e tentar mais uma vez.

Desta vez, os rapazes estão se dispersando quando eu passo. Desacelero um pouco e, com isso, observo dois homens indo na direção de alguns carros parados do lado direito do estacionamento à frente. Meu estômago dá uma cambalhotinha quando vejo Jake surgir na esquina, gritando alguma coisa num tom profundo e prolongado para um dos que estão indo embora. Todos riem, e o homem ao lado de Jake cutuca a costela dele com o cotovelo.

Não percebo que desacelerei a ponto de parar para ver a cara linda e sorridente de Jake, até que ele se vira, e seus olhos encontram os meus pelo vidro aberto do banco carona. Meu rosto incendeia.

Pega no flagra!

Rapidamente, eu me viro para olhar para a frente conforme piso no acelerador. O carro dá a partida, mas, então, com uma sequência de sons explosivos, ele para um pouco depois do corpo de bombeiros.

Envergonhada, estupefata e totalmente confusa, pressiono o acelerador e giro a chave na ignição. Olho ao redor, impotente, incapaz de pensar em qualquer outra coisa para fazer. Meu cérebro não está funcionando direito e só piora quando ouço a voz aveludada ressoando no interior do carro.

— Problemas com o carro?

Inclinado sobre a janela do carona, parecendo desordenadamente satisfeito e ridiculamente lindo, lá está Jake.

É claro que é Jake! Ele está sempre presente quando há humilhação a ser testemunhada!

— Uhmm... problemas com o carro? — repito, ainda me sentindo descerebrada depois de ter visto Jake rindo com os amigos daquele jeito. Nunca estive tão atraída fisicamente assim por alguém. Jamais. — Eu acho. Quero dizer, eu não...

Então eu percebo. E minha vergonha triplica.

Dirigi de volta até aqui para olhar o maldito do Jake e o maldito do carro ficou sem a maldita gasolina!

Meu Deus, pode me matar agora!

Fecho os olhos e me inclino para a frente a fim de apoiar a testa no volante. Por um fugaz momento, penso *talvez, apenas talvez, eu esteja de volta à igreja quando abrir meus olhos*, e nada disso é real. Não deixei a gasolina do meu carro acabar para poder ficar babando num cara. E então fui descoberta fazendo isso.

Mas infelizmente eu não tenho tanta sorte. Quando encaro o painel, vejo o acusatório ponteiro mirando o E humilhante do indicador de combustível.

Na ausência de qualquer tipo de discurso inteligente da minha parte, Jake escorrega para dentro do carro e olha os ponteiros também. Ele tem cheiro de sabonete e canela, e percebo que está mastigando um palito novamente.

Jake vira a cabeça na minha direção e me pega olhando para ele. Os olhos cor de âmbar reluzem, e os lábios se partem num sorriso enquanto ele equilibra o palito entre eles.

— Uma garota nunca ficou sem gasolina para chamar a minha atenção.

Meu rosto queima e minha boca abre e fecha como um peixe fora d'água, conforme tento negar aquilo. Mas as palavras não vêm, principalmente porque são apenas meias verdades. Não foi de propósito, mas, ainda assim, deixei minha gasolina acabar por causa de Jake Theopolis. Não tenho como sair dessa.

— Isso é ridículo! — consigo dizer, finalmente.

— Agora é? — De pertinho, consigo contar cada longo cílio preto que circunda seus cálidos olhos e todos os pensamentos coerentes saem voando pela janela. — Seja como for, agora você é minha, então vamos tirar esse carro do meio da rua. — Antes que eu possa argumentar, Jake se afasta e encosta o ombro contra o vidro do carro. — Deixe o carro solto — grita. Sem ter muita escolha, faço como ele diz.

Com um grunhido, ele empurra até o carro começar a andar.

— Conduza até a calçada — instrui ele, e eu obedeço. Em pouquíssimo tempo, ele usou sua impressionante força para tirar o carro da rua. Jake anda até a frente do carro e abre a minha porta. — Puxe o freio de mão e feche os vidros. — Quando termino as duas coisas, ele me alcança dentro do carro e segura minha mão. — Agora venha comigo.

Pego a bolsa e deixo Jake me rebocar até o corpo de bombeiros.

— Eu não tranquei as portas — digo a ele.

Ele sorri para mim.

— Você está preocupada com isso *nesta* cidade? Ninguém ousaria vandalizar o carro da filha do pastor. Teriam medo de que um raio pudesse cair bem em cima da cabeça deles.

— E se não souberem que esse carro é meu? — pergunto, ignorando a provocação de Jake.

Ele para de repente e se vira para mim.

— Eu te garanto que todos nesta cidade sabem. Você se faz ser notada quer tenha intenção ou não. — Seus olhos esquadrinham meu corpo, dos pés à cabeça. — É inevitável. Você tem essa aparência inalcançável que faz as pessoas quererem te tocar. Mesmo vestida assim. Eu não achava roupas de ir à igreja atraentes até este exato momento. — Ele se inclina e sussurra no meu ouvido. — Também nunca quis arrancá-las de alguém.

Um arrepio desce pelos meus braços e chega aos meus seios, me deixando feliz por ter vestido mais de uma camada de roupas, ainda que leves. Sinto meus mamilos endurecendo e eu odiaria que ele notasse algo desse tipo.

— Você não tem vergonha mesmo, né? — pergunto.

O sorriso volta ao rosto de Jake, mais perverso do que nunca.

— Nem um pouquinho.

Ele me puxa para dentro do Jeep.

— Para onde nós vamos? — pergunto ao subir. Tem o cheiro dele no carro. Sabonete e homem. Limpo, porém sujo. Sexy.

Ele não me responde. Em vez disso, grita para os homens que assistem ao espetáculo.

— Vejo vocês amanhã, idiotas. Vou com ela buscar gasolina.

Espero Jake estar atrás do volante, com o motor do carro ligado, antes de dizer:

— Idiotas? São seus amigos, eu imagino.

— Não.

— Não são? O que você está fazendo aqui, então?

— Eu vou trabalhar aqui.

— Trabalhar? Fazendo o quê?

— Apagando incêndios. Eu sou bombeiro.

Meu santo Deus! Ele é bombeiro.

Um lampejo na minha mente: mangueiras grandes e compridas, pele suada.

Com uma piscadela que diz que ele sabe exatamente em que eu estou pensando, Jake sai do estacionamento.

— Então, se você tiver qualquer fogo que precise... ser apagado, basta me avisar.

Resisto ao impulso de abanar meu rosto em chamas quando viramos na rua principal. Não respondo ao comentário dele, simplesmente me concentro no caminho à frente.

Estou contando os segundos para chegarmos ao posto de gasolina quando Jake me surpreende, parando o carro bem no meio da estrada. Eu me viro para ele, intrigada, assim que o carro de trás buzina.

— O que está fazendo? — pergunto.

Jake não responde, só fica me observando. Seus olhos dourados se limitam a mim, transformando meus ossos num líquido morno.

— Venha comigo até o Blue Hole. Parece que você está precisando se divertir.

— Eu acho que não... quero dizer, acho que eu não devo...

— Não estou te convidado para uma orgia, Laney — interrompe Jake. — Somente alguns moradores reunidos para tomar umas cervejas e comer cachorro-quente, ouvir um pouco de música. Um amigo do ensino médio vai estar por lá, ele toca com os Saltwater Creek.

Saltwater Creek é uma banda daqui. Sei disso porque meu pai os considerou inaceitáveis ao longo da última década.

— Isso não parece ser...

Antes que eu termine, ele me interrompe de novo.

— Em vez de gastar tanta energia formulando desculpas, por que você simplesmente não vem comigo? Vai te fazer bem. Eu prometo.

Anos de avisos do meu pai e conselhos da minha mãe e uma vida inteira sabendo quem e o que eu quero me fazem hesitar. No entanto, antes que eu possa recusar, algo fervilha. Uma parte de mim que é inexplicavelmente atraída por Jake, pela liberdade que ele representa. Ele não tem nada a ver com o que eu já pensei querer ou precisar na vida, ainda assim, ao mesmo tempo, parece ser tudo o que eu quero e preciso na minha vida *agora mesmo*.

Se eu voltar para o meu carro, terei somente a viagem de volta até a casa dos meus pais à minha espera. Isso e possivelmente outro desentendimento com Tori, e não é o tipo de coisas com que quero lidar agora. Mas, se eu for com Jake...

Antes que eu possa pensar melhor a respeito, me vejo concordando.

— Certo, eu vou. Mas, se eu precisar ir embora, você vai ter que prometer que me traz até o meu carro.

— Caramba, parece que você pensa que eu vou te sequestrar.

O pensamento de ficar presa com Jake, de ser contida e ficar à mercê dele, envia um arrepio inesperado à minha coluna. Jogar a precaução pela janela e sair com alguém como ele só deixa isso mais intenso.

Abandonando todos os pensamentos perturbadores para me deixar levar pelo menos desta vez, sorrio e apoio a cabeça no encosto, fechando os olhos.

— Talvez hoje eu queira ser sequestrada.

Mesmo por cima do ronco do motor, consigo ouvir que ele ri quando diz:

— Vou ver o que posso fazer.

8
Jake

Dou uma olhada em Laney sentada no banco do passageiro. Tenho certeza de que essa é a sua versão relaxada — as mãos entrelaçadas sobre o colo, a coluna ereta, a cabeça inclinada para trás, os olhos fechados. Algo me diz que ela não só não relaxa e *realmente* descansa com frequência como também precisa muito disso hoje. Ela parece... perturbada. Um pouco mais disposta a deixar o cuidado de lado. E eu sou apenas o cara que vai afastá-la de todos os problemas. Seja lá do que for que ela esteja fugindo, não posso tirar sua cabeça de lá. Se Laney deixar, vou dar a ela algo muito melhor para ficar pensando.

E ela vai.

Ela já é minha. Quer tenha percebido ou não. Nós podemos ser a distração perfeita um para o outro enquanto estamos na cidade. Depois seguimos rumos diferentes. Ela para a vida calma e previsível com a qual sem dúvidas sempre sonhou, eu para a próxima aventura. É o acordo perfeito: de curto prazo, sem amarras, com uma garota que oferece um certo desafio. Estou lambendo os beiços só de pensar.

— Então você vai me contar do que está tentando fugir?

Da minha visão periférica, percebo que os olhos de Laney se arregalam, mas ela não levanta a cabeça.

— O que te faz pensar que estou tentando fugir de alguma coisa?

— Ah, qual é. Uma garota como você, linda, um bom emprego, futuro brilhante, retorna a este lugar para cuidar de um processo aleatório, voltando a morar com os pais. O sinal de "fuga" está por todos os lados.

Ouço Laney suspirar quando vira a cabeça no encosto para olhar pelo vidro do carro.

— Estou só tentando entender o que devo fazer com a minha vida. É isso.

— Me parece que você tem tudo a seu favor. O que tem para entender?

— Você ficaria surpreso — diz ela, num tom suave.

Tenho a sensação que há muito que ela não está dizendo nem quer dizer, e tudo bem. Também não sou o tipo de cara que gosta de se envolver tanto assim. Estou mais curioso do que qualquer outra coisa. Nunca conheci uma mulher parecida com Laney. Ela me intriga. Mais do que isso: eu a quero. Simples assim. Nada mais. Apenas ela na minha cama, quente e macia, gemendo o meu nome. Sim. É isso.

E prefiro ter isso logo, não depois.

— Bom, sorte a sua estar na companhia do único homem que pode fazer você esquecer todas as suas preocupações. É só deixar comigo.

O Blue Hole na verdade fica num ponto mais profundo do rio, que vem a coincidir com um leve alargamento, fazendo o lugar parecer uma enseada particular cercada por árvores. Tem uma praia entre duas pedras altas. Uma delas é bem plana no topo, o que faz do lugar uma plataforma perfeita de onde se mergulhar. Há também um balanço feito pneu, que lança você para a parte mais profunda do buraco. Quero dizer, que porcaria de lugar do interior seria esse sem um balanço de pneu? No todo, é um lugar bem legal para relaxar com amigos.

Ou testar seu charme na convencida filha do pastor.

Leva ao menos uma hora para chegarmos lá. Nenhum de nós dois fala muita coisa, e por mim tudo bem. Não sou uma dessas pessoas que sentem necessidade de preencher qualquer silêncio com papo-furado. Na verdade, pelo contrário. Eu preferiria que as pessoas ficassem caladas se não tivessem algo para dizer. Não falar por falar. E foi uma das coisas que noventa e nove por cento das mulheres com quem estive envolvido (embora brevemente) fizeram para me deixar muito irritado: falar demais.

Mas não esta. Laney parece satisfeita em olhar pelo vidro, guardando seus pensamentos para si. Entretanto, devo admitir que me faz imaginar em que ela está pensando. É possível que ela esteja sonhando acordada comigo parando o carro no acostamento e desligando o motor? Comigo a arrastando para fora do Jeep e levando-a para o mato? Levantando aquela sainha casta dela e sentindo sua calcinha molhada? Arrancando essa calcinha e metendo meus dedos dentro dela? Comigo deslizando meu pau pelo seu corpinho quente e firme até ela ficar sem fôlego?

Caramba, espero que ela esteja pensando nisso!

Bem a tempo de me salvar de uma tremenda ereção, avisto a fileira de carros que leva à saída da estrada principal. Ultrapasso todos eles a fim de usar toda a capacidade do meu quatro por quatro, então chego à floresta e estaciono na beira da enseada. Quando desligo o motor, consigo ouvir a música antes mesmo de abrir a porta.

Olho para Laney.

— Pronta para se divertir um pouco?

Ela me dá um sorrisinho duvidoso e concorda uma vez com a cabeça.

Dou a volta, seguindo até a porta do carona para ajudar Laney a sair. Porque o meu Jeep é alto e ela pequenininha, mas também porque a minha mãe me ensinou assim. Embora eu fosse jovem quando ela morreu, algumas coisas ficam gravadas. Esta é uma delas.

Pego Laney pela mão e a guio por entre as árvores até a beira do lago. Eu chutaria que somos cerca de trinta pessoas ali. Alguns estão na água brincando, alguns estão na fila para testar suas habilidades acrobáticas no balanço de pneu pendurado numa árvore e outros estão descansando em toalhas de praia sob nesgas de sol. Biquínis pequenos revelam peles bronzeadas, bem do jeito que eu gosto. Isso me faz querer que Laney tivesse alguma outra roupa para usar também.

Dou uma olhada nos três sujeitos sentados sobre o tronco caído numa das extremidades da praia. Dois estão tocando violão, e um bate nas pernas no ritmo da música enquanto canta para acompanhar o guitarrista principal. Ele é o baterista. Sem a bateria, é claro.

Como eles estão na metade da música, conduzo Laney até a mesa montada no limite das árvores.

— Tá com fome? — pergunto, ao nos aproximarmos.

Ela faz que sim com a cabeça.

— Sempre tem alguém que traz uma cacetada de comida, assim todos podem se servir à vontade.

— Deveríamos ter trazido alguma coisa?

— Não. Quem comanda a cozinha vai nos alimentar — digo a ela ao passar atrás do chef, dando-lhe um tapinha no ombro. — Pode me dar dois cachorros-quentes, cara?

Quando ele se vira, vejo um rosto vagamente familiar, mas, como a maior parte da minha vida aqui, em Greenfield, tento ignorar (e tenho sido bem-sucedido nisso).

— É claro, Jake — responde o chef. Ele começa a se virar novamente, mas olha de novo, surpreso, quando percebe quem está ao meu lado. — Puta merda! Laney Holt. Nunca imaginei que veria o dia em que...

Noto o olhar do sujeito deslizar pouco a pouco por Laney, do topo da sua reluzente cabeleira aos dedinhos dos pés pintados de cor-de-rosa, aparecendo pelos sapatos.

— Ver que dia? O dia em que ela se arriscaria com um cara como eu? — pergunto amigavelmente.

Os olhos dele piscam, se voltando para mim por um instante antes de as suas bochechas ficarem vermelhas e ele começar a se enrolar numa desculpa.

— Não. Não foi o que eu quis dizer... hum... o que eu de fato quis dizer foi...

— Está tudo bem, Marshall — Laney se intromete, salvando gentilmente o pobre homem antes que ele piorasse a situação. — Sei o que você quis dizer. Acho que todos nós crescemos e começamos a viver nossa própria vida depois de um tempo, não é mesmo?

Marshall, alguém de quem eu quase me lembro, mas na verdade não quero lembrar, ri, desconfortável. Ele me lança alguns olhares antes de desistir e se virar para servir um cachorro-quente gorduroso e bem-passado para cada um de nós. Pego dois pratos e dois pães, e os entrego para Laney. Atravessamos a mesa nos servindo de complementos para os sanduíches e pegando um punhado de batata chips antes de passarmos de novo por Marshall-seja-lá-qual-for-seu-maldito-sobrenome.

— O que tem para beber, Emeril?

— Cerveja naquele barril logo ali e chuva púrpura no cooler bem ao lado dele. É só escolher.

Eu assinto, agradecendo, pego dois copos e guio Laney até onde está o álcool.

— O que você quer beber? — pergunto, enquanto baixo meu prato para nos servir.

— Hum, o que é chuva púrpura?

— Bagaceira, refrigerante de uva e fruta.

— Hummm, parece bom. Acho que vou beber isso.

— Tem certeza?

— É claro, por quê?

Dou de ombros.

— Por nada. — Acho que ela não sabe o que é bagaceira.

Encho o seu copo e depois me sirvo de cerveja do barril. Seguimos até um local com grama na sombra, bem na beirada da areia, e nos sentamos para comer.

Quando Laney delicadamente termina de comer seu cachorro-quente e as batatas, já voltei para repetir três vezes. E, depois que ela limpa os lábios com o guardanapo, eu pergunto:

— Terminou?

— Sim.

— Bom?

Ela sorri.

— Sim.

— Quer mais?

— Não, obrigada.

— Mais bebida? — pergunto, observando seu copo vazio. Ela delibera por um instante antes de concordar.

— Sim, acho que vou tomar mais um copo.

Ela se levanta, e levamos os pratos para uma lixeira, antes de reabastecer nossos copos.

— Diabos, se não é Jake Theopolis. — Ouço alguém falar algo logo atrás de nós. Eu me viro para encontrar Jet Blevins vindo em nossa direção. Ele é um velho amigo do ensino médio e também é o guitarrista principal e vocalista da Saltwater Creek.

— Mas que merda, você parece mais malvestido a cada vez que te vejo, cara — digo quando ele para na nossa frente. Ele parece um típico integrante de banda, com um piercing na sobrancelha e diversas tatuagens visíveis. Só Deus sabe o que *não* podemos ver.

Ele sorri e me empurra pelo ombro de brincadeira.

— E você fica cada vez mais forte. O que diabos você tá consumindo, cara? Esteroides? Você sabe que essa merda vai transformar as suas bolas em uvas-passas, né?

— Tá de sacanagem comigo? O único combustível que entra neste corpo está bem aqui — digo, indicando minha cerveja. — O néctar dos deuses.

— Nisso você está certo — diz ele, apertando minha mão e me puxando para um abraço apertado. — Bom te ver, cara. Por onde você tem andado?

— Ah, sabe como é, puxando corpos de prédios em chamas, salvando vidas, brincando de herói. Tudo igualzinho sempre.

Jet se vira para ver Laney.

— Acho que o seu humilde ficante aqui se esqueceu de incluir: subindo em prédios altos com um único pulo.

Dou uma risada, mas não Laney.

— Hum, ele não é meu ficante. Na verdade nós trabalhamos juntos.

— Cacete, você também trabalha nos bombeiros?

Isso faz ela sorrir.

— Não, sou assistente jurídica. Estou trabalhando no espólio da família de Jake. Laney Holt.

— Imune ao charme do super-homem, hein? — pergunta a ela quando alcança sua mão, seus olhos absorvendo-a como se não tivesse enxergado Laney antes. E como se estivesse faminto diante do que perdeu.

De cabelos pretos compridos e olhos azul-claros, Jet não é um cara feio. Nunca prestei muita atenção na verdade. Ele tem um bom caráter. Mas, reforço, não que eu tenha dado muita atenção. Até agora, já que ele decidiu flertar com Laney. E por algum motivo isso me irrita pra caralho, fazendo com que fique bem mais difícil para mim conseguir ser um cara legal.

— Eu ainda nem comecei a seduzi-la, então dá o fora, cara — digo, despreocupadamente, cortando o cumprimento dele. Tempero minhas palavras com um sorriso, mas elas ainda são pungentes. Seria sensato da parte dele perceber isso.

— Espere. Holt? Como o pastor Graham Holt?

Laney quase solta um suspiro.

— Sim.

Jet joga a cabeça para trás e dá uma gargalhada antes de se recompor e olhar de volta para mim. Há admiração em seu olhar. Ele ergue o punho.

— Cara! Maneiro! — Retribuo o gesto e bato meus dedos curvados contra os dele. Depois sua atenção retorna para Laney. — Bom, o prazer é todo meu, Laney Holt, filha do pastor. Eu sou Jet Blevins, cantor, guitarrista, um homem realmente ótimo.

— Vejo que não sou o único humilde — murmuro.

— Ela precisa conhecer as opções — provoca ele, dando uma piscadela para Laney. Eu considero manter meus dedos relaxados, embora queira fechar o punho e dar um soco na boca falante de merda do Jet.

— Laney Holt! Aimeudeus!

A voz estridente salva Jet de uma encrenca. Pelo menos é o que eu acho.

Nos viramos todos para ver a ruiva curvilínea vindo na nossa direção. Ela usa um biquíni de cortininha que deixa bastante evidente o decote. O rosto também não é mau.

— Você provavelmente não se lembra de mim. Nós nos conhecemos no apartamento de Shane, no ano passado. Eu estava namorando o primo dele, Rod.

Vejo diversas expressões passando pelo rosto de Laney à medida que ela vasculha sua memória.

— Não, não, eu me lembro de você, sim. Hannah, não é?

— Sim. Meu Deus! Você se lembra! — A garota parece genuinamente feliz com isso. Santo Deus, qual é a parada?

Mulheres.

— Que bom ver você outra vez.

— Que bom te ver também — diz Hannah. — Eu não achei que fosse conhecer alguém aqui. Shane **deveria ter vindo, mas** não conseguiu. Então **somos** só eu e minha amiga, Lisa. Ela é caloura na faculdade este ano, mas cresceu aqui em Greenfield. Shane a conhece, mas duvido que você saiba quem ela é. Acho que Lisa é alguns anos mais nova que você.

— É claro que Shane a conhece — murmura Laney.

— Como disse? — pergunta Hannah.

— Acho que você tem razão — diz Laney, encobrindo o próprio comentário. Hannah pode não ter ouvido, mas eu ouvi bem. — Greenfield é uma cidade pequena, mas tenho certeza de que não conheço todo mundo.

— Então, você vai nadar? A água está uma delícia. Este lugar é tão legal. — Hannah dá uma risadinha. Ela é muito animada. E alto astral. E faz parecer que a minha cabeça vai explodir. Estou a trinta segundos de me desculpar e ir pular na tal água para voltar somente quando ela for embora.

— Não, eu não trouxe roupa de banho. Foi um passeio... de última hora.

— Sem problemas. Eu posso te emprestar alguma coisa. Quando soube que aqui dava para nadar, eu trouxe um biquíni e também um short. Para o caso de precisar. Quero dizer, nunca se sabe. Você pode usar o meu short.

— Não, obrigada. Eu só vou...

Eu me animo com essa oferta, ainda que Laney pense diferente.

— Ah, qual é, Laney. Você não a ouviu? A água está ótima. E todo mundo precisa brincar no balanço pelo menos uma vez — completo, feliz por não ter deixado as meninas conversando e arriscado perder o rumo dos acontecimentos. Laney. De shortinho. Molhado. Isso definitivamente está indo para o caminho certo.

— Eu prefiro não entrar na água.

— Hoje é um dia para se divertir, lembra? E eu não estou acostumado a ouvir não como resposta.

Ela quer discutir. Percebo isso. Mas é educada demais. Menina sulista até os ossos.

Eu me viro para Hannah.

— Pode pegar. Eu vou convencê-la.

Hannah sorri, feliz por sua parte na pressão.

— Tenho uma ideia ainda melhor. Venha comigo, Laney. Você pode se trocar no meu carro.

O sorriso que Laney abre para ela é quase tão duro quanto o seu traseiro.

— Tudo bem.

— Aqui — digo antes de ela sair, empurrando mais um copo cheio em sua mão. — Parece que você vai precisar.

Ela me lança um olhar congelante e sai com Hannah.

9
Laney

Só estou deixando Jake me meter nisso porque eu preciso. Independentemente do quanto eu odeie admitir, sei que preciso.

Não tem nada a ver comigo ir a festas, beber chuva púrpura e pular de lugares, mas é isso o que eu mais quero agora: *não* ser a boa e velha Laney. Não quero mais ser a garota boba, previsível e boazinha. Não ganhei nada com isso, além de dor de cabeça. Pelo menos com Jake eu sei que não preciso me preocupar com nada do gênero. Confiança não chega a ser uma opção. Sei o que e quem ele é. Jake não deixa dúvida alguma em relação a isso. E eu não tenho intenção de me envolver com ele mais do que ele quer se envolver comigo. Em parte, é por causa disso que é tão perfeito. É efêmero. E perigoso. Duas coisas que eu jamais desejei ou busquei na vida. E duas coisas com as quais eu sei que jamais vou me contentar no fim das contas.

Mas não existe motivo para eu não deixar a velha Laney se perder nesta pessoa aqui por um tempo. Só um pouquinho. Se ao menos eu conseguisse aprender a aceitá-la.

Hannah para de tagarelar, fazendo com que eu perceba que me perdi nos meus pensamentos e ignorei completamente o que quer que ela tenha dito.
— Pode ser assim? — pergunta.
Não faço ideia ao que ela está se referindo.
— É claro.
Ela abre um sorriso brilhante e aperta o controle, que abre um carro roxo de duas portas.
— Ótimo.
Hannah abre a porta e desaparece dentro do carro por alguns segundos até ressurgir com duas peças de roupa. Olho para ela na dúvida, e ela sorri de novo.
— Eu vou ficar vigiando.
Com isso, ela fica de costas para mim, cruza os braços e se posiciona como um guarda-costas, deixando que eu troque de roupa no banco do carona do carro dela.
Depois de alguns movimentos criativos, estou no banco da frente observando uma boa parte da minha barriga nua, assim como minhas pernas. Quando Hannah disse short, eu erroneamente interpretei como um short de verdade, e não essa coisa de jeans, minúscula e rasgada... E a camiseta que acompanha? Um pedaço de algodão que talvez coubesse numa boneca.
Talvez.
Respiro fundo, me lembrando de que agora sou uma garota tranquila, jovial e divertida, não a Laney travada de antes. Espio o meu copo com o líquido roxo no porta-copos do carro. Num impulso, viro tudo o que tem ali de uma vez.
Coragem líquida.
Dou um arroto e aquilo me assusta. Sobressaltada, cubro a boca com a mão na esperança de que Hannah não tenha ouvido. Pela janela eu a vejo, mas ela nem se mexeu. Imagino que, se tivesse ouvido, ela seria do tipo que faria algum comentário. Considerando então que meu embaraçoso acidente gástrico permanece em segredo, pego minhas roupas, abro a porta e saio do carro.
Hannah se vira para ver como eu fiquei. Seus olhos ficam arregalados.

— Cacete, olha aí o que você estava escondendo debaixo dessas roupas, Laney! Você ficou gostosa!

Sinto minhas bochechas queimando e resisto ao impulso de me cobrir com a blusa e a saia que estou segurando.

— Obrigada.

Hannah alcança minha mão, pegando o copo vazio dos meus dedos para então amassá-lo e jogá-lo na traseira de uma caminhonete ao passarmos.

— Vamos lá. Largamos as suas roupas e depois exibimos você por aí.

Depois de dizer a ela em qual carro eu cheguei, Hannah põe minhas roupas no carro de Jake e voltamos para a festa. Paramos no cooler para que ela se sirva de mais bebida.

— Você quer mais?

Sei que eu deveria dizer não, mas estou me sentindo mais leve a cada minuto que passa. Mais feliz. Mais despreocupada. Como se o meu sorriso pudesse ser permanente. E o drinque é realmente muito bom...

Levo um total de três segundos para aceitar.

— Claro.

Quando ela também me entrega um copo, seguimos para a praia.

O sol reluz sobre a água, e risadas podem ser ouvidas por todos os lados, mesmo com a música que a Saltwater Creek toca. O cheiro de cachorro-quente paira no ar, e minha cabeça está tão leve e macia quanto as nuvens no céu.

Por algum motivo, eu me sinto corajosa e descarada, então paro e analiso a multidão até encontrar Jake. Ele está conversando com dois caras vagamente familiares. Os dois estão rindo de alguma coisa. É só o que observo neles antes de concentrar meus olhos em Jake. É nele que eu estou mais interessada. E ficando mais e mais a cada segundo.

Jake também trocou de roupa. Está de bermuda de praia. E só. Dou uma conferida nele dos pés à cabeça. Percebo duas coisas. Número 1: ele faz meu estômago estremecer. Número 2: seu peito liso e o abdome definido parecem estar implorando para que eu encoste ali. Para depois, talvez, beijá-los.

Como se estivesse sentindo meu olhar sobre ele, Jake levanta a cabeça de onde está, próximo da água, e me vê. Seu queixo cai um pouquinho à medida que seus olhos percorrem cada centímetro da minha pele nua. Sinto formigar cada ponto que ele observa — meu pescoço, minha barriga, minhas pernas.

A música que a banda está tocando traz um sorriso aos meus lábios. É uma canção antiga do Warrant chamada "Cherry Pie". Me faz sentir sexy, desejada e... ousada, quando deixo a grama e piso na areia, indo ao encontro de Jake.

Os grãos frios fazem cócegas nos meus dedos do pé enquanto caminho, e um prazer quente toma o meu corpo inteiro. Não tenho certeza se é da bebida ou por causa de Jake, mas neste momento eu não poderia me importar menos com o motivo.

Ele se afasta dos outros caras quando me aproximo. Paro na frente de Jake, feliz em ver o brilho cálido em seus olhos.

— Você vai fazer eu me arrepender por ter te pedido para trocar de roupa, né?

— Por que você se arrependeria?

Jake dá alguns passos adiante, deixando o corpo a um centímetro do meu.

— Porque eu prometi que não beijaria você de novo a não ser que me pedisse. E isso aqui — diz ele, e passa as costas dos dedos na minha barriga nua — não vai facilitar as coisas.

Estou presa na piscina de caramelo que são os olhos dele, no ressoar profundo e baixo da sua voz, na deliciosa teia desse desejo nada familiar. O meu lado que normalmente resistiria está curiosamente ausente, deixando apenas o lado que é fascinado por ele e pelo que ele me faz sentir.

Eu oscilo na sua direção.

— Talvez eu não queira que seja fácil.

Uma sobrancelha escura e marcada se levanta.

— Você está me provocando, gatinha?

— Talvez.

— Já ouviu aquela expressão "não cutuque a onça com vara curta"?

— Você está me ameaçando com as suas garras? — pergunto, tendo plena consciência de que estou brincando com fogo e ainda assim sendo incapaz de me importar. Simplesmente sinto aquele calor. E é o que eu quero sentir.

Eu quero Jake.

— Gata, eu não faço ameaças. Eu faço promessas.

Por um instante eu me esqueço de que estamos no meio da multidão, de que não estamos sozinhos e de que eu não deveria estar provocando o destino dessa forma. Por um instante, quero apenas que ele me beije. Que ele me toque. Que me faça esquecer tudo que há no mundo e na minha vida, com exceção dele. E eu sei que Jake é o tipo de cara capaz de fazer isso.

Uma voz desagradável interrompe o nosso momento. É Hannah.

— Não existe uma desculpa para você ainda estar seca, Laney — diz. Nem olho na direção dela, esperando que vá embora se eu ignorá-la. Mas ela não vai. — Vamos lá. Vocês dois. Vamos dar uma balançada naquele pneu.

Um dos cantos da boca de Jake se retorce num sorrisinho irônico.

— Você não disse que tinha vindo com uma amiga? O nome dela era Lisa? Cadê ela? — pergunta ele, sem tirar os olhos de mim.

— Ah, está por aí dando mole para um cara que ela conheceu.

Apesar de estar um pouco irritada com a interrupção de Hannah, ela foi bem legal comigo e me sinto mal pela amiga tê-la abandonado com tanta facilidade.

Engulo meu suspiro, me viro para ela e sorrio.

— Vai na frente.

— Viva! — exclama ela, batendo palmas enquanto pula, e seus generosos seios acompanham o sobe e desce. Ela sacode o cabelo ruivo e se vira na direção da grande pedra em que diversas pessoas estão esperando pela sua vez de balançar.

Jake e eu a seguimos, parando atrás de Hannah na fila. Sinto a palma quente da mão dele escorregar pela curva da minha cintura até pousar no meu quadril. É um gesto íntimo e eu sinto seu toque até minha alma, me fazendo desejar que estivéssemos a sós mais uma vez.

Não me viro para olhá-lo. Não quero que Jake me veja sorrindo.

Fico dando golinhos no meu drinque até que chega a minha vez de subir na pedra, e entrego o copo para Jake.

— Aqui. Segura isso.

Jake segura o copo com uma das mãos e espia seu conteúdo antes de enroscar os dedos da outra mão no meu braço. Ele me impede de dar um passo à frente para pegar minha vez.

— Ei, tem certeza de que quer fazer isso? Tenho a sensação de que você não está acostumada a beber e isto aqui não é exatamente Keep Cooler.

Seu comentário traz à tona o ressentimento que tenho tentado controlar desde que as coisas com Shane mudaram para pior. Solto meu braço.

— Eu estou bem. Não sou a santinha que você pensa que eu sou.

Ele levanta uma sobrancelha, mas não diz nada quando dou a volta e subo na pedra.

O primeiro nível não é muito difícil, mas é preciso subir mais um, até a parte mais alta da pedra, para chegar ao pneu e poder balançar sobre a água. Quando chego no alto, e um cara empurra a corda amarrada ao pneu na minha mão, eu olho para baixo. Parece que estou a mais de um quilômetro e meio da água.

— Uhhhhh... — O sujeito me encara, levanta as sobrancelhas e faz um gesto com a cabeça em direção à água. — Hummmmm, não tenho certeza se eu quero fazer isso — digo a ele.

— Ah, qual é. É divertido. Você vai ficar bem.

Começo a me afastar.

— Acho que eu não devo.

— Você sabe nadar? — pergunta ele.

— É claro que eu sei nadar. — Sinto como se eu tivesse dito algo tipo: "Dããã! Por que eu estaria aqui em cima se não soubesse nadar?" Mas não foi assim.

— Então você vai ficar bem. Só coloque o pé aqui e eu te dou o impulso.

Eu espero, oscilando entre ligar o foda-se e manter minha dignidade ou encarar a humilhação de descer a pedra.

Uma voz familiar interrompe minhas ponderações.

— Quer que eu desça com você? — A voz grave de Jake ressoa no meu ouvido.

Sinto um suspiro de alívio se desfazer no meu peito antes de perguntar:

— Podemos fazer isso?

Jake me alcança para tirar a corda dos meus dedos. Por um segundo, praticamente cada centímetro do seu corpo está pressionado contra minhas costas. Ele para antes de se ajeitar, como se estivesse me dando tempo para aproveitar a sensação de ser totalmente envolvida por ele, de ter todo o meu corpo tocado por ele.

— Podemos fazer qualquer coisa que quisermos — responde Jake com suavidade, seu hálito provocando um arrepio no meu pescoço.

E de repente estamos falando de muito mais que o balanço.

Eu me viro para ficar cara a cara com Jake. Ele está tão perto de mim que posso contar os pelinhos da sua barba por fazer.

— Como a gente faz, então?

Sem tirar os olhos de mim, Jake enrosca o braço na minha cintura, me puxa com força contra o seu corpo para então tirar os meus pés do chão.

— Apenas se segure em mim. Tenho você firme aqui.

Não sei se foi só para mim ou se Jake *quis* mesmo fazer aquilo soar mais do que óbvio. De todo modo, o meu cérebro, girando com o álcool, o medo e a antecipação, interpreta as palavras dele diferentemente. De certas maneiras, acho que Jake *me tem* realmente. Ele tem minha atenção, minha atração, minha curiosidade, meu desejo — mas e o que vem depois? Em parte, ansiosamente eu aguardo a resposta para essa pergunta. E talvez, apenas talvez, eu seja capaz de deixar a velha Laney ir embora pelo tempo que preciso para aproveitar o que vou encontrar.

Meus braços deslizam com facilidade pelo pescoço dele e minhas pernas se entrelaçam nas pernas dele, sem que reste nenhum espaço entre nós. Nossos corpos se encaixam perfeitamente, como se tivessem sido desenhados com as formas do outro em mente.

— Pronta? — pergunta ele enquanto me observa atentamente. Na minha mente, de novo, soa como se ele estivesse me perguntando muito mais.

— Mais pronta do que nunca.

Com um sorriso, ele puxa a corda, sobe no fundo do pneu e nos empurra. Nós nos balançamos pelo ar o suficiente para o meu estômago revirar, e então Jake solta a corda.

E estamos voando.

E eu estou caindo.

Mais e mais para baixo, quando ouço o grito de Jake um segundo antes de ficarmos envoltos pela água. Ainda consigo sentir o calor do corpo dele; mesmo quando o movimento desacelera e eu começo a nadar em direção à superfície, Jake não deixa de me segurar. Atingimos a superfície ao mesmo tempo. Jake está rindo conforme balança a cabeça, espalhando gotinhas de água por todos os lados. Quando nossos olhares se encontram, estão brilhando.

— E então? — pergunta.

— Foi incrível. — Meu coração segue martelando no peito, embora eu não tenha certeza se foi por causa do balanço ou pelas pernas de Jake enroscadas às minhas. — Obrigada por ter feito isso comigo.

Seu sorriso se torna perverso.

— Existem muitas e muitas coisas que eu gostaria de fazer com você. Espero que tenha sido só o começo.

— Existem?

— Ah, eu acho que você *sabe* que existem. — Sorrio diretamente para ele conforme seu braço aperta minha cintura e Jake me arrasta devagar até o raso. Ele para quando consegue encostar os pés no fundo. Os meus seguem dançando, soltinhos. Minha cabeça gira por conta da bebida roxa. Meu estômago palpita de ansiedade. Meu coração acelera de excitação.

— Me peça para beijar você — ordena ele, num tom de voz grave.

A Laney certinha teria parado para considerar por um instante. Para em seguida negar, educadamente. Mas hoje... agora... ela não está aqui.

Eu não hesito. Quero que ele faça, quero que ele me beije.

— Me beija — sussurro.

Os lábios de Jake retorcem de satisfação antes de ele baixar a cabeça na minha direção.

O toque de seus lábios é familiar, sim. O beijo é firme e também dócil, e, mesmo depois de comer, Jake ainda tem um leve gostinho de canela. Porém, todo o restante relacionado a esse beijo é diferente. Há uma promessa nele, a promessa de que ali começa a aventura, de que é agora que eu preciso respirar fundo e me atirar *de verdade* rumo ao desconhecido.

Sua boca provoca a minha até abri-la e ele conseguir deslizar a língua lá dentro. Conforme ela se enrola na minha, acariciando-a e lambendo-a, suas mãos patinam para baixo pelas minhas costas. Ele inclina a cabeça e o beijo fica mais profundo. Sou fisgada pela sensação à medida que suas palmas cobrem minhas nádegas, depois escorregam pelas coxas para puxar minhas pernas, e com elas envolver sua cintura.

Com o contato íntimo e ninguém para segurar as rédeas, o tesão explode entre nós dois. Uma urgência floresce, deixando os lábios famintos e as mãos desesperadas. De repente, nada disso parece precipitado, apressado ou perigoso. Parece simplesmente certo.

Sem fôlego, Jake afasta sua boca da minha, direcionando-a para minha orelha, e ele morde meus lóbulos.

— Mais cedo eu estava pensando em esfregar as mãos na sua calcinha molhada, em como seria meter os dedos dentro de você. — Ele geme. Um arrepio desce pela minha coluna e meus mamilos ficam rígidos como setas, implorando pelo roçar do peito de Jake neles. — Você sabe que eu vou fazer isso, não sabe? Talvez não hoje. Talvez não amanhã. Mas *vai* acontecer. Você vai ser minha, Laney. Antes de tudo terminar, você *vai* ser minha.

Com as palavras dele zumbindo na minha cabeça, ele aperta seus lábios contra os meus novamente, passando os dedos de uma das mãos pelo meu cabelo molhado enquanto pressiona meu quadril contra o dele com a outra mão.

Eu só me lembro de que não estamos sozinhos quando ouço um gritinho de deleite.

Relutante, afasto meus lábios. Meus pensamentos estão embaçados. Não consigo pensar direito com Jake me segurando, me beijando e falando comigo desse jeito.

Olho ao redor meio tonta, pronta para me sentir humilhada. Mas ninguém está prestando atenção em nós. Jake teve alguma noção ao nos levar para a curva, no limite da enseada, praticamente fora da vista do demais.

— Não se preocupe. Ninguém consegue ver.

— Eu sei. Mesmo assim...

Eu me inclino para longe. O encanto se quebrou. Essa conversa, esse momento merece privacidade. É claro que privacidade poderia significar que nos deixássemos levar. E ainda não tenho certeza do quão seguro é deixar Jake me levar. Eu pensei que não haveria perigo em me apegar a ele, mas, enquanto observo seu rosto lindo e penso no cuidado e consideração que ele teve comigo hoje, temo que o Sr. Imperfeito possa vir a se tornar o Sr. Perfeito.

Meu short finalmente está seco. Bem, o short de Hannah finalmente está seco, eu deveria dizer. Depois que Jake eu saímos da água, sentamos num tronco sob o sol para que nossas roupas sequem. Demorou o tempo certo para minha mente enfim começar a clarear.

A indecisão se instala.

Sou realmente capaz de me meter no mais casual dos relacionamentos e ficar me pegando com um cara como Jake? Antes eu com certeza achava que sim, mas agora... Parece que, independentemente do quanto eu me machuque ou de quanta diversão haja "do outro lado", no fundo sigo sendo a mesma garota. Algumas gostam da rebeldia. Mas eu não. Pelo menos, não para sempre. Eu ainda quero as mesmas coisas. Um homem que me ame mais que a qualquer coisa. Um homem que coloque a mim e a nossa família em primeiro lugar. Um homem para construir com ele uma vida. E não sou louca o bastante para achar que Jake é esse homem.

Entretanto, posso ser louca o bastante para desejar que ele fosse. Percebo que o sol está baixando e começo a me sentir culpada por fugir do meu caminho, sem nem ao menos ter falado com meus pais. Sim, sou adulta, mas foi uma atitude bastante imprudente.

— Acho que eu deveria ir para casa — digo a Jake quando a música para.

A Saltwater Creek tocou sem interrupções desde que chegamos, e, na realidade, eles são muito bons. Eu, na verdade, ainda não quero ir embora. Pensar em me aconchegar em Jake ao escurecer perto da fogueira que consigo ver sendo montada à frente é extremamente tentador. Mas...

Jake concorda em irmos embora. Ele não parece ter preferência em relação a ficar ou partir.

Ele se mantém calado no carro a caminho de casa, mas não acho que isso queira dizer muita coisa. Tenho a sensação de que ele não é de jogar conversa fora.

Quando chegamos à cidade, já anoiteceu.

— Sabe, você pode me deixar direto na casa dos meus pais, se não se importar. Posso pedir a um dos dois para me levar até o meu carro amanhã de manhã. Está ficando tarde.

Jake dá de ombros.

— Tudo bem.

— Não fica longe daqui.

— Eu sei onde você mora.

— Sabe?

— Todo mundo sabe onde o pastor mora.

Ele volta a ficar em silêncio e guia o Jeep com competência pelas curvas que levam à minha rua. Sorrateira, eu o analiso com os olhos semicerrados. O ângulo bem definido das maçãs do seu rosto e o cantinho esculpido dos lábios estão iluminados pelo brilho suave da luz do painel. Ele não parece estar nervoso, aborrecido ou incomodado. Parece apenas... Jake.

O Jake lindo, charmoso, sexy.

O Jake que faz o meu sangue ferver. O Jake que não consigo tirar da cabeça.

— Lar, doce lar — diz ele despreocupadamente ao estacionar no meio-fio em frente à casa em que cresci.

Pego minhas roupas amarrotadas e a bolsa do chão e vou alcançar a maçaneta.

— Obrigada, Jake. Eu me diverti.

— Foi um prazer — responde.

Ele parece... desligado, de algum jeito, mas não posso mencionar isso. Quero perguntar, mas existem mil razões pelas quais eu não deveria fazê-lo, pelas quais eu nem deveria me importar.

— Bom, boa noite.

— Boa noite. — Começo a descer do carro, mas a voz de Jake me interrompe:

— Ah, espere.

Meu coração acelera com a expectativa. Jake desliga o carro e tira as chaves da ignição. Do molho ele tira uma chave e me entrega.

— Aqui. Vou ficar fora por alguns dias. Tenho plantão no corpo de bombeiros. Entre e fique à vontade. Ligue no meu celular se tiver alguma dúvida sobre qualquer coisa.

Pego a chave da mão dele.

— Como você vai entrar em casa hoje?

Ele acena em negativa.

— Deixei a porta aberta. Além disso, temos uma chave extra escondida em um dos celeiros.

Eu concordo com a cabeça e dou um sorrisinho para ele, me sentindo desolada pela noite terminar assim. Tão tranquila. Tão casual. Tão decepcionante diante do que aconteceu mais cedo.

Você não pode culpar ninguém além de você mesma. E deveria estar satisfeita. Jake Theopolis é um problema de que você não precisa.

— Durma com os anjos, Laney — diz Jake quando estou fechando a porta. Olho para trás, mas ele já está arrancando com o carro.

Eu poderia jurar que vi um sorrisinho, e isso melhora consideravelmente o meu humor. Aquilo tem mais o jeito dele. O suficiente para me provocar um sorriso satisfeito.

Ainda estou sorrindo em deleite quando abro a porta destrancada da casa dos meus pais. Quando a fecho e não ouço nada além de um silêncio incomum e o tique-taque do relógio da sala de estar, entro em estado de alerta.

Problemas.

Devagar, me arrasto até os degraus. E me sinto novamente como uma adolescente, tentando evitar um confronto que vai terminar em sermão e em seguida um castigo por toda a eternidade.

Só que não sou mais adolescente. E estou começando a lamentar ainda me sentir assim ao entrar em casa.

— Laney, pode vir aqui?

Meu pai. E reconheço aquele tom.

Sinto um frio na barriga.

Enrolando minhas roupas numa bolinha, eu ajeito minha postura e entro na sala de estar. Dou um sorriso descontraído quando paro no batente da porta.

— Tudo bem?

Pela expressão dos dois, parece que eu dei um tapa na cara de cada um. E os dois estão olhando para o meu montinho de roupa.

— Laney, que disparate é esse? — pergunta minha mãe, com uma das mãos no pescoço como se eu tivesse acabado de anunciar que estou grávida ou participando de um culto.

— Por onde você andou, mocinha? — meu pai pergunta.

— Na rua.

Sei que uma resposta tão curta vai provocar mais perguntas e indignação, mas ainda me sinto um pouco desobediente depois que experimentei o gostinho da liberdade por um dia inteiro.

— Na rua onde? E com quem? E de quem são essas roupas? Porque *eu sei* que suas não são.

— E como você sabe disso, papai?

— Porque a minha filha jamais se vestiria assim — explode ele.

— Qual o problema da roupa? Não estou mostrando nada que seja inapropriado. E para o que eu estava fazendo estou inclusive muito vestida.

Minha mãe engasga.

— E *o que* você estava fazendo?

— Nadando. Tem algum problema?

— Onde?

— Num lugar chamado Blue Hole.

O rosto do meu pai fica vermelho.

— Você sabe que é proibida de ir a lugares como esse.

— Sim, papai. Sei que eu *era* proibida de ir a lugares como esse. Mas isso foi antes de ir para a faculdade, me tornar uma adulta e arranjar um emprego no mundo real.

— Estar uns anos mais velha não torna esses lugares mais apropriados que antes. Assim como as pessoas que os frequentam. — Não digo nada. Não tem como argumentar quando ele está assim. — Com quem você estava? Quem levou você para aquele inferninho?

Eu travo o maxilar. Agora vem a cereja do bolo.

— Jake Theopolis.

— Laney, eu te disse...

Interrompo o rompante do meu pai:

— Eu sei, eu sei. Você acha que ele não é boa companhia. Você acha que ele não é um tipo bom de amigo para ter. Você não aprova. Bom, quer saber, papai? Eu gosto dele. Ele é gentil e me ajudou hoje quando eu precisei. E acho que você se enganou em relação a ele.

— E o que Shane vai pensar de você numa companhia dessas?

Ele acha que isso vai amarrar o seu argumento. Uma ameaça velada para fofocar sobre mim para o meu noivo.

Ha! Ele é meu ex-noivo!

— Eu não ligo, papai. E isso não importa. Quantas vezes eu preciso te dizer que nós terminamos?

— Bom, até que você me dê uma boa razão, eu não vou desistir de vocês dois. Shane é um homem bom. O tipo certo de homem. Bom pra você. Você precisa segurá-lo. Ficar saracoteando por aí com alguém como Jake Theopolis pode destruir o que você tem com Shane. E eu não vou apoiar isso. Alguém precisa tomar conta de você, fazer o que for melhor para você.

— Talvez, papai. Mas não vai ser você. De agora em diante, *eu* sou a única que toma conta de mim. Se um dia eu encontrar alguém que eu sinta que pode assumir isso, te aviso. Até lá, mantenha-se afastado!

Com isso, eu dou as costas para os meus embasbacados pais e sigo correndo escada acima até o meu quarto, batendo a porta ao entrar.

Se eles querem ter uma adolescente em casa de novo, eu darei isso aos dois!

Entre o drinque demoníaco que tomei no Blue Hole, o drama com meus pais e o pouquíssimo tempo que consegui dormir depois de tudo isso, estou cansada e ranzinza quando dirijo de volta da casa de Jake na segunda-feira.

Ao estacionar em frente à propriedade, fico distraidamente imaginando por que o carro da minha mãe está parado na calçada e não na garagem. Quando nada me vem à mente de imediato, deixo para lá e pego minhas coisas no banco do carona antes de entrar em casa.

Algo maravilhoso provoca meu olfato quando abro a porta. Inspiro profundamente, já me sentindo melhor.

— Vou trocar de roupa e desço, mãe! — anuncio na direção da cozinha ao seguir para a escada.

No meu quarto, chafurdo as roupas que continuo na mala e puxo uma calça de ioga e uma camiseta com um rasgo no decote. Espero que minhas roupas mais confortáveis me tragam boa sorte. Talvez os meus pais possam deixar a noite de ontem onde ela deve ficar: no passado.

Talvez.

Assim espero.

Desço os degraus correndo e viro à direita para passar pela sala de jantar e chegar à cozinha. Vejo que a mesa está posta. Com bastante formalidade, inclusive. Tento me lembrar de algum plano que mamãe possa ter mencionado, mas nada me ocorre.

De novo.

Fico congelada assim que piso na cozinha. Meu queixo cai e todos os meus pensamentos saem voando quando vejo o que está esperando por mim.

Ou melhor, *quem*.

Sentado no balcão, ainda com as roupas do trabalho, está Shane. Meu ex-noivo. O homem com quem não desejo falar e que não quero ver de novo.

A princípio fico apenas confusa. Olho para a minha mãe e depois para o meu pai, perguntando:

— O que ele está fazendo aqui?

Shane se levanta e vem até mim, erguendo os braços para tocar nos meus ombros. Eu me esquivo do seu gesto e me afasto.

— Laney, nós precisamos conversar. E o seu pai acha que este pode ser um bom momento para fazermos isso.

A voz dele é controlada, propositalmente ajustada para soar razoável e confiante. Mas eu só consigo ouvir a voz de um mentiroso. Do homem que partiu meu coração e me traiu. Com a minha melhor amiga.

Minha incredulidade transborda. Isso não pode estar certo. Meus pais nunca seriam tão manipuladores e sem consideração.

Eu me inclino para olhar além dos ombros de Shane, esperando ver algum sinal de ultraje perante suas mentiras. Ou pelo menos algo que me mostre que ele errou gravemente.

Mas não é nada disso que eu vejo.

Eu vejo o apoio dos meus pais. Mas não a mim. Ao meu ex-noivo.

É uma emboscada.

— Você fez isso? — pergunto para o meu pai. Minha garganta está tão fechada que parece ter um punho lá dentro. — Por favor, me diga que ele está enganado. Por favor, me diga que isso não passa de um mal-entendido.

Minha mãe faz a gentileza de baixar a cabeça. Certamente a ideia não veio dela.

Meus olhos correm de volta para o papai, parado, altivo e sem remorsos, atrás do balcão. Atrás de Shane.

— Como você pôde? — Eu mal consigo pronunciar as palavras, mas sei que elas são facilmente compreendidas no absoluto silêncio do cômodo.

— Não posso deixar você cometer um erro do qual vai se arrepender pelo resto da vida, com esse menino dos Theopolis.

Sem olhar para trás, eu refaço o caminho pela escada, jogo o pouco que trouxe de produtos de higiene pessoal na mala, pego minha bolsa e volto para o carro.

Quando estou me afastando da calçada, para longe da casa e das pessoas que mal consigo reconhecer agora, não faço ideia de para onde estou indo. Só sei que não posso ficar aqui.

10
Jake

Estou cansado. Não por fazer muito esforço, como eu poderia ter ficado depois de um plantão de quarenta e oito horas em Baton Rouge. Não, estou cansado de tédio. Por ficar parado na maior parte desses dois dias. Dá para entender por que apenas doze sujeitos compõem a corporação inteira de bombeiros daqui. Simplesmente não há atividade suficiente para manter muita gente ocupada.

Trabalhei mais dezoito horas, levando meu total de horas trabalhadas para sessenta e seis sem parar. Eu esperava ao menos receber alguma ligação na qual pudesse exercer minhas habilidades de réplica, mas não tive sorte. Foi somente... tranquilo.

Merda.

Já que é o meio da noite, calculo que vou dormir algumas horas e acordar para correr. Ao menos o trabalho aqui no pomar é um pouquinho estimulante. Tem mais a ser feito do que comer, jogar cartas e assistir a televisão.

Alongo o pescoço quando entro na estradinha comprida que leva até a casa. Estava sentindo falta de Baton Rouge e toda a sua animação e atividade, até avistar o brilho da luz automática de um carro azul familiar estacionado em frente à garagem. Essa visão empurra Baton Rouge e praticamente qualquer outro desejo para as profundezas da minha mente.

— Que diabos Laney está fazendo aqui a esta hora? — pergunto em voz alta ao conferir o horário no painel para ter certeza de que não estou deixando de entender alguma coisa.

Nada disso. São três da manhã.

Estaciono atrás do carro dela e sigo em silêncio para a entrada da casa. As luzes estão desligadas e não há sinal de vida, o que me faz pensar que ela pode ter tido algum problema com o carro e precisou que alguém a buscasse para levá-la embora.

É possível. Mas não consigo imaginar o porquê disso, continua sendo possível que ela esteja adormecida na minha casa neste exato momento.

Se antes eu estava cansado, agora estou bem desperto. E sentindo todo tipo de excitação.

Subo a escada em silêncio e no fim dos degraus me interrompo para olhar ao redor e ouvir. Nenhum barulho, e nada parece fora do lugar.

A não ser pela porta do meu quarto, que está fechada. Sinto uma comichão no meu pau tocando o zíper da calça, como se todo tipo de lascividade e cenários sensuais envolvendo Laney e eu passassem rápido pela minha mente. Seguro um gemido e inspiro profundamente antes de continuar pelo corredor, sorrateiro, em direção à minha porta.

Giro a maçaneta e abro a porta com facilidade. Sob um feixe de luz da lua, com o cabelo platinado espalhado pelo meu travesseiro marrom, está Laney, adormecida. A coberta está puxada até a cintura, deixando toda a parte superior do corpo dela exposta. Ela está usando uma camisetinha tão justa que vejo o contorno de seus mamilos. Eles me fazem aguar. E, pelo que eu posso ver, além disso, ela está usando apenas uma calcinha de cor clara.

Penso no melhor plano de ação a partir de agora. A coisa *certa* a fazer seria fechar a porta, deixando-a tranquila, e ir dormir no sofá. Mas não é o que eu *quero* fazer.

Enquanto estou no batente da porta observando Laney, me lembro do nosso beijo no Blue Hole. Temos contas a acertar. E essas contas são o que me fazem jogar a "coisa certa" pela janela em nome do que eu realmente quero.

Laney.

Não levo mais do que alguns segundos para tirar a roupa e ficar de samba-canção. Ela tem sorte por eu ter dormido ao lado de um bando de homens nos últimos dias ou não estaria usando nada.

Puxo as cobertas com a maior gentileza possível e então escorrego para o lado dela. Posso sentir o calor do seu corpo irradiando na minha direção sob o lençol, esquentando minhas pernas. Meu pau lateja diante do desejo de abrir as pernas dela e mergulhar ali do mesmo modo que me deitei na cama: lenta e facilmente.

Entrelaço as mãos embaixo da cabeça, travo o maxilar e fecho os olhos, contando até vinte num esforço para deixar meu corpo sob controle. Ouço Laney mudar de posição ao meu lado antes de senti-la se esgueirando pela minha barriga. Ela joga uma perna por cima da minha e se aconchega. Aguardo alguns segundos antes de baixar o braço e encaixar a mão no ombro dela. Ela suspira e eu relaxo contra o seu corpo.

Mas então sinto a tensão.

Sei imediatamente que ela acordou. É como se o corpo inteiro de Laney ficasse em alerta, embora ela não tenha movido um músculo. Seu cabelo faz cócegas no meu peito quando ela levanta a cabeça para me encarar.

— O que você está fazendo? — pergunta Laney, suavemente, como se não tivesse certeza de que estava mesmo acordada.

— Eu vou dormir. O que você está fazendo?

— Eu estou dormindo.

— Percebi.

A testa fica franzida, como se ela ainda estivesse tentando entender tudo. Seus olhos azuis estão pesados e eu posso ver sua luta para pensar com mais clareza. Laney está tentando encontrar o caminho para despertar e voltar à realidade.

— Você está mesmo aqui?

— Por que eu não estaria?
— Porque você deveria estar no trabalho e eu poderia estar sonhando.
— Então você sonha comigo?
— Sim — responde ela, com franqueza.
— São sonhos bons?
— A maioria sim.
— Hummm, você gostaria que esses sonhos se tornassem realidade?
— Às vezes.
— Que tal agora?

Os olhos dela procuram os meus antes de seguirem até a minha boca. Em parte isso me diz sobre o que ela sonha: me beijar.

— Sim — sussurra.

— Você estava sonhando com os meus lábios? — pergunto, mantendo o tom de voz baixo para não acordá-la completamente. Sei qual é a resposta, quero apenas ouvir Laney admitir.

Com calma, eu rolo até que Laney esteja de costas comigo por cima dela. Esfrego meus lábios nos seus, usando somente a pressão necessária para fazer cócegas e provocá-la.

— Sim. — Ela suspira, o hálito mentolado soprando meu rosto quando Laney relaxa de volta no colchão.

— E a minha língua? Você estava sonhando com ela? — Com a ponta da língua eu traço o contorno dos seus lábios, enfiando apenas o bastante para fazê-la querer mais.

— Hummmm, hummmm. — Seu gemido é a resposta, inclinando a cabeça mais para cima num convite evidente.

— Você sonha com ela aqui? — pergunto, lambendo o lóbulo de sua orelha. Desço até a clavícula, libertando meus dedos pela alça fina da camiseta dela. Sinto seus dedos pelo meu cabelo e sei que meu corpo está esquentando. — Ou você sonha com eles aqui? — Puxo uma das alças da camiseta para baixo até seus seios cor de creme e os mamilos cor-de-rosa estarem visíveis. Levo tal joia até a boca e sinto quando os dedos de Laney se fecham, puxando meu cabelo. — Hummm, você gosta aí é? — Enquanto provoco e chupo seus peitos, escorrego o joelho entre as pernas dela, abrindo-as um pouquinho. — E aqui? Você sonha com a minha língua aqui? — Minha mão desce, deslizando pela sua barriga chapada até o tecido úmido entre as suas coxas.

Eu sabia que estaria molhada.
— Sim. — Ela respira fundo.

Chegando a calcinha de algodão para o lado, enfio um dedo na sua boceta escorregadia.

— Aposto que você sonha com a minha língua aqui, não é? — pergunto, acariciando a pele úmida.

A resposta dela é meio que um gemido, mas é tão compreensível quanto qualquer palavra. Eu desço para beijar sua barriga desnuda.

— E aqui — sussurro enquanto afrouxo meu dedo dentro dela. Quando seus músculos retraem, não consigo evitar um gemido.

— Ai, merda, você é tão apertadinha!

Ela se move de encontro à minha mão, e eu posso sentir o seu corpo sugando o meu dedo, implorando para que eu o preencha com algo maior e mais duro. No entanto, independentemente do quanto eu queira aquilo, quero também que Laney esteja bem acordada e que seja consentido. Nunca fiz sexo com uma mulher que não tivesse total noção do que estava acontecendo. E, embora eu possa sentir o quanto o corpo dela quer isso, quero que sua mente esteja comigo nessa também.

— Laney, você sabe que isso é de verdade, não sabe? — pergunto, acalmando minha mão, com relutância, e olhando além do mamilo gostoso dela. Seu rosto está cheio de paixão. — Você está comigo na cama e eu estou prestes a te fazer gozar tanto que você vai gritar o meu nome. Fala pra mim que você quer que eu faça isso.

Seus olhos estão arregalados e totalmente despertos, mas agora que estou lhe mostrando uma saída posso ver a indecisão chegando. Posso senti-la na forma como seu corpo fica mais tenso debaixo do meu.

Por que eu fui fazer isso? Mer...

— Desculpa — sussurra ela, interrompendo meu pensamento e confirmando minhas suspeitas. — Não consigo pensar direito perto de você e também não consigo pensar quando você está me tocando assim.

Eu seguro um suspiro e lhe dou um sorriso irônico.

— Eu meio que percebi isso. — Relutante, tiro meu dedo de dentro dela e fico novamente por cima. Puxo uma mecha de cabelo do seu rosto. — *Vai* acontecer. Você sabe, né?

Ela não diz nada. Não concorda, mas também não *discorda*, o que me diz que sim, ela também sabe.

— Só não vai ser esta noite — digo, saindo de cima dela e me sentando para passar meus dedos pelo cabelo. Ficando de costas para Laney, lhe dou tempo para ajeitar suas roupas sem que eu fique olhando. E isso *me* dá tempo para focar em não aumentar minha ereção. E não tentar persuadi-la. O que eu poderia fazer.

Sei que, se eu pressionasse, poderia fazer Laney ceder. Mas não vou. Quando fizermos amor, quero que seu corpo e sua mente estejam implorando por isso.

— Hoje estou muito interessado em saber como foi que eu cheguei aqui e encontrei você na minha cama.

— É uma reclamação?

Eu me viro para vê-la, para saber se está brincando. Sua expressão é ilegível.

— Claro que não!

Ela sorri e traz os joelhos até o peito, apoiando o queixo neles. Embora seja um gesto inocente, é tão formal que de algum modo é sexy. E me faz desejá-la muito de novo.

Eu me estico no meu lado da cama, com a cabeça do lado oposto ao dela, apoiando a minha na palma da mão.

— Me conte a sua história, Cachinhos de Ouro.

Laney se concentra nos dedos dos pés enquanto brinca com eles. Não digo nada para incitá-la. Ela vai me responder na hora certa. Ela precisa me responder. Laney estava dormindo na minha cama, pelo amor de Deus.

Finalmente ela fala. A voz é baixa. E magoada.

— Não vai fazer sentido se eu não começar do começo.

Ela me observa, mas rapidamente desvia o olhar, como se estivesse com vergonha. Agora estou mais curioso do que nunca para saber o que houve.

— Tudo que eu sempre quis na vida foi casar e ter filhos, encontrar o que os meus pais têm.

Eu omito um resmungo.

Maldição! Por que ela tem que ser esse tipo de mulher?

— Conheci um cara no primeiro ano da faculdade. Ele parecia ser o homem perfeito. Era inteligente, responsável, ambicioso, amoroso. E nós tínhamos basicamente os mesmos objetivos. E eu achei que ele fosse confiável. Mas ele não era. Eu o peguei na cama com outra uns meses atrás. Com a minha melhor amiga.

— Ai, que merda! Mas que babaca!

Laney concorda com a cabeça, ainda encarando os dedos dos pés.

— Tenho certeza de que você sabe... quero dizer, duvido que seja uma surpresa para você que...

Quando ela não termina a frase, eu cobro:

— O quê? Fala logo. O que eu devo saber?

Ela tem dificuldade em verbalizar seja lá o que for que precise dizer. Noto que os dentinhos brancos de Laney estão mordiscando, bem agitados, seu lábio inferior. E isso me distrai bizarramente. Me faz desejar que ela termine a história e depois me peça para lambê-la inteirinha, dos pés à cabeça.

Embora eu duvide dessa possibilidade.

Pelo menos na noite de hoje.

Talvez amanhã à noite... Se eu conseguir fazê-la ficar...

Já que ela continua muda, eu solto:

— Maldição, mulher! Fala de uma vez.

— Veja bem, eu sei que não é surpresa pra você que as pessoas te veem como... um... um sujeito rebelde.

— Acho que já ouvi isso uma vez ou duas, mas o que tem a ver com o restante?

Ela dá de ombros.

— Bom, meus pais sabem que estou trabalhando no espólio da sua família e...

— Ahhhhhh. Eles não gostam que você ande com tipos como eu. — Eu termino por ela.

— Não é bem isso. Quero dizer, eu disse a eles que era só trabalho, mas...
— Mas o quê?
— Mas eles não acreditam em mim, é claro. Pelo menos não depois de domingo.
— Por quê? O que aconteceu no domingo?
— Bom, você me deixou na calçada e eu tive que entrar em casa com aquela roupa de periguete, carregando as roupas que tinha usado para ir à igreja. Não é um argumento muito convincente a favor do profissionalismo.

Não consigo não rir.

— Eram roupas de periguete? — Gesticulo com a cabeça. — Bom saber.
— Para mim, são. Para os meus pais, definitivamente são!
— Então os seus pais acham que eu estou corrompendo você?

Ela dá de ombros.

— Acho que sim. Eles sabem que eu não sou *aquele* tipo de garota.
— O tipo que usa roupa de periguete — digo, tentando esconder o sorriso.
— Isso. E que vai a festas divertidas e se deixa levar por um flerte sem sentido.
— Talvez eles não saibam que tipo de garota *é* você. Porque, no domingo, você parecia estar muito bem sendo esse tipo de garota.
— O problema é exatamente esse. Eles sabem que eu não sou assim. Então...
— Eles acham que sou eu.
— Certo.
— E o pastor desaprova.
— Muito mesmo.
— E é por isso que você está na minha cama? Você está metendo essa pro pastor fazendo parecer que eu estou metendo essa com você?

Ela me olha feio e eu dou um sorriso.

— Ninguém está metendo nada em ninguém.
— É uma pena isso também.

Ela parece surpresa ao dar uma risadinha, como se não estivesse esperando aquilo. E não pudesse controlar.

Quando seu sorriso some, ela pergunta:

— Você vai me deixar terminar?

— É claro. Você tem toda a minha atenção — digo, estreitando os olhos nela. Laney me observa em dúvida, depois revira os olhos e continua:

— Então, depois que meus pais e eu discutimos sobre onde eu estava, com quem eu estava e por que, nós brigamos. Veja bem, eles não sabem por que Shane e eu terminamos.

— Shane é o Sr. Certinho?

Outro olhar intimidador.

— De todo modo, para encurtar, eles não gostaram do nosso término, não gostaram de saber que eu estava com você, e resolveram assumir a responsabilidade de consertar as coisas. Aí, depois de ter vindo aqui e trabalhado o dia todo, na segunda-feira, cheguei em casa e descobri que eles haviam convidado Shane para jantar. Sem nem ao menos me consultar. Eles armaram totalmente pra mim. Queriam que nós conversássemos para que pudessem dizer que eu estava sendo idiota e que estava errada em jogar fora o que nós dois tínhamos. Então eu fui embora. E não voltei desde então.

— Eles levaram o cara na sua casa sem você saber? — Ela assente, solene.

— Caramba, que merda que eles fizeram.

— Eu também achei. É como se eles não conseguissem entender. Ou não quisessem. Eles veem o que querem ver. Não importa o quanto isso esteja errado ou seja tendencioso — diz ela, amargamente.

— Ao longo dos anos, eu aprendi que a maior parte das pessoas julga os outros como se não houvesse amanhã. Elas podem *pensar* que não estão julgando. E algumas provavelmente tentam mesmo não fazer isso. Mas a maior parte julga. É da natureza humana.

— Eu me esforço bastante para não ser assim.

— Acho que você faz um bom trabalho. E estar aqui agora mostra que você não é tão ruim quanto a maioria. Principalmente considerando essa cidade.

Ela levanta seus grandes e tristes olhos azuis para mim.

— Sinto muito que as pessoas tenham sido tão injustas com você e com a sua irmã.

É a minha vez de dar de ombros.

— Não, não sinta. Nós merecemos a maior parte. Eu irritei gente o bastante nesta cidade para ganhar justificadamente a fama de "encrenqueiro".

— Você só fez isso? Irritar as pessoas?

Estendo a mão para deslizar meus dedos numa de suas macias panturrilhas.

— Deve ter havido algumas filhas corrompidas e mulheres comprometidas nesse bolo. Eu só não me lembro agora.

— Mulheres comprometidas? — Ela hesita.

— Ei, eu era jovem. E elas eram... carentes.

— Ai, meu Deus! Você é um bad boy mesmo!

— Não desanima comigo agora. Você estava chegando tão perto.

— Perto de quê?

— De vir para o lado obscuro.

— Não, eu não estava.

— Sim, você estava. Conseguiu sentir como é divertido parar de se preocupar com o que as outras pessoas pensam e simplesmente aproveitar a vida o quanto puder. Nós temos só alguns curtos e por vezes dolorosos dias nesta terra. É preciso ter prazer sempre que puder.

— É isso que você está me oferecendo? Prazer?

Fico sentado e me inclino na direção de Laney. Ela não se afasta, apenas me observa. Posso ouvir e também sentir que ela está prendendo a respiração.

— Não é o bastante?

Eu me aproximo mais dela e deslizo a língua pelo seu lábio superior.

— Eu não sei — diz ela baixinho.

— É possível. Você precisa deixar acontecer. Você precisa enxergar que é melhor viver sem amor. O amor deixa as pessoas fracas. O amor faz as pessoas perderem o senso comum e um acaba magoando o outro. Ouça você mesma! O amor não te trouxe nada que não fosse dor e sofrimento. Mas eu posso fazer tudo isso desaparecer. Eu posso tirar a sua mente da dor. Posso fazer você se sentir melhor do que jamais se sentiu. Você só precisa deixar.

— Eu não sei se posso simplesmente mergulhar nisso assim — sussurra ela.
— Tudo bem. Mergulhar pode ser legal, mas também pode ser bom... explorar. Enquanto estivermos nos entendendo, tendo as mesmas expectativas, não pode dar errado. — garanto, indo adiante para acariciar a parte de cima do seu braço e a curva dos seios com o dedão.
— E o que nós vamos fazer agora?
Embora eu queira ver logo sua cabeça batendo contra a cabeceira da minha cama, sei que não é a coisa mais esperta a sugerir agora. Então, reprimo meu suspiro frustrado e escolho um longo beijo em vez disso. Quando ela relaxa um pouco e fica mais flexível comigo, eu me afasto.
— Nós vamos dormir — declaro, dando uma mordidinha no seu queixo e um tapa provocante na sua bunda. Ela grita de brincadeira e eu dou uma piscadinha. — E amanhã nós vemos o que é possível conseguir.
— Então é só diversão? Sem pressão, sem promessas?
— Só diversão. Muita diversão.
Eu volto para o meu lugar na cama e levanto um braço, esperando que ela se aninhe nele, e ela o faz. Quando ela se aconchega, ouço seu suspiro de contentamento, dou um sorriso.

E muito, muito, sexo.

É o meu último pensamento antes de adormecer.

11
Laney

Resmungo para a frigideira e a tiro do fogo. A outra já está na pia, com água quente.

Laney, em que você estava pensando?

O que começou como uma tentativa de preparar o café da manhã se tornou um pesadelo. Primeiro, eu deveria ter verificado se encontraria tudo de que precisava para realmente cozinhar *qualquer coisa*. A cozinha parece uma zona desmilitarizada e eu tenho bastante certeza de que a casa vai cheirar a bacon queimado para sempre.

Uma tosse desvia minha atenção para o vão da porta. Jake está ali parado com uma calça jeans que cai perfeitamente em seus quadris, um sorriso divertido no rosto e nada mais. Seu cabelo está espetado formando ângulos estranhos, e eu tenho certeza de que nunca vi nada que tivesse me dado tanta água na boca antes.

— Existem modos mais fáceis e mais agradáveis de me acordar sem me enxotar do quarto.

— Você disse que era bombeiro. Estou testando suas habilidades. Você passou — digo em meio a uma tossida, com os olhos lacrimejando tanto que mal consigo enxergar.

Jake contorna o balcão no centro da cozinha e abre a porta dos fundos. Einstein, seu imenso cachorro, que conheci na semana passada, está sentado na varanda de trás, choramingando.

— Rápido! Pega um biscoito da jarra em cima da bancada. Você ofendeu profundamente a delicada capacidade olfativa de Einie — diz Jake. — Precisa recompensá-lo.

Não consigo conter um sorriso enquanto pego o petisco e sigo até a porta. Piso lá fora, dou o biscoitinho de osso para o cão e respiro uma lufada de ar fresco. Jake me segue. Nuvens densas de fumaça cinza flutuam pela porta.

— Sinto muito pelo bacon.

— Isso era bacon?

— Em parte. Começou sendo uma omelete, torrada e bacon, mas rapidamente se deteriorou quando percebi que eu não fazia ideia de onde ficavam as coisas na sua casa.

— Tipo o quê? O botão de cortar o gás do fogão?

— Há, há, há. Não, estou falando de utensílios.

— Utensílios? Bem provável.

— Tudo estava indo bem até eu perceber que não tinha como virar a omelete.

— E então... caos.

— Exatamente. Quando os ovos começaram a queimar enquanto eu mexia em tudo à procura de uma espátula, foquei toda a minha atenção neles. Não pude salvar o bacon.

— Certo, em primeiro lugar, ovos queimados, luta para salvar o bacon... não posso mais ignorar tantos clichês, então agora você já sabe. Segundo, por que um café da manhã tão caprichado?

Dou de ombros.

— Pensei que seria o mínimo a fazer, já que você não ficou bravo por eu ter sequestrado a sua cama por algumas noites.

— Como é que qualquer homem em sã consciência ficaria bravo com isso?

— Porque é muito grosseiro! Não é como se eu tivesse pedido nem nada disso, eu deveria ter pedido. Mas eu estava tão irritada! E então, assim que saí da casa dos meus pais, percebi que não tinha para onde ir. Se eu tivesse ido para um hotel, eles me encontrariam com certeza. Quero dizer, só tem um hotel na cidade.

— Bom, agora você tem um lugar para ficar, então não precisa se preocupar com isso.

— Ah, não, eu não poderia ter imposto isso a você dessa maneira.

— Não foi uma imposição. Foi uma oportunidade.

A risada dele é diabólica.

— Posso perguntar que tipo de oportunidade é essa?

— Eu não sei. Você pode? Você está pronta para isso? Está realmente, de verdade, preparada para dar uma volta pelo lado rebelde?

— Eu... eu... eu... acho que depende do que está envolvido.

Como se estivesse sentindo minha hesitação com o rumo da conversa, Jake alterna para uma forma de ataque mais sutil. Mais sutil, mas sem deixar de ser eficaz. Eu posso senti-lo baixando minhas defesas a cada segundo que passa.

— Bom, considerando que acabamos de sobreviver a um café da manhã quase fatal... — começa ele.

— Eu dificilmente chamaria de quase fatal.

Ele ignora minha interrupção.

— Eu deveria fazer um exame físico completo — continua ele sem perder o fio da meada e se aproximando à medida que fala. Jake enlaça os braços pela minha cintura. — Só para garantir que você não tem nenhuma queimadura no corpo. Ou mesmo vergões vermelhos. Você sabe que o calor pode deixar a pele bem... sensível. Eu poderia garantir o tratamento adequado em qualquer... área sensível imediatamente. Massageá-las até melhorarem. Bem, bem melhor assim.

Minha cabeça está flutuando — não sei se por falta de oxigênio ou se por causa de Jake, não tenho certeza — e um sentimento sublime de contentamento ameaça me possuir. Eu deveria estar desconfiada, mas é difícil manter a concentração em qualquer coisa quando Jake está se balançando de leve contra mim, o quadril esfregando no meu.

— Embora pareça profissional e... detalhista, receio que há muita bagunça para limpar agora. — Ainda que eu decline da oferta dele, o fogo segue queimando dentro de mim, dessa vez no limite abaixo da minha barriga. É um fogo que eu sei que em breve vai precisar de atenção. E Jake será o único capaz de fazer alguma coisa quanto a isso.

— Vou esquecer agora. Mas não vou descansar até conseguir pelo menos conferir os seus lábios. Sabe, caso tenham queimado quando você experimentou alguma coisa.

Reviro os olhos e dou um suspiro dramático.

— Se for preciso. Quero dizer, você é bombeiro.

Ele balança as sobrancelhas de um jeito divertido quando inclina a cabeça na minha direção.

Estou adorando esse lado divertido dele. Ele é realmente charmoso. O que o faz ser ainda mais perigoso. Eu só não tinha percebido o alcance da sua sedução.

Ou talvez eu tenha percebido, sim.

Talvez por isso eu venha tentando manter uma distância segura.

Seu beijo é leve e provocante a princípio, mas logo se torna algo a mais. Em segundos, vejo que meus dedos estão bagunçando o cabelo de Jake e meu corpo se força no dele, desesperado por um contato mais próximo. Desesperado por... mais.

Quando ele se recosta, o sorriso se foi e ambos estamos sem ar. Suas pupilas dominam as íris douradas dos olhos.

— Você tem certeza de que não vai me deixar examinar o restante do seu corpo? Posso te fazer arfar de jeitos que não tem nada a ver com inalação de fumaça.

Eu rio, nervosa. Parece que, a cada palavra e a cada beijo, estou chegando mais e mais perto de dizer sim. De pular.

— Acredite se quiser, tenho certeza de que é a mais pura verdade.

— Posso garantir que, na prática, o que eu vou fazer é muito melhor do que qualquer coisa que você consiga imaginar.

Meu coração está martelando no peito, e eu estou achando mais difícil de me lembrar por que eu não deveria estar brincando com fogo desse jeito.

— Jake, eu...

— Sem desculpas, sem explicações. Eu conheço todos os seus motivos e todas as suas hesitações. E você não me deve nenhum dos dois. A única palavra que eu quero ouvir vindo desses lábios gostosos é "sim". E até que você diga é isso que vai ter — diz ele, esmagando seus lábios nos meus em um beijo que queima até na minha alma. Quando por dentro estou feito manteiga derretida, ele me solta e se afasta. — Mas tente não colocar fogo na casa enquanto isso. — Ele sorri e sai andando de volta para dentro.

A fumaça se dissipou consideravelmente, mas o cheiro ainda é horrível.

— Então o inferno é assim — murmuro ao franzir o nariz e olhar ao redor.

— Isso me transforma no diabo? — Jake me pergunta, olhando para trás com uma sobrancelha arqueada em desafio.

— O júri ainda não decidiu quanto a isso.

Ele ri.

— Bom, já que estragou o café da manhã, você tem duas opções para começar o dia. Número um, que vem a ser a que eu recomendo: você me deixa te carregar para o banho, onde vou poder te dar profunda atenção para garantir que cada centímetro da sua pele esteja livre de resíduos de fumaça. Na opção número dois, nós saímos para correr e *depois* voltamos para uma chuveirada, eu preparo o seu café da manhã. Um que não seja tóxico.

— Você cozinha? — pergunto, mudando de assunto antes de impulsivamente escolher a primeira opção, na qual estou ficando cada vez mais interessada.

— Sou bombeiro. Minhas habilidades no preparo de um chili são lendárias.

— Chili no café da manhã?

— Ah, não. Eu vou atormentar as suas papilas gustativas com as minhas delícias gastronômicas. Isso vai te afetar tanto que nós vamos passar as duas horas seguintes na cama, onde você vai venerar meu corpo como forma de pagamento por essa maravilha gourmet.

— Maravilha gourmet?

— Isso.

Estreito o olhar e deixo o nariz franzido.

— Escolha difícil, mas acho que vou ficar com a opção dois e meio.

— Não lembro de te dar essa opção.

— Então eu vou ter que surpreender você — digo, dando um pinote para me afastar dele e seguir até a escada. Preciso tomar alguma distância de Jake antes de cometer um erro muito, muito grande. — Você não é o único que tem habilidades.

Uma sobrancelha arqueada e um sorriso lento se espalham pelo rosto de Jake.

— Você aceitou o desafio, foi?

— Talvez.

— Não vai ser mais a moça boazinha, então?

— Talvez não o tempo todo.

— Ah, isso vai ser divertido.

— Acho que você pode estar certo.

Com isso, subo os degraus, me sentindo um pouco assustada, um pouco indecisa e meio tonta. Mas, principalmente, me sentindo livre.

Acontece que me falta imaginação. E coragem, evidentemente. A coragem de dar um passo e realmente deixar de ser uma boa moça. De me arriscar.

Umas dez formas diferentes de terminar uma corrida ao lado de Jake passam pela minha mente, algumas sensuais, outras nem tanto. Acabo me acovardando e escolho levá-lo para tomar café da manhã na rua. Suados mesmo.

E aqui estamos. Sentados no balcão da única lanchonete da cidade que serve café da manhã o dia inteiro (e que se parece com um *motor home*).

— Então esse é o meio? — devaneia Jake, balançando a cabeça e conferindo o que tem ao redor do Rita's.

— Meio?

— Segundo você, a opção dois e meio seria ousada. Não achei que você estivesse pensando em ousadia no sentido de pegar salmonella.

Olho para ele com ar de dúvida.

— Você sabe muito bem que a comida aqui é ótima.

— Mas não é esse o ponto, né?

Encaro seus desconcertantes olhos cor de âmbar e não digo nada. Ele tem razão. E sabe disso.

— Você tem tanto medo assim de se arriscar um pouquinho? Ou é só porque você tem medo de se arriscar *comigo*?

Antes que eu possa responder, uma voz familiar soa atrás de mim, fazendo os pelos da minha nuca ficarem arrepiados.

— A que ponto chegamos, hein? Minha filha vem me visitar e eu preciso esbarrar nela, por acaso, numa lanchonete para vê-la?

Eu me viro no banco e encontro meu pai alguns passos atrás de mim, as mãos casualmente metidas nos bolsos, a expressão branda. Bom, branda para quem não cresceu sob o mesmo teto que ele. Para os que cresceram, há uma tempestade se formando logo abaixo daquela expressão aparente, uma tempestade que vem junto com um sermão de uma hora. Só devo ter passado por isso poucas vezes. Eu sempre fui boazinha e evitei problemas desse tipo. Ainda assim, ouvi alguns vez ou outra. Não tem nada de divertido. E mesmo agora, na vida adulta, ainda me sinto impelida a encolher diante da desaprovação dele. Entretanto, ciente da presença de Jake ao meu lado, eu me seguro.

— Nada disso, papai. Nós só saímos para tomar café da manhã. Você se lembra de Jake Theopolis, certo?

Estou uma pilha de nervos. Sei o que meu pai pensa a respeito de Jake. E Jake também sabe, depois da noite de ontem. Espero só que ele não nos envergonhe demonstrando isso *na frente* de Jake.

— Senhor — diz Jake com um aceno de cabeça, ficando de pé para encarar o meu pai. Ele estende a mão educadamente na sua direção.

A princípio meu pai simplesmente olha para baixo, mirando a mão de Jake, como se ela estivesse suja, mas em seguida ele sorri e o cumprimenta rapidamente.

— Então você é o responsável por aliciar minha filha para uma vida de pecado — diz ele, tão amistosamente quanto se comenta sobre o clima.

— Papai! — grito, envergonhada.

— Não que eu saiba — diz Jake, com um sorriso natural enquanto se senta novamente ao meu lado. Tenho a sensação de que ele não está relaxado como parece, mesmo assim Jake se reclina para apoiar as costas no balcão e ficar de frente para o meu pai, cruzando os braços sobre o peito. Uma postura claramente defensiva.

— Você está me dizendo que ela não tem ficado na sua casa? Porque não consigo imaginar nenhum outro lugar para onde ela teria ido.

— Eu não disse isso. Mas estive trabalhando no corpo de bombeiros, então ela ficou sozinha na casa.

Meu pai concorda com a cabeça, mas sei que ainda não está satisfeito. Ele quer sangue. O sangue de Jake.

— Bom, independentemente disso, você pode imaginar o que algo assim parece. Como isso reflete na boa índole dela.

— Eu acredito que os que costumam julgar os outros encontram alguma coisa indesejável até mesmo na mais pura das pessoas.

— E ainda assim nós devemos manter as aparências virtuosas, não é mesmo, Laney?

Ele vira seu olhar intimidador na minha direção, mas, de algum modo, por ele ter sido tão manipulador com Shane e estar abertamente desafiando Jake agora, eu não recuo como sempre faço.

— Provavelmente é a coisa certa a ser feita, papai, mas não quer dizer que é o que *eu* vou fazer.

— Laney, eu não criei você para...

— Isso não tem a ver com o jeito como você me criou, pai. Isso tem a ver com você não ficar feliz com as minhas escolhas. Mas, felizmente para nós dois, não é assim que *tem que ser*. Sou adulta e posso viver a minha vida como eu desejar. Posso tomar minhas próprias decisões e cometer meus próprios erros. Posso decidir sozinha quem merece estar na minha vida e quem não merece. Não é da sua conta. E com certeza não é seu papel consertar um relacionamento que eu terminei. Na verdade, eu agradeceria se você ficasse fora da minha vida neste momento. Já tenho o bastante com o que me preocupar para passar a noite em claro imaginando se decepcionei você.

Sem ter tido a intenção, eu me levanto, como se estivesse fortalecida e pronta para a batalha. E, ainda que eu odeie um espetáculo, foi justamente o que acabei de fazer. Posso sentir cada par de olhos do lugar focado em mim. É óbvio que eu levantei o tom de voz.

Eu me viro para Jake.

— Perdi a fome. Podemos ir embora?

A expressão de Jake é curiosamente neutra.

— Claro.

Com isso, ele desliza no banco e estende o braço para que eu siga na sua frente. O desdém do meu pai é palpável. A apatia de Jake também.

Começo a sair com Jake, mas meu pai segura meu braço antes que eu possa me afastar dele e dessa conversa humilhante.

— Ele vai se cansar de você assim que conseguir o que quer, Laney. Não desperdice seu amor com alguém como ele.

Jake responde antes de mim.

— Ela não vai desperdiçar amor nenhum comigo. Não posso ser amado. Mas o senhor deveria confiar mais nela, porque sei que ela não é como eu.

Com a mão apoiada nas minhas costas, Jake me impulsiona para sair. Mantenho o olhar fixo a frente enquanto andamos, evitando todos os olhares acusadores dos locais. Para eles, meu pai não pode errar. Mas agora eu posso.

Minhas mãos estão tremendo quando chego ao carro.

— Aqui — diz Jake, pegando as chaves da minha mão. — Eu dirijo. — Ele abre a porta do carona para mim, depois dá a volta e entra para sentar atrás do volante. — Eu sabia que nós deveríamos ter vindo no Jeep. — Você é o que, um duende? — Ele tem que afastar o banco do motorista o máximo que consegue para acomodar as longas pernas.

Eu não respondo. Ainda estou muito abalada por conta da briga com meu pai. Nunca o enfrentei daquela maneira e não tenho total certeza de que estou confortável com isso. Eu não quero que ele pense mal de mim, mas também não quero que se intrometa tanto na minha vida. Ele precisa me libertar, enfim.

Também estou constrangida pelas coisas que ele disse para Jake e a respeito dele. Eu sei que deveria me desculpar ou algo assim, mas nem sei por onde começar.

Depois de Jake ligar o carro e entrar na rua principal, eu tento.

— Jake, eu...

— Não se preocupe com isso — diz ele, abruptamente.

— Mas estou me preocupando. Eu nunca quis...

— Eu sei que não. Eu entendo. Você acha que o seu pai é o primeiro a não gostar de mim? Diabos, o meu próprio pai me odiava. Por que seria diferente com o seu?

Sua voz está repleta de amargura, mas algo me diz que tem muito mais do que ele aparenta, que em algum lugar lá no fundo ele está sofrendo por causa disso. Mas o que eu devo fazer? Ou dizer? Eu mal o conheço. Como posso confortar alguém que não conheço? A respeito de uma situação sobre a qual nada sei?

— Tenho certeza que isso não é verdade — asseguro, sem forças.

A única resposta de Jake é uma risada áspera.

12
Jake

Laney trabalhou quieta o dia todo. E eu a deixei. Ela tem alguns problemas para resolver sozinha. Não precisa da minha ajuda. E eu não saberia ajudá-la, de qualquer maneira. Sou péssimo com problemas familiares. Na verdade, sou péssimo quando o assunto é família. Ponto. Seja lá qual fosse a minha parte boa em lidar com relacionamentos de qualquer espécie, ela morreu com a minha mãe, muito tempo atrás. Desde então eu aprendi que "atacar e se esquivar" não apenas te impedem de levar um soco no boxe; é uma filosofia que pode te ajudar a sobreviver também na vida real.

Além do mais, eu não gostaria de passar a ideia errada para Laney. Não tem a ver com isso. Nós não somos isso. Eu não quero que ela se apegue a mim. Se divertir um pouco, sim. Trepar um pouco, com certeza. Mas se apegar? Não é uma boa ideia. Não sou o tipo de cara de que ela precisa.

Entretanto, a hora do jantar está se aproximando e eu tenho uma missão: levar Laney de volta para minha cama. E para baixo de mim.

Imagino que seja questão de tempo ela dizer que não seria certo dividirmos o quarto. E eu? Merda nenhuma! É desculpa. Se ela quer deixar de ser tão boazinha, pode começar comigo. Sou o melhor em fazer aflorar o lado mau numa garota.

E fazer isso com uma mulher como Laney será ainda mais gostoso.

Meu celular toca enquanto cruzo o quintal a caminho da porta dos fundos. Dou uma olhada no identificador de chamadas e vejo que é o número principal do departamento. Paro e aperto para atender. Depois de algumas frases curtas trocadas, eu desligo e meto o telefone no bolso.

E assim, numa simples ligação atendida, meus planos de seduzir Laney hoje à noite vão para o espaço. Com um suspiro, continuo seguindo para casa, desviando em direção à cozinha, que é onde Laney está trabalhando.

Sua cabeça está baixa na mesa, os olhos focados em alguns papéis. Ao me inclinar contra o batente da porta, ela range e me entrega. A cabeça de Laney levanta. Quando me vê, seus lábios se curvam num sorriso acolhedor.

— Não ouvi você chegando. Há quanto tempo está parado aí?

— Alguns segundos. Eu não quis te assustar. — Eu me afasto da porta e vou até Laney para me apoiar casualmente em seus ombros, como se quisesse ver no que ela estava trabalhando. Seu cheiro suave provoca meu nariz, e percebo que ela fica sem respirar quando meu peito roça em seu braço. — Em que você está trabalhando?

— Hum, só nos itens do cofre. Tem um monte de papelada para ver ali.

Praticamente consigo ouvir sua pulsação latejando. Eu sei que ela me quer. E sei que isso a deixa desconfortável. Ela não sabe bem o que fazer com essa vontade. Mas apenas um de nós não sabe, porque eu sei *exatamente* o que fazer! Só que não hoje.

Com um suspiro, eu me ajeito para ficar longe dela. Não há sentido algum em deixar os dois excitados quando eu tenho que sair.

Merda!

— Um bombeiro avisou que ficou doente. Parece que o novato vai ter que assumir o trabalho. Sabe como é.

Laney se vira para mim.

— Ah — diz, a decepção evidente em seu rosto. — Tudo bem. Eu dou comida para o cachorro até você voltar.

— Não precisa. Tem comida e água pra ele no celeiro, ele sabe se virar com isso.

— Eu não sabia por que ele não se interessava pela comida que eu dava.
— Você deu comida pra ele?
— É claro. Comprei algumas latas na mercearia. Pensei que você tivesse deixado ele aqui com fome.
— Você tá brincando, né?
— Mais ou menos. A princípio eu realmente pensei isso. Mas, como ele não comeu a comida que eu dei, pensei que você tivesse feito algum acordo com alguém para alimentá-lo em outro lugar, numa fazenda vizinha ou algo do gênero. Quero dizer, ele some por horas ao longo do dia. Imaginei que ele estivesse comendo em outro lugar.
— Aprecio a sua confiança em mim, mas...
— Foi só por um instante que eu pensei que...
— Aham. Claro.
— Sério. Não acho que você seja esse tipo de pessoa. Não mesmo.
— Bom saber — respondo, secamente. Estou um pouco irritado por ela me dar tão pouco valor, ainda que tenha sido por um segundo.
Quando o silêncio se prolonga, ela fala:
— Bem, quando você volta pra casa?
No ínterim de alguns acelerados batimentos cardíacos, sinto uma onda de pânico me sufocar. Ouvi-la dizendo isso dessa maneira — "quando você volta pra casa?" — faz parecer que sou responsável por ela. Que estou num relacionamento. Que sou responsável por não partir seu coração. Ou magoá-la. Como se eu fosse para ela algo que nunca poderei ser.
Mas então passa. A sensação se esvai quando me lembro de que não estamos brincando de casinha e de que ela não é minha para precisar dos meus cuidados. Lembro a mim mesmo que não existe obrigação. Ela está ficando na minha casa por um motivo, um motivo que nada tem a ver comigo.
— Não tenho certeza. Acho que você só vai ficar sabendo quando eu aparecer — digo de um jeito bem casual, tentando convencê-la de maneira sutil. Tanto a ela quanto a mim.
Ela não tem reação.
— Acho que sim — concorda baixinho. — Espero que tudo dê certo, então. E você fique em segurança. Felizmente não há muitos incêndios em Greenfield.

— É, mas isso deixa o plantão muito tedioso.

— Mas provavelmente é melhor do que ficar por aqui. Tenho certeza que sou uma péssima companhia. — Seu tom de voz é bastante melancólico.

Sem dúvida não é um momento bom para ir embora. Quero dizer, ela acabou de ter uma briga homérica com o pai. Em público, ainda por cima. E em parte foi por minha causa. Se eu fosse Laney, ia querer ficar sozinha. Mas, sendo Laney, eu aposto que ela prefere *não* ficar só. Ela não ia querer tanto tempo para pensar, suponho.

— Você pode ir me visitar. Quebrar a monotonia. Eu posso te mostrar o quartel. Sabe, é um lugar bastante impressionante. Só perde para a estação espacial internacional.

Ela sorri.

— Ah, tenho certeza. Toda aquela tecnologia desconcertante... mangueiras e caminhões vermelhos.

— Não subestime. Deixar coisas molhadas é um dos meus passatempos favoritos.

Suas bochechas ruborizam e ela desvia o olhar, embora eu possa ver seus lábios se contorcendo. Laney parece estar ficando cada vez menos na defensiva, com cada comentário que eu faço. E eu gosto que ela esteja se soltando. Isso só me dá a certeza de que em breve eu vou tê-la exatamente onde quero.

— Bem, a oferta está de pé, se você se sentir isolada demais presa aqui. Quando eu voltar, vou te levar ao pomar. Você não disse que precisaria rodar pela propriedade?

— Sim. Ela vai ser formalmente inspecionada e avaliada, mas eu preciso conhecer melhor as terras para incluir no meu relatório final.

— Ah, eu posso te dar isso.

Suas bochechas ficam mais vermelhas, me deixando orgulhoso de mim mesmo por algum motivo. É fascinante ver como ela reage a mim. Embora eu possa ver que pode ser um hábito se formando — provocá-la —, não me preocupo. Não sou o tipo de sujeito que fica enrolado a menina desse jeito. Vivi sem amor por tempo demais para voltar atrás agora. Gosto das coisas como elas são.

Ainda assim, posso ver como é possível acontecer...
Com outra pessoa...
Alguém com mais capacidade de amar e ser amado.
Não eu.
Definitivamente não.
— Vou me planejar, então.
— Conhecer melhor as terras? Comigo? — pergunto, levantando uma sobrancelha sugestivamente. É tão divertido provocar Laney.
— Bom, não do jeito que você está pensando — responde ela, me fazendo levantar a outra sobrancelha.
— Excelente! Mandou bem. Talvez você tenha algum potencial, no fim das contas.
Com as minhas palavras, devagarzinho sua expressão se transforma, está taciturna e pensativa agora. Seu suspiro é longo e profundo.
— Não sei. Às vezes eu penso que quem me amar vai ter que me amar do jeito que eu sou. Independentemente de como for.
Em um momento incomum de empatia, eu me sinto mal por Laney. Sei como é se preocupar em ser amado. Fiz isso por anos. Até que aprendi a parar. Até que aprendi a parar de tentar e a parar de me importar. Mas não acho que Laney consiga parar um dia. É óbvio que isso faz parte de quem ela é.
O mais gentilmente que consigo, belisco o seu queixo e respondo:
— E alguém vai, Laney. Alguém vai.
Seu sorriso é discreto e meio triste.
— Estou com o meu celular. Me ligue se precisar de alguma coisa. Não que eu possa fazer muito, mas, se você estiver incendiando a casa, eu sei qual caminhão devo trazer.
Ela ri. É bom deixar as coisas nesse tom.

13
Laney

Meu telefone toca. É Tori. De novo. Por alguns instantes, meu dedo flutua sobre o botão para atender. Porém, assim que a nítida imagem dela na cama com Shane acende na minha mente, eu recuso a ligação na hora.

Então me levanto e me afasto da mesa de jantar. A casa fica vazia sem Jake por perto. Não que eu esteja acostumada com ele estando aqui nem nada disso. Mas estou gostando da sua companhia mais e mais, conforme o tempo passa. Além disso, agora que estou brigada com Tori assim como com meus pais, o mundo ficou bem solitário. Seria bom ter a amizade que descobri em Jake.

Você pode dizer que é apenas isso o dia inteiro, mas sabe que não é só amizade.

Ignoro essa voz. Mais do que nunca, não quero pensar muito nem analisar demais as coisas. Só quero me divertir. Esquecer da vida, da dor, dos problemas e das responsabilidades o máximo que conseguir. Estou aqui para realizar um trabalho, mas não há nada que diga que não possa me divertir um pouco nas horas vagas.

Se ao menos eu fosse capaz de fazer algo como me divertir.

Frustrada, sigo até a geladeira. Meus olhos vão da geleia de pêssego à manteiga, do leite ao presunto, mas nada desperta o meu interesse.

Até que vejo o vinho de pêssego.

É sábado à noite. Não haveria problema algum em tomar uma taça de vinho. Nada mesmo. Mas pensar em beber sozinha faz parecer bem menos interessante.

Olho pela janela da cozinha, e mal se nota o sol no horizonte. Logo vai escurecer. Mais uma noite sozinha. Mais uma noite sem Jake.

Aparentemente, tudo em mim se interrompe num sobressalto.

A não ser que eu faça uma visita ao corpo de bombeiros.

Assim que o pensamento se forma na minha cabeça, penso em pelo menos dez motivos para não ir visitar Jake. Porém, ainda na luta contra a garota que sempre fui, fico parada em frente à geladeira aberta até que a garrafa de vinho aliada ao meu desejo de testar o fogo da atração se sobrepõem às minhas reservas e calam os tais dez motivos.

Impulsivamente, antes que eu possa mudar de ideia, subo a escada de dois em dois degraus. Quando entro no quarto de Jake, penso, distraída, que já deveria ter me mudado para outro cômodo. Mas, em vez de explorar as razões pelas quais não o fiz, eu me concentro em escolher a roupa que vou usar. E isso é muito mais divertido e menos estressante.

Fico feliz por não ter desfeito as malas enquanto estava nos meus pais. Minha saída na noite em que eles tentaram me empurrar Shane teria sido bem menos dramática se eu tivesse que passar meia hora arrumando as coisas no quarto. Do jeito que foi, só precisei jogar algumas peças na bolsa menor, fechar as demais na bolsa maior e ir embora. Pelo menos tenho tudo de que preciso e nenhum motivo para *ter que* voltar, a não ser que eu queira. Porque eu não quero. Ainda não, pelo menos.

Tomo um banho rápido, passo um hidratante perfumado e me enfio numa sainha branca de verão, com um top de alcinhas cor de pêssego. Depois de deslizar os pés num par de plataformas brancas que alongam minhas pernas e me fazem parecer mais alta do que realmente sou, dou um passo para trás para me admirar.

Meu cabelo segue num coque bagunçado depois do banho, um penteado que, na verdade, combina bem com essa roupa. A maquiagem pode ficar mais natural, e, depois de uma e outra pincelada, estou pronta para sair.

No andar de baixo, pego a garrafa de vinho de pêssego da geladeira e alguns cupcakes que sobraram, jogo um ossinho para quando Einstein aparecer e bato a porta, apressada.

Ainda estou tentando me manter distante do meu julgamento. Do meu eu cuidadoso. Me cansei um pouco dessa Laney e seria melhor se ela se calasse, me deixando com algo mais semelhante à vida.

Só começo a ficar nervosa quando viro no estacionamento do corpo de bombeiros, muitos minutos depois.

Em que diabos você estava pensando?

Com o motor ainda ligado, eu me sento no estacionamento, encarando a porta de correr, deliberando se o que estou prestes a fazer é sensato. A garrafa de vinho no banco de trás chama minha atenção. Eu a alcanço, desenrosco a tampa e tomo um gole enquanto penso. O suficiente para acalmar meus nervos e me dar coragem para desligar e sair do carro.

Ajeito minha roupa e sigo até a porta da frente. Está trancada, é claro, mas tem uma campainha vermelha e iluminada à esquerda que diz APERTE PARA SER ATENDIDO. E eu aperto.

Em segundos, vejo uma sombra por meio do vidro fosco. Surge acima de alguns degraus. Mais alguns instantes, vejo que se move para baixo, descendo a escada.

Meu estômago se contorce num nó.

Antes que eu possa fugir correndo, a porta se abre. E ali está Jake. Sorrindo.

— Caramba, você é a visão do paraíso! Sabia que eu estava de saída?

Fico olhando para ele, de boca aberta, por uns instantes.

— Você estava indo embora?

— Sim. O Roonie chegou para me render. Ele queria as horas extras. Eu estava indo para casa.

— Ah, sendo assim — digo, me sentindo uma completa idiota. — Acho que te vejo lá, então.

Começo a me virar, mas ele segura meu braço.
— Espera um pouco. O que é isso?
Levo um minuto para entender a que ele está se referindo.
— Ah, isso é, hum, vinho de pêssego. Da sua casa.
— Você trouxe vinho? Para o corpo de bombeiros?
O sorriso dele não é para que eu me sinta mal. Não, estou conseguindo fazer isso muito bem sozinha.
Puxo a mulher forte, a pessoa no controle, lá das profundezas. Não tenho muita certeza do quanto ela está no controle, mas pelo menos ela disfarça bem.
— Acho que foi uma coisa bem idiota. Fui impulsiva, estava entediada. E pensei que poderia ser legal dividir com você um pouco do seu tempo trabalhando duro.
Jake tira a garrafa da minha mão, depois entrelaça os dedos nos meus e me puxa para dentro.
— Olha, seria terrível desperdiçar um gesto como esse. Deixa eu te mostrar o lugar e depois nós vamos beber esse vinho do jeito certo.
Não pergunto o que ele quer dizer com isso. Simplesmente acompanho Jake, silenciosamente. Já estava me sentindo ridícula o suficiente para uma noite. Era melhor ficar calada e esperar que eu não piorasse a situação.
Subimos uma sequência de degraus gradeados pintados de um tom austero, porém irretocável, de cinza claro. No topo, há duas portas também pintadas de um cinza monótono. Jake atravessa comigo a primeira porta. Ela dá num corredor longo, com portas dos dois lados.
— Aqui ficam os aposentos. E também o escritório.
Concordo com a cabeça, olhando ao redor.
— É tudo bem limpo. E... cinza.
Passamos por duas portas, ambas fechadas, ambas claramente marcadas com o nome de seus donos. Uma terceira tem uma janelinha. Uma lufada de ar deliciosa me acerta quando Jake abre a porta.
Olho por cima do seu ombro e vejo três sujeitos sentados em volta de uma mesa circular, que foi empurrada para um dos cantos do conjugado. Em oposição à mesa está uma pequena cozinha, em frente a ela uma mesa

de sinuca e, à sua frente, um sofá e duas cadeiras, tudo isso voltado para uma televisão.

— Oi! Vou levar uma amiga para uma excursão rápida pelo quartel antes de ir embora. Vejo vocês daqui a alguns dias, bundões.

Três cabeças se viraram na direção da porta, me olhando com curiosidade.

— Tem certeza que não quer ficar? — Veio de um cara que aparentava ter uns trinta anos.

— Com vocês, caras? Não, acho que tô bem assim.

— Eu falei com ela, idiota. É claro que, se você estiver com medo de eu roubar ela de você, eu vou entender.

— Ela não gosta de molengas como você, Johnson — diz Jake, amargo.

Os outros dois começam a rir, e Johnson apenas balança a cabeça.

— Isso não é certo, cara — diz ele num lamento. Os outros riem com mais vontade ainda.

Sem falar mais nada, Jake me conduz porta afora, sorrindo, e nós seguimos pelo corredor.

— Parece que vocês se dão bem.

— É, eles são gente boa.

Passamos por duas portas abertas, uma de cada lado do corredor. Jake para e eu confiro o interior dos aposentos. Os dois quartos são idênticos.

— Aqui são os quartos.

Em cada um, há duas camas de solteiro. As quatro camas estão arrumadas, com lençóis brancos lisos e cobertores marrons deprimentes. Bastante prático.

— Não é muito acolhedor — murmuro.

— Vou pedir aos meninos para separar algo mais florido da próxima vez — provoca Jake.

— Não é isso. Só acho que poderiam fazer as camas de um jeito mais atraente.

— Eu sei exatamente o que você poderia fazer para deixar a *minha* cama mais atraente.

Deslizo o olhar até Jake, se assomando ao meu lado. Ele está parado, o peito se esfregando no meu ombro. O olhar cor de mel fixo em mim, escaldante. Não há nada de leveza nele agora. Jake é todo calor e intensidade. Predatório.

De repente, o corredor parece estreito. O ar foi embora com minha capacidade de respirar. Eu me sinto perseguida. Enredada, como uma presa desamparada que não consegue escapar. Só que eu não tenho certeza de que quero escapar. E acho que Jake sabe disso.

— Como assim? — pergunto, baixinho.

— Você quer os mínimos detalhes? — devolve ele.

Não digo nada, apenas assinto.

Ele dá um passo adiante.

Instintivamente, eu dou um passo atrás.

Fazemos isso mais uma e outra vez — ele se aproxima, eu me afasto — até que sinto a pressão da parede contra minha coluna. Não tenho mais para onde ir. Nem para onde fugir.

— Você podia me deixar te ver tirando essa tripinha de roupa do corpo — diz ele, o hálito soprando minhas bochechas enquanto seus dedos vão e voltam por baixo da tira fina do meu top. — Você podia segurar esses seus peitos perfeitos, fingindo que sou eu, até que os bicos fiquem duros e sua calcinha molhada. — Ele se acalma chegando mais perto, me achatando contra os blocos frios de concreto. Jake dobra um dos joelhos, escorregando-o para que fique entre as minhas pernas. O jeans áspero roça nas minhas coxas nuas. — Você podia arrancar essa saia e essa peça encharcada de algodão que está por baixo, para depois ficar de pé na cama. De salto. E nada mais. — Jake se aproxima mais, seus lábios arranhando a minha orelha à medida que ele fala. — E depois você podia sussurrar que me quer dentro de você. Meus dedos. Minha língua. Meu pau. É isso que você pode fazer pra deixar a minha cama mais atraente.

Meu coração está tão acelerado que eu mal ouço o que ele diz. Mas escuto o bastante.

Ele está tão perto que sinto o calor irradiando do seu corpo, me esquentando em toda a frente. Isso me puxa para ele, me arrasta. Me chama para mais perto.

Alguns segundos depois, ele se afasta.

AMOR ARDENTE

— Venha. Vou te mostrar o meu poste.

Com um brilho perverso no olhar, Jake segura minha mão e me guia. Não para dentro de um dos quartos, mas para o fim do corredor, que leva à outra porta.

Ele a abre e entra. Cegamente, ansiosamente, eu o sigo.

É um cômodo pequeno, com uma prateleira metálica fina ao redor de um centro aberto, dominado por um poste brilhante que desaparece na escuridão abaixo.

— Já que você está de saia e salto, eu vou descer com você para que não se machuque. Eu ia odiar se você arranhasse essa coxa bonita — diz ele, os olhos desviando para minhas pernas. Instantaneamente, sinto que elas esquentam, como se ele as tivesse tocado.

Ah, como eu queria que ele tivesse. Esse calor, essa antecipação está se tornando insuportável muito rapidamente.

— Aqui, segure — diz ele, enfiando a garrafa de vinho na curva do meu braço. Me assusto quando ele me agarra pela cintura e me puxa em sua direção, minhas pernas escorregando sobre uma das pernas dele. Encarando meus olhos, ele me dá uma apertadinha, me deixando mais presa à sua coxa. O atrito é delicioso. E perverso. — Não posso deixar você escorregar por um poste de metal de saia.

Virando levemente o corpo, me deixando no mesmo ângulo dos seus quadris, Jake se inclina para a frente e segura o poste, depois se inclina com cuidado, me prendendo ao lado do seu corpo. Eu me seguro a ele com as pernas, conforme ele nos deixa deslizar devagar pelo poste.

Quando chegamos lá embaixo, Jake me gira e pressiona minhas costas contra o poste. Seus lábios estão nos meus. Sua língua na minha boca, me provocando, me fazendo promessas de um tácito prazer.

A garrafa de vinho some e então minhas mãos estão livres para segurar nos seus ombros largos, mergulhar entre o cabelo grosso e espetado. Segure-o. Puxe-o para mais perto.

— Você sabe o quanto me deixa louco? — sussurra Jake. Por uma fenda nas pálpebras, eu olho para ele. Seus olhos cintilam nas sombras. A única luz vem da luminária lá de cima. O restante é escuridão. — Vir aqui com esse sorriso tímido e essa saia sexy. Aposto que você é mais doce do que o vinho que trouxe. E dane-se, mas hoje vou descobrir isso. Hoje eu vou sentir o seu gosto.

Com um rosnado, ele toma meus lábios de novo, suas mãos percorrendo os lados do meu corpo, fervendo através das minhas roupas.

E então não há mais nada entre as palmas quentes da mão dele e minha pele. Eu as sinto subindo pela parte de trás das minhas coxas, escorregando por baixo da bainha da saia, mergulhando na carne da minha bunda. Jake aperta, me puxando com força para perto dele, esfregando sua ereção em mim.

— Me diga que eu posso te provar. Me diga que você quer. Aqui. E agora.

Não consigo pensar. Não consigo respirar. Só consigo sentir. E eu sei que quero mais. Quero tudo o que Jake pode me dar.

— Sim, eu quero que você sinta o meu gosto. — Minha voz soa rouca e esbaforida até mesmo para mim. — Agora.

Como um tigre que se solta da coleira, Jake fica feroz. Ele arrasta as mãos pelo meu cabelo e puxa, até os fios ficarem soltos sobre meus ombros. Em seguida ele está traçando uma linha de beijos ardentes pelo meu pescoço. As mãos estão em torno dos meus seios, beliscando os mamilos através do tecido fino da blusa, me deixando louca de desejo.

Sinto seus lábios sobre a minha barriga. E então a língua no meu umbigo. As mãos de Jake estão embaixo da minha saia, depois nas minhas coxas para afastá-las.

Voluntariamente, abro as pernas, me encostando no poste para ter equilíbrio, fechando os olhos enquanto arfo sem ar, ciente de nada além de Jake e do que ele me faz sentir.

Com os lábios, ele faz pressão sobre minha calcinha. Só consigo pensar que quero mais. Quero tudo.

Sinto quando ele afasta o tecido para o lado. E com isso seus dedos estão dentro de mim, indo fundo e devagar.

Dou um gemido alto.

— *Shhhhh* — sussurra ele pertinho, fazendo meus joelhos quase se dobrarem. — Quietinha ou vão te ouvir.

O calor me toma quando sei o que Jake está fazendo comigo enquanto aqueles homens estão lá em cima. Tudo o que eles precisam fazer é olhar para o final do poste e ver que Jake está acabando comigo com seus lábios e sua língua.

Então sua boca quente desce e substitui seus dedos. Os lábios se movimentando como se Jake estivesse me beijando, sua língua gira pela parte mais sensível do meu corpo, me empurrando mais e mais.

— Ai, meu Deus, o seu gosto é bom demais — geme ele contra mim, e uma vibração me provoca arrepios nas pernas. Com os dedos, ele me penetra mais e mais rápido até que não consigo mais me controlar. Subo uma das mãos à boca, cobrindo-a, enquanto explodo numa combustão, molhando Jake, ajoelhado entre minhas pernas.

Enquanto espasmos tomam meu corpo, sinto a língua dele ritmada dentro de mim, quente e profunda, prolongando o prazer que me atravessa.

Eu arquejo por trás da mão, meus olhos bem fechados contra o clarão de luz que os alcança. Em seguida, Jake está puxando meu pulso, tirando meus dedos da minha boca, me lambendo. Ele passa a língua por dentro da minha boca, dividindo comigo o que encontrou.

— Sinta como você é doce — murmura. É um gesto tão perverso, parece tão maldoso e proibido que sinto outro jorro quente entre as pernas. Eu sei que faria qualquer coisa que Jake me pedisse agora. Iria a qualquer lugar aonde ele me pedisse para ir.

— Preciso de mais — digo, desatenta de paixão. — Preciso de você.

Eu não sei o que tem nessas palavras que o faz parar, mas ele para. Sinto-o ficar tenso e frio, como se uma lufada de ar tivesse atravessado o lugar.

— O que foi? — pergunto, confusa. — Qual o problema?

Sob a luz fraca, seus olhos procuram os meus. Por alguns longos instantes, ele não diz nada. E então procura o meu pescoço, afasta meu cabelo e beija meu pulso.

— Nada — responde ele. Mas eu não acredito. — É melhor nós irmos. Duvido alguém ser gentil comigo depois de corromper a filha do pastor desse jeito. — Seu sorriso é irônico, mas acho que Jake esconde algo mais por trás dele. Só não sei o que é.

Já o meu sorriso eu sei que é no mínimo trêmulo. Sinto que ele derrete quase tão rapidamente quanto consigo responder.

— Tudo bem.

Com isso, Jake pega a garrafa de vinho do chão (eu mal percebi quando ele a tirou de mim), me segura pela mão e me guia pelo escuro até a porta.

14
Jake

Mais do que nunca sou grato por Laney não ser do tipo falastrona. Qualquer outra mulher provavelmente teria feito milhares de perguntas sobre o que aconteceu no corpo de bombeiros. Mas Laney não. No máximo, ela ficou mais quieta.

Chegamos à casa faz poucos minutos e ela está dando uma desculpa para tirar o corpo fora.

— Acho que vou passar as minhas coisas para o outro quarto e me deitar. Estou muito cansada.

Sei o que ela está fazendo, mas prefiro não tomar conhecimento. Ela vai ficar melhor pensando o pior de mim. Assim, nunca vai se apegar. Nem ter expectativas. Ou, pior, se apaixonar por mim. Ela merece bem mais que isso. Não desejo eu mesmo nem para o meu pior inimigo. Sou um buraco negro quando o assunto é amor. Nasci assim.

— Não há motivo para isso. Não vou me aproveitar de você enquanto dorme — eu asseguro. — A não ser que você queira. — Dou um sorrisinho.

Ela franze a testa, confusa. Tenho certeza de que não entende essas mudanças bruscas. E tudo bem. Ela não precisa saber tudo sobre as coisas que me fizeram quem e como eu sou.

— Se você tem certeza...

— É claro que tenho.

— Tudo bem, então.

Cuidadosamente, como se ela tivesse sido chamuscada (ou até queimada) pelas minhas ações anteriores (ações que, tenho certeza, ela vê como rejeição), Laney sobe a escada. E eu a deixo ir.

Quase três horas se passam até que eu a sigo. Fico parado na soleira da porta, observando-a espalhada no meio da cama. Seu cabelo é como uma cascata platinada, transbordando sobre o travesseiro. Sua expressão é relaxada enquanto dorme. Sem a desconfiança e a máscara fria por trás da qual ela às vezes se esconde. Sem a mágoa de horas antes. Fico desconfortável por odiar tanto ter sido o responsável por essa mágoa. Lembro a mim mesmo que é para o melhor.

Para o melhor.

Para o melhor.

Ando até a cama e toco o lado do seu corpo com gentileza. Sua sobrancelha fica franzida, Laney murmura alguma coisa, mas se mexe e eu deslizo para o lado dela. Não demora muito para ela rolar para o meu lado e se aninhar, com a cabeça no meu peito.

Merda, é gostoso senti-la aqui.

Minha mente volta para o momento em que ela reagiu à noite, apertada contra o poste frio de metal e sem parecer se importar. Chocolate com pimenta.

Para o meu próprio bem, tento tirar Laney da cabeça.

Mas é seu rosto e seu corpo que preenchem os meus sonhos.

Faz calor e eu estou suado, poderia parar um pouco. Ficar com Laney. Estou me sentindo meio inquieto e acho que ela pode ser uma distração perfeita.

Sigo para a casa e a encontro enfurnada na sala de jantar, como sempre. Dessa vez ela tem um livro e um monte de fotos de diferentes itens da casa espalhados à sua frente.

— Uau — digo ao assumir meu costumeiro lugar no batente da porta, observando Laney. — Isso parece chato demais.

— Parece? — pergunta ela, levantando o rosto para me olhar. Ela está de óculos. Nunca a tinha visto com eles antes e não costumo gostar desse visual (nem desse tipo de mulher), mas eles são excitantes. Pelo menos em Laney. Ela parece uma bibliotecária gostosa ou algo do gênero. Ansiosa e tal. E ela está bem nervosinha hoje, principalmente depois da noite passada! Me faz ficar ainda mais a fim de deixá-la soltinha.

— Parece. Mas para a sua sorte eu tenho o antídoto perfeito. Venha comigo.

— Eu preciso mesmo terminar isto.

— É trabalho também. Só uma variação. Algo com um pouco mais de diversão envolvida.

— E como você pretende transformar trabalho em diversão?

— Bom, para começar, eu vou estar com você. Como pode dar errado?

Ela dá um sorrisinho e revira os olhos.

Estamos começando bem.

— Esse "trabalho divertido" que você menciona consiste exatamente em quê?

— É surpresa. Mas posso te dizer que vai envolver uma caminhada, então você precisa se trocar. — Deixo meus olhos à deriva diante da sua figura empertigada, sentada tão certinha e ereta na cadeira. — Não que eu não goste de pensar em soltar cada um desses botões — digo, olhando para o ponto em que seus seios estão apertados contra os fechinhos na frente da blusa.

Embora casual, ela está de calça e blusa, tudo arrumado demais para esta casa. E o mais importante: arrumada demais para essa excursão. Mas eu não estava mentindo. Vê-la com essas roupas de executiva me fazem querer tirá-las ainda mais. Deixar Laney sem nada que a cubra, nada em que ela possa se esconder.

Ela me lança um olhar irônico, mas não esconde o lindo rubor que tinge suas bochechas. Embora eu não tenha vontade de buscar nenhum tipo de relacionamento com ela, também não quero deixá-la na dúvida de que eu a *desejo*.

Desejo muito.

— Vamos. Rapidinho! — incito.

Laney deixa os óculos de lado e se levanta. Quando chega até a porta, eu me inclino e sussurro:

— Se precisar de ajuda com esses botões, é só gritar.

Dou uma piscada quando ela levanta o olhar até o meu.

— Acho que consigo dar conta. — É sua resposta atrevida, mas posso ver pelo modo como ela desvia o olhar que estou deixando Laney nervosa. E isso é ótimo para os meus propósitos.

— Fique à vontade. Mas acelere. Temos que voltar antes de anoitecer.

Com isso, ela anda um pouco mais rapidamente.

Menos de cinco minutos depois, estou nos degraus mais baixos da escada quando ela surge no topo. Está prendendo o cabelo para cima com um grampo. O gesto faz o tecido fino da camiseta amarela se esticar sobre seu peito. Posso ver perfeitamente o contorno de seus mamilos. Salivo só de pensar em ter minha língua num deles outra vez.

Desvio o olhar dos seus peitos para as pernas, que parecem ter um quilômetro naquele short cáqui; nos pés, botinhas fofas de escalada. Eu preferiria muito mais jogar Laney sobre o ombro e carregá-la até a minha cama, mas essa opção não existe.

Ainda.

— Você trouxe um pouquinho de cada coisa quando saiu do seu pai, hein?

Laney para no meio da descida e olha a própria roupa.

— O que você quer dizer?

— Botas de escalada?

— Eu sempre trago essas botas quando venho para casa. Eu ainda não tinha desfeito as malas, então só peguei minhas bolsas e saí de lá. Então tudo o que eu tenho está no chão do quarto.

— É exatamente onde eu imagino as suas roupas cada vez que te olho.

— Você poderia fazer isso o dia inteiro, não é mesmo?

— Fazer o quê? — pergunto, com a mais inofensiva das expressões.

— Me provocar.

Espero para responder quando ela está no penúltimo degrau, praticamente alta o suficiente para me olhar nos olhos.

— Gata, eu nem comecei a provocar você.

— Bom, talvez seja melhor nem começar.

Como eu suspeitei, ela ainda está magoada com a noite anterior.

— Não, eu posso te garantir que é melhor para *nós dois* se eu continuar provocando.

— Como você saberia o que é melhor pra mim?

Não é uma pergunta sarcástica, está mais para sincera. Eu me questiono se ela faz isso com frequência.

Subo até o último degrau, meu peito próximo o bastante para roçar no dela.

— Você precisa se soltar um pouco. E eu posso te ajudar com isso. Nenhum de nós quer nada sério. É perfeito. Você é perfeita. E eu sou perfeito para você.

— Talvez você seja perfeito para mim neste momento, mas normalmente...

— Eu sei, eu sei. Normalmente você é uma boa garota. E eu sou do tipo que corrompe garotas assim. Normalmente você se manteria longe de mim. E eu provavelmente me manteria longe de você. Mas isso não é o normal. E estou disposto a seguir assim. E acho que você também está, se parar de pensar um pouco. — Eu a alcanço para pegar uma mecha fina de cabelo na sua orelha, enrolando-a no dedo. — Deixe o normal para trás, Laney. Deixe essa merda toda para trás: seu pai, sua amiga, seu ex-namorado bundão. Me dê uma chance. Eu prometo que vou te fazer feliz por ter deixado.

Eu a vejo engolindo em seco.

— E se eu não conseguir fazer isso? E se eu não for esse tipo de garota?

Afago seu trêmulo lábio inferior com o polegar.

— Nós já conversamos sobre isso. Confie em mim. Você é essa garota.

Para lhe mostrar o que eu quero dizer, para lhe mostrar como nós dois somos bons juntos, eu inclino a cabeça e pressiono meus lábios contra os dela. Começo gentil e devagar, esfregando nossas bocas, traçando o contorno dos seus lábios com a ponta da língua. Quando ela abre a boca para mim — não porque eu peço ou porque estou forçando, mas somente porque ela quer sentir o meu gosto tanto quanto eu quero sentir o dela —, deslizo a língua para dentro e chupo seus lábios como fiz na noite passada. Como se eu estivesse provando o melhor sorvete do mundo. Como se eu estivesse saboreando cada pedacinho dele. Dela. E eu estou. Algo nela é doce. A coisa mais doce que já provei. Isso me deixou com tesão e pronto para ela, mesmo agora.

Embora eu queira muito levá-la escada acima, me afasto. Vai chegar o momento em breve...

E ela também.

— Acredita em mim agora?

Ela olha para baixo na direção do meu queixo e morde o lábio inferior. É um gesto tímido, mas Laney assente em concordância.

— Bom. Então vamos. — Eu a pego pela mão para conduzi-la da casa, pelo quintal, até o portão do pomar. — Você não queria ver a propriedade? Bom, há muito a ser visto, mas acho que um bom lugar para começarmos hoje é a alameda leste. Fica ao lado do rio, e vai ser um ponto refrescante e legal para visitarmos num dia como hoje.

Ela congela.

— Eu não estou com roupa de banho. E não vou mergulhar pelada.

— Caramba, você vai ser difícil mesmo, né? Quem foi que falou em mergulhar pelado?

Eu a puxo pela mão e ela, relutante, volta a andar ao meu lado. Digo a Laney o que eu sei sobre o pomar — sua área em quilômetros, a produção média por ano, trabalho e manutenção, mais ou menos quanto tempo dura a colheita. Ela absorve toda a informação.

Enquanto ouve, Laney observa ao redor à medida que caminhamos, sem dizer palavra ou fazer pergunta. Depois, ficamos em silêncio. Quando ela fala, alguns minutos depois, eu entendo por que esteve tão calada. Laney não estava pensando em nada relacionado ao pomar ou ao trabalho.

— O que você quis dizer quando falou para o meu pai que é impossível amar você?

Suspiro.

Ah, merda! Não comece com isso, Laney, eu penso, irritado.

— Nada. Eu só estava justificando.

Ela desvia o olhar do pedaço de grama que vinha enrolando nos dedos da mão que estava livre, olhando atentamente. Agora é para mim que Laney olha atentamente.

— Não, você não estava simplesmente justificando. Foi sincero. E eu quero saber por que você pensa assim.

Penso bastante e com calma antes de responder.

— Eu não faço isso. Laney.

— Não faz o quê? — pergunta ela, intrigada.

— Sair falando sobre os meus sentimentos. Não estamos namorando. Eu não namoro, na verdade. O que estou te oferecendo é realmente tudo o que posso dar.

— Mas por quê? Isso tem que ser uma opção. Você é inteligente e charmoso, é dedicado e competente. É engraçado às vezes.

Dou uma gargalhada com a limitação.

— Às vezes, é? Você é tão generosa.

— Não mude de assunto.

— Eu não sinto necessidade de conhecer tanto as pessoas. E não acho que elas gostariam de me conhecer tão bem. Então eu simplesmente evito esse tipo de coisa.

— Mas por quê? O faz você pensar que não é merecedor?

— Uma vida vivendo comigo, é isso.

— Talvez. Mas tem mais alguma coisa, Jake. Eu não sou idiota. E, se você simplesmente não quer conversar sobre isso, tudo bem. Mas saiba que eu não sei se sou capaz de ter esse tipo de coisa com alguém de quem não sei nada a respeito.

É o meu momento de parar.

— Mas você me conhece. Está me conhecendo todos os dias. Você acabou de dizer que eu sou brilhante, charmoso e lindo de morrer. Sem mencionar sexy pra caramba. O que mais você precisa saber sobre mim?

Talvez eu só não seja tão profundo. Talvez exista somente uma poça onde você pensa existir um oceano.

Ela estreita os olhos na minha direção. Não consigo imaginar o que está pensando. Essa parte da mente feminina é um mistério para mim. E eu não tenho problemas em deixar que continue sendo dessa maneira. Ter sentimentos sobre alguma coisa a cada dois segundos e depois ficar obcecado por aquilo durante dias... isso não é pra mim.

Finalmente ela dá de ombros.

— Talvez...

Mas Laney não me engana. Ela não acredita naquilo por um instante sequer e também não vai deixar o assunto de lado. Posso ver pelo jeito como segue me observando, como se estivesse tentando descobrir o que se passa por trás dos meus olhos.

— Vamos lá — digo, saindo do caminho à esquerda. — Quero te mostrar uma coisa.

Ela não faz comentários nem perguntas. Mas me segue. É assim que eu sei que continua naquela. Há algo dentro dela que quer buscar isso. Eu preciso lhe dar bons motivos para que não mude de ideia.

Ouço o ribombar antes de ver. O ar tem um cheiro diferente aqui. Mais fresco. Mais limpo. É um dos meus lugares favoritos. Sempre foi. E é a única cachoeira no condado.

Atravessamos as árvores. A cascata branca jorrando água sobre as pedras para acertar a piscina abaixo; o jato de água sob o sol projeta arcos-íris. Olho na direção de Laney. Seus olhos estão arregalados e os lábios, levemente abertos.

Agora sim, definitivamente foi o lugar certo para trazê-la.

Embora não tenha sido o meu plano original, posso ver que fiz a escolha certa, apesar de tudo. Não costumo levar ninguém ali pelo risco de estragar aquilo pra mim. Mas, neste caso...

Eu na verdade nem sei que "caso" é esse. Não é somente levar Laney para minha cama. Eu poderia fazê-lo de outras maneiras. Talvez seja para deixar sua mente à vontade comigo. Talvez seja para dividir algo que é meu, dividir com Laney uma parte minha quando ela está visivelmente precisando. Qualquer coisa além disso eu preferia não considerar. Só quero dormir com ela. É isso. Ponto-final. E é assim que deve ser.

Tem que ser.

Eu jamais poderia arriscar amar alguém, muito menos alguém como Laney. Ela é de fato uma pessoa boa. Merece muito mais.

— Uau! Isso é... é... uau! É de tirar o fôlego.

— Engraçado — digo em voz baixa, alcançando-o para tocar em sua bochecha macia —, era exatamente nisso que eu estava pensando.

Quando Laney me olha, sei que ela sabe que eu não estou me referindo à cachoeira.

— Vamos. Quero te mostrar de outro ângulo.

Sigo rio acima, pela margem. Sei que existe um caminho, cortando pelas árvores, que leva até o topo da cachoeira. Alguns pontos são complicados, principalmente onde tem mais pedras, e o musgo é espesso. Eu me viro e ofereço a mão para Laney, puxando-a para que fique em segurança atrás de mim.

Quando chegamos no alto, ando com cuidado pelas pedras até o centro do rio. Paro e olho para baixo. Me divirto com o jato de adrenalina da altitude e por ver a água batendo na piscina lá embaixo.

Ouço Laney engasgar ao meu lado.

— Ai, meu santo Deus. É bem alto aqui. Não parece ser tão alto assim quando a gente olha lá, de baixo.

— Nem é tão alto assim.

Ela me olha de esguelha.

— Não é tão alto pra quê?

Dou meu sorriso mais persuasivo.

— Para pular.

— Você enlouqueceu? Nada no mundo vai me fazer pular desta altura.

— Ah, qual é. Vou estar lá embaixo para te pegar.

— Me pegar? Você quer dizer arrastar o meu corpo sem vida da água depois que eu me afogar?

— É claro que não foi o que eu quis dizer. Se fosse perigoso, eu jamais ia sugerir que você pulasse. Só acho que seria bom pra você.

— Como exatamente arriscar a minha vida seria bom pra mim?

— Você precisa relaxar um pouco, Laney. Eu sei que você quer. Você precisa correr alguns riscos. Ser espontânea. Parar de se preocupar tanto. Fazer algumas coisas que não faria normalmente. Acredite em mim: quando você vier à tona depois de ir lá embaixo, sua adrenalina vai estar nas alturas, e não há nada do mundo que se compare a essa sensação.

— Não é o tipo de coisa que eu almejava alcançar.

— Você quer esquecer. Quer escapar. Isso vai consumir você. E, às vezes, todos nós precisamos mergulhar em alguma coisa para nos perdermos. Ainda que seja por um tempinho apenas. Vale a pena, Laney. Eu garanto.

Ela se inclina e olha para baixo de novo, nervosamente mordendo o lábio inferior.

— Eu não sei, Jake. É alto demais.

— Você vai cair na água, sã e salva, em segundos.

— Minhas roupas vão ficar destruídas — diz ela, tentando encontrar maneiras de não pular.

— Tira a roupa.

— Eu te disse que não mergulharia pelada.

— Não é mergulhar pelada, é pular pelada. Na água. E é mais seguro se você não estiver usando roupas que podem se enroscar em alguma coisa. E, com certeza, pular sem sapatos, que podem te pesar para baixo.

— Então você quer que eu pule deste treco pelada, e depois suba aqui para buscar minhas roupas? Acho que não.

— Certo — digo, suspirando. — Eu subo aqui depois e pego as roupas pra você. Você pode ficar olhando a minha bunda pelada lá de baixo. Talvez até queira me recompensar pelo meu heroísmo. — Agito as sobrancelhas para ela, tentando deixar o clima mais leve, e ela menos medrosa. Mas não quero que o medo se vá totalmente. Faz parte da experiência. Elevará o que ela vai sentir. E a adrenalina...

Diabos! A adrenalina e a forma como tudo o mais que existe desaparece valem quase qualquer coisa.

Ela não recusa imediatamente, o que me diz que vai acabar concordando.

Seguro minha camiseta pela bainha, tiro a peça e jogo na base de uma árvore na margem. Piso numa pedra mais próxima da beirada do penhasco enquanto tiro um dos meus sapatos e a meia, depois o outro, jogando tudo para perto de onde caiu a camiseta. Quando estou parado na beirinha, com o chiado da água jorrando atrás de mim, fico de frente para Laney e dou um sorriso ao encontrar seus olhos.

Seu olhar está fixo no meu, como se ela estivesse se esforçando ao máximo para enxergar apenas o meu rosto e não o que eu estava fazendo com as mãos. Abro o fecho do meu short, depois o zíper. Estou sem cueca, então não há nada para impedir sua visão quando tiro o short e jogo para a margem.

— Te vejo lá embaixo — digo baixinho, sorrindo quando os olhos dela pestanejam para baixo e depois voltam para o meu rosto. Vejo suas bochechas ficando vermelhas e dou uma risada logo antes de me virar e pular pela cachoeira.

E tudo o mais desaparece.

Com exceção da sensação de que estou voando.

De que estou livre.

Vivo.

E nada mais importa.

15
Laney

Ai, meu santo Deus! Ele pulou!
Meu coração é um vagão descarrilado. O grito de prazer de Jake ainda ecoa nos meus ouvidos quando subo na pedra mais próxima da beirada e olho para baixo, prendendo a respiração até avistar a cabeça dele emergindo, distante do jato d'água.

AimeuDeus, aimeuDeus, aimeuDeus, não posso fazer isso!

O sangue que corre nos meus ouvidos soa ainda mais alto que a cachoeira. Meu pulso está acelerado e sinto falta de ar.

Observo à minha direita e à esquerda. A ribanceira musgosa parece estar a mais de mil quilômetros. Olho então para baixo, na direção do rosto bonito e sorridente de Jake, e ele também olha para mim.

— Sua vez — chama ele, enquanto balança a cabeça mais uma vez, fazendo o cabelo ficar todo espetado para cima.

— De jeito nenhum — respondo, sentindo uma pontada de pânico por estar aqui em cima sozinha.

— Vamos lá, Laney. Você consegue. Acredite em mim.

— Acreditar em você? Você está claramente louco. Por que eu deveria acreditar em você?

Parece que um tempo longo e absurdo se passa antes de ele responder. E, ainda assim, preciso me esforçar para ouvir sua voz baixa.

— Porque acreditar em todos os demais não te levou a lugar algum. Se arrisque pelo menos uma vez na vida. Se arrisque comigo.

Meu bom senso e meu senso de autopreservação estão duelando contra o fascínio de Jake e tudo o que ele representa enquanto me olha da agitação da queda lá embaixo.

Estou desesperada. No limite. No sentido literal e figurado. Entretanto, mais uma vez algo vem à tona e se torna dominante. Não reservo tempo algum para pensar naquilo. Ou para contra-argumentar. Como se eu estivesse querendo, simplesmente me entrego. Para a liberdade. Para a fuga.

Para Jake.

Fechando os olhos, eu me curvo e tiro as botas e as meias. Ouço o grito satisfeito de Jake.

— Essa é a minha garota!

Não consigo não sorrir.

Ele é realmente o demônio.

Jogo tudo para a margem, com o máximo de força que consigo. Minhas coisas não caem tão longe assim das de Jake. Engolindo o que restou da tímida, responsável e completamente casta Laney, tiro a camiseta e jogo na árvore, depois o short.

Enquanto estou parada no alto da imensa cachoeira, usando nada além das roupas de baixo e olhando para o cara que me faz ficar sem ar, eu me desfaço do restinho de relutância que ainda tenho.

E com ela vão meu sutiã e minha calcinha.

Então, sem mais nenhum segundo de hesitação, eu pulo.

As correntes que me ligam a quem eu sempre fui, ao que é a minha família e ao que é esperado de mim se quebram à medida que saio voando.

Caindo, caindo, caindo, tudo desaparece ao redor, com exceção do som da água, a sensação do vento, a emoção daquela hora e o homem lá embaixo.

Ele está esperando por mim. Todo o tipo de coisa nova e inexplorada está esperando por mim lá embaixo. É um salto tanto existencial quanto físico. Não há como voltar agora. Eu poderia abraçar isso também.

A água fria me engole, amortecendo minha queda e roubando o ar dos meus pulmões. O som abafado das águas agitadas corre pelos meus ouvidos enquanto a corrente puxa minhas pernas.

Nado até a superfície e não paro até sentir o sol no rosto.

Então abro os olhos para encontrar Jake. Ele nadou para me alcançar, caso eu não conseguisse subir. Exatamente como ele havia prometido.

Ele está sorrindo. E eu também. Com o meu corpo inteiro. Cada uma das células. Posso sentir.

Nunca me senti mais leve. Mais feliz. Mais otimista. E eu nem mesmo sei em relação *a que* estou otimista. Ele está gargalhando quando lança os braços ao meu redor e me puxa para perto de si. Consigo pensar somente no quanto quero que este momento — estar aqui, com Jake, me sentindo assim — dure para sempre. E só há uma coisa que pode deixá-lo melhor, que poderia gravá-lo na minha mente e no meu coração.

Enterro as mãos em seu cabelo, e puxo a boca de Jake para a minha. Seus lábios estão frios e macios, com gosto de água doce e ar fresco.

Descaradamente, deslizo a língua dentro da sua boca, pedindo por coisas que não tenho coragem de pedir com palavras, oferecendo coisas a que não tenho forças para me agarrar.

E então ele me beija de volta, as mãos perambulando pelas minhas costas, puxando meu cabelo. Seu peito liso provocando meus mamilos, as coxas firmes enredadas nas minhas.

Me sinto muito leve de novo. Eu nem mesmo abro os olhos para ver para onde Jake está me levando. Tudo o que sei é que meu corpo segue firme contra o dele e no mundo importa apenas o que está acontecendo entre nós dois neste exato momento. Nada mais importa.

A grama é macia e fresca nas minhas costas. O corpo de Jake é quente e rijo enquanto cobre o meu. Dou um gemido na sua boca e fico arqueada contra seu corpo, um pedido silencioso por mais. Apenas... mais.

Abrindo as pernas, procuro e cravo os dedos na bunda macia e rígida de Jake, puxando-o contra mim, desejando-o em lugares que suplicam por ele. Com um rosnado, ele afasta os lábios dos meus, e com beijos ferozes traça um caminho pelo meu pescoço até o meu seio.

Quando sua boca se fecha ao redor do meu mamilo frio, fico sem ar. A sensação é mais forte, mais profunda. Elevada. O céu gira diante dos meus olhos. O rio corre pelos meus ouvidos.

Jake vai me lambendo e me chupando dos peitos até o umbigo; quando percebo que ele vai descendo até ficar entre minhas coxas, sinto que ali a terra treme, tamanho o meu prazer. Ao primeiro toque da sua língua na carne vibrante, meu quadril sai do chão. Implacável, ele pousa o braço sobre o meu ventre para me manter contra a grama enquanto sua boca assalta cada centímetro da minha boceta escorregadia e do meu oculto desejo.

Repetidamente, sua língua circula pela minha parte mais sensível, me deixando cada vez mais e mais longe da realidade. Até que, como a cachoeira, um jorro vem quando eu atinjo o clímax.

Seus lábios me chupando, seus dedos me penetrando, Jake prolonga meu orgasmo até eu mal conseguir respirar. Minha cabeça gira. Meu corpo está encharcado. O mundo pulsa.

— Você toma pílula? — pergunta ele, a voz não passa de um gemido abafado.

Balanço a cabeça em concordância, incapaz de achar as palavras em meio ao que ele está fazendo com meu corpo.

— Confia em mim? Eu juro que não tenho doença nenhuma.

Mais uma vez eu assinto. Eu realmente acredito. Ou não teria pulado de uma cachoeira para os braços dele.

Seus dedos somem quando ele vai alternar o peso do corpo. Sinto vontade de chorar pela perda, mas então a realidade me estilhaça novamente quando Jake me penetra.

É tão grande e ele mete com tanta firmeza que eu grito. Não de dor, mas pelo mais intenso prazer que já experimentei.

Quando ele começa a se mexer dentro de mim, sinto a tensão retornar, mais forte do que nunca, ameaçando me tomar por completo.

— Ai porr... — Ele murmura no meu ouvido enquanto vai e volta dentro de mim. — Ai, meu Deus, nunca pensei que seria essa a sensação — diz, a voz quase dolorida de desejo. — Você é tão apertadinha. E tão molhada.

— Mais excitada que antes, estou arfando, quase delirante com o que está acontecendo entre nós.

— Jake, não para.

— Eu não vou parar, gata. Vou fazer você gozar em mim de novo e de novo. Quero sentir você gozar *dentro* de mim. Quero que você sinta o prazer escorrendo pela sua bunda. Vou te chupar até você gozar de novo.

— Suas palavras são afrodisíacas, seu corpo, a mais doce máquina de tortura. Ele me come ferozmente, como se soubesse que estou perto. Tão, tão perto... — E aí, vou meter meu pau em você de novo, e você vai gozar comigo. Eu vou te dar tudo, gata. Você vai ter tudo *comigo*.

Com um impulso firme e profundo, assim que a sua boca cobre a minha, acontece de novo. Onda após onda, me levando para longe de todas as coisas que nunca importaram de fato. Neste momento, só *isso* importa. *Só* isso.

Cumprindo sua palavra, Jake sai de dentro de mim e desce, usando os lábios e a língua para me mandar saltando de um orgasmo para outro. Minhas pernas estão bambas quando ele as abre ainda mais, pondo uma das mãos atrás do meu joelho para empurrá-lo contra o meu peito. Estou convencida de que não tenho mais nada para oferecer a ele.

Mas ele insiste. E eu deixo. Sou como massinha de modelar em suas mãos.

Quando Jake me penetra dessa vez, sinto-o entrar até o meu estômago, como se o corpo dele estivesse se integrando ao meu. Posso sentir cada centímetro que ele põe e cada centímetro que ele tira de dentro de mim. A fricção é deliciosa, o prazer inegável.

Para minha surpresa, à medida que Jake mexe o meu corpo, sinto a tensão crescer de novo. Estou certa de que não chegará a lugar algum. Até que sinto Jake gozar quente em mim. Com um rosnado, ele tritura o meu corpo com o seu, provocando espasmos no meu âmago.

Cumprindo a promessa, Jake goza comigo. Posso sentir meus músculos retesando, puxando-o ainda mais para mim, sugando Jake até sentir seus ombros tremendo sob as minhas mãos.

— É isso, gata. É tudo seu. Uhhh. — Ele geme com os dentes cerrados enquanto força o corpo contra o meu. Depois se larga em cima de mim, exausto.

Ficamos deitados juntos pelo que parece uma eternidade. Meu corpo está dormente, mas também parece existir uma atividade sussurrada de um nervo formigando logo abaixo da minha pele.

Quando Jake finalmente levanta a cabeça para me olhar, sinto uma contração dentro de mim. Ele ainda está duro.

— Como é possível? — pergunto antes de ele poder falar.

Sua sobrancelha fica franzida.

— O quê?

Eu nem tenho certeza se sei o que ele está querendo perguntar. Como ele pode me fazer sentir dessa maneira, como ele pode fazer o meu corpo fazer o que fez, como ele pode ainda estar duro depois disso tudo — não sei como ser mais específica.

— Isso?

Jake sorri, os olhos cintilam nos meus e ele beija a ponta do meu nariz. Meu coração derrete, e com isso vem uma fisgada de inquietação que deixo para examinar mais tarde.

— Se eu soubesse... mas posso te dizer que estou determinado a descobrir e dar o meu melhor para fazer o dobro.

Ele corre os lábios pelo meu maxilar quando flexiona o quadril. Sinto um pulsar de alguma coisa acordando na parte mais baixa da minha barriga.

— Não pode ser sério — sussurro, usando toda a minha força apenas para manter os olhos abertos.

— Ah, é sério, sim — diz ele, tirando e botando em mim de novo. Uma onda de consciência rouba meu fôlego. Mais uma vez. — Mas você precisa descansar um pouco primeiro.

Da maneira mais gentil que eu posso imaginar vindo de um bom homem, Jake sai de cima de mim e rola para o lado, me puxando para ficar aninhada com ele.

— Jake, eu...

— *Shhh.* — Ele me interrompe, pressionando os lábios contra o topo da minha cabeça. — Relaxe. Aproveite o sol. Vou estar aqui quando você acordar.

Ele não precisa me pedir de novo.

16
Jake

Sim, estou cansado. Sim, eu poderia descansar um pouco. Mas não agora, estou mais interessado na garota aninhada ao meu lado, dormindo nua sobre a grama. A garota que deslizou, entusiasmada, de um orgasmo a outro. A que me deixou devorá-la à luz do dia e a céu aberto. A que me deixou gozar dentro e aparentemente gostou muito.

Ela pode ser a mesma garota que eu beijei no festival tantos anos atrás? A mesma garota que fica vermelha quando me pega olhando para ela por muito tempo? A mesma garota que nunca fala palavrão? A mesma garota que provavelmente nunca tomou mais do que um gole de vinho até eu pôr um copo de chuva púrpura em sua mão? Que contradição ambulante, tão complicada quanto bem-vinda.

Eu sabia que ela tinha um foguinho ali. Provavelmente enterrado bem fundo, algo que ela foi ensinada a esmagar ou ignorar. E eu sabia que ela estava se coçando para dar uma voltinha pelo lado mais selvagem da vida. Mas eu não esperava por isso. Quero dizer, cacete! Eu já a quero de novo.

Agora mesmo. Meu pau está agindo como se fosse sete da manhã de um sábado depois de dois meses de seca.

Espero imensamente que ela não se apegue e acabe estragando isso para nós dois, porque eu aguentaria ter um pouco mais disso no caminho pelas próximas semanas.

Dou uma olhada para baixo, na direção do corpo de Laney — o arco do seu pescoço, a curva do seu quadril, o mamilo rosado e perfeito que mal consigo enxergar aparecendo embaixo do braço em que ela está deitada —, e fico com água na boca. E de pau duro.

Estou deliberando se a acordo do modo certo quando Laney suspira e levanta a cabeça para me prender com seus afáveis olhos azuis. Pela sua expressão, sei que ela ainda está com aquela sensação de preguiça e relaxamento profundo que só se tem depois de uma trepada muito boa. E essa trepada? Diabos! Foi mais do que boa!

Mas então seus olhos congelam, como se de repente ela se lembrasse do que aconteceu. Vejo Laney os arregalando num círculo tão grande quanto o que ela faz com a boca. Prendo a respiração, sem saber se ela vai se levantar e sumir da minha vida para sempre ou me dar a maior das esnobadas.

Em vez disso, Laney me surpreende, sendo coerente com o que vi dela até agora.

— Podemos repetir?

O ar corre pelos meus pulmões e meu peito relaxa quando um sorriso largo se abre no rosto dela.

— Qual parte? — pergunto, incapaz de me controlar.

O azul dos seus olhos reluz como estrelas à meia-noite.

— Todas.

Percebo que agora os meus lábios se curvam.

— Com certeza!

— Mas talvez de trás para a frente dessa vez — diz ela, mordendo o lábio inferior daquele jeito tímido que eu amo. — Beijos... e etc. primeiro... e pular da pedra depois?

— Ah, com certeza sim! — murmuro de novo quando rolo meu corpo sobre o dela e chupo um dos seus mamilos deliciosos.

E então fazemos tudo de novo.
Só que de trás para a frente.

Já estava escuro há tempos quando eu e Laney subimos nossos traseiros cansados para o quarto.

— Que tal um banho quente, gostoso e demorado para ajudar com alguma dor que você possa estar sentindo? — pergunto com uma piscada maliciosa, porque sei, por tudo que é mais sagrado, que ela nunca teve uma tarde como a que tivemos juntos.

Apesar de ter tido muitos "encontros" ao longo da vida, *eu* nunca tive um dia como o que tivemos. Dizer que tinha sido espetacular seria desgraçar a palavra *espetacular*. Me faz pensar que fazia muito tempo que eu não trepava tão gostoso.

Certamente foi isso.

— Eu mal consigo me mexer. Vou junto se você ficar com todo o esforço — diz ela, enroscando os braços atrás do meu pescoço e sorrindo charmosa para mim.

— Não ouse pensar que você pode usar esse rostinho bonito e o seu belo corpo para me manipular — aviso.

— Por favor — pede, timidamente, se esfregando em mim como um gato.

— Fechado — digo, sorrindo para ela. Ela dá risada quando eu a tiro do chão e a carrego nos braços até o banheiro.

Ponho Laney sentada na bancada enquanto encho a banheira de água bem quente. Quando está pela metade, eu tiro a roupa, coloco-a de pé e faço o mesmo com ela antes de entrarmos.

— Ahhhh! — Ela dá um gritinho quando a água quente entra em contato com a pele. Laney começa a recuar, mas eu seguro seu braço para impedi-la.

— Espere um segundo. Dói no início, mas depois vai fazer maravilhas para os seus músculos. E... outras coisas.

Eu me sento e abro as pernas, deixando meus braços bem abertos para que ela se junte a mim. Quando ela entra, solta um assobio.

— Eu nem precisaria estar tomando pílula, não é mesmo?
— Quê?
— Nenhum esperma poderia sobreviver a essa temperatura. E é óbvio que você já fez isso antes.
— Uma ou duas vezes.
Depois de alguns segundos, sua voz soa menos dolorida.
— Então é um fetiche?
— O que é um fetiche?
— Seduzir mulheres desavisadas até a sua casa para depois fervê-las.
— Ah, qual é. Não está tão quente assim, que exagerada. Além do mais, não vale a pena compartilhar o seu banho com tudo isso? — digo, apontando os dedos para mim mesmo e dando o mais bobo e arrogante dos sorrisos.

Corajosamente, ela me analisa, o que é meio excitante quando ela se demora no meu pau, que está aconchegado contra sua cintura.

— Vamos ver. E quanto a você? O que um banho quente comigo vale para um cara como você?

Eu me inclino para a frente e puxo Laney para os meus braços, de volta para o meu peito, deixando que a parte da frente do seu corpo fique livre para as minhas mãos passearem.

— Depois de hoje? Bastante, eu diria.
Encosto o nariz no seu pescoço, minha barba rala a faz se arrepiar e enrijece seu mamilo. Sinto meu corpo reagir, saltando contra a bunda dela — Laney está sentada entre as minhas pernas.

— Séééério? — ronrona ela, pendendo um pouco a cabeça para me dar melhor acesso ao seu pescoço.

— Hmmm.
— Então talvez possamos conversar um pouco.
Sinto o suspiro crescer no meu peito, mas me seguro.
De novo não.
— O que você quer saber? — pergunto depois de uma longa pausa.
Laney não diz nada por alguns momentos. Em vez disso, segura um sabonete e o rola entre os dedos, fazendo uma camada grossa. Ela larga o sabonete e começa a ensaboar um dos braços. Observo que ela começa pelo

pulso e faz pequenos círculos pelo antebraço em direção ao ombro. Quanto mais perto ela chega do seu colo e da curva do seio, mais duro eu fico, como o ponteiro de um relógio subindo.

Ela é inocente demais para saber que o que está fazendo vai me deixar louco. Suponho que seja a parte mais fácil de Laney lavar, porque o restante do corpo está submerso.

É isso ou não estou lhe dando o devido crédito.

— Como foi crescer no pomar? Como era a sua família?

É uma pergunta inofensiva o bastante, que não provoca demais nenhuma área sensível. Não me importo de responder, se isso a fizer continuar a fazer o que está fazendo.

— Não muito diferente da maioria das crianças, eu diria. Pelo menos, não por aqui. Eu brincava lá fora a maior parte do dia, subia nas árvores do pomar, às vezes ajudava a colher pêssegos, jogava pedrinhas na foz do rio, perto da fronteira ao norte.

— Como eram os seus pais?

— Eram pais normais. Fazíamos as refeições juntos. Jogávamos. Assistíamos a televisão em família.

Estou hipnotizado vendo Laney ensaboar seu colo, as mãos avançando lentamente para os seios.

— E então Jenna nasceu — diz ela, deixando os dedos brincarem nas auréolas macias.

— Sim — respondo quase distraído, com os olhos colados nas mãos dela.

Quando ela usa o indicador para circundar seus mamilos, minha respiração fica presa na garganta. Minhas bolas pulsam com a súbita necessidade de levantá-la e mergulhar seu corpo no meu pau, para observar aquela bunda perfeita subir e descer com Laney montada em mim.

E então ela mata o meu tesão com uma pergunta, com a única pergunta que ela está me rodeando para fazer.

— Por que você acha que o seu pai não te amava? Parece que ele te amava sim.

— Laney, eu expliquei pra você...

Ela me corta ao se virar na banheira para me encarar, as mãos espalhadas sobre o meu peito e os olhos me implorando.

— Por favor, Jake. Por favor, converse comigo. Eu quero muito me sentir bem com isso, mas é... é só... é difícil pra mim. Eu *preciso* conhecer você. Pelo menos um pouquinho. Me conte alguma coisa sobre a sua vida aqui. Qualquer coisa. Só um pouco.

Eu quero beijá-la, sacudi-la e ir embora. E também segurá-la bem perto. Nunca estive com alguém como ela, alguém que realmente *tenta* ser... menos. A maioria das garotas com quem estive simplesmente *é*. Mas Laney não. Ela está tentando ser casual e descomplicada, mergulhando num relacionamento sexual com alguém que mal conhece. Mas isso não é natural para ela. De um jeito estranho, por mais contraditório que pareça, isso me faz respeitá-la ainda mais.

Desta vez, eu dou mesmo um suspiro.

— Minha mãe já estava doente quando engravidou da Jenna. Ela nem ao menos cogitou interromper a gestação para salvar a própria vida. Ela conhecia os riscos, mas deu mais valor à vida de Jenna que à própria. — Engulo seco. Nunca é fácil pensar sobre essa merda toda, muito menos falar sobre isso. E é por isso que eu não falo.

Nunca.

— Jake, eu sinto mui...

Estendo a mão para interrompê-la. Posso ver sua sinceridade na imensa piscina brilhante que são seus olhos. Mas ela queria. Agora vai ter. Pelo menos uma parte. Ainda há uma parte que eu jamais vou dividir com outra alma viva.

Jamais.

— Quando Jenna nasceu, meu pai ficou ocupado, cuidando dela, e minha mãe foi ficando cada vez mais doente. Em um determinado ponto, não havia mais nada que os médicos ou a medicina pudessem fazer por ela. A não ser deixar a natureza seguir o seu curso.

— Quantos anos você tinha quando ela...

— Oito. Eu tinha oito anos quando a mamãe morreu.

Encosto a cabeça na cerâmica fria da banheira, fechando os olhos para aquela parte da minha vida. Sinto os lábios de Laney, suaves como uma pluma, roçarem primeiro na minha boca, depois na bochecha, no maxilar e no queixo, antes de ela se acalmar em mim; a cabeça no meu peito e a mão direita sobre o coração.

Posso sentir a compaixão e mágoa que vêm dela em ondas quase tangíveis. Mas não quero a compaixão dela. Não quero a compaixão de ninguém. Só quero deixar o passado. Já me trouxe dor o bastante na vida sem nem precisar cavar tudo de novo.

Meu sorrisinho é amargo quando penso comigo mesmo que Laney não fará mais pergunta alguma tão cedo.

17
Laney

Não consigo conter um sorriso à medida que passo cream cheese na metade de um *bagel* para Jake. É algo tão cotidiano — preparar o café da manhã para o homem com quem divido a casa e a cama — que me deixa feliz até os ossos. Eu poderia ver essa sendo a minha vida por muito, muito tempo.

Ao longo das últimas quatro semanas, eu pulei de *bungee jump* com Jake, pratiquei *rafting* com Jake, mergulhei de alturas elevadas com Jake, fiz todo tipo de coisa que nunca pensei em fazer um dia. E, embora tenha sido divertido, uma parte de mim ainda almeja isto: uma casa e uma família. Atividades mundanas, como preparar o café da manhã para as pessoas que eu amo.

Como sempre, quando penso nos meus sentimentos em relação a Jake, eu sinto que a minha testa enruga. Sei que ele se importa comigo e eu me importo com ele. Mas eu amo Jake? Não sei. Seja lá o que for que eu sinta por ele, é feroz. E apaixonado. E profundo. É diferente do modo como eu me sentia em relação a Shane. *Muito* diferente. A questão é que não quero estar apaixonada por Jake. Ele deixou bem claro que não topa um amor. Ele só quer se divertir um pouco.

E nós nos divertimos. Nós nos divertimos muito.

Ele ama o meu corpo. Disso eu tenho certeza. Fazemos o sexo mais incrível que já tive na vida. Melhor que qualquer coisa que eu já pude *imaginar* experimentar. Então, tem isso. Mas não é o bastante.

Às vezes, quando o pego me olhando ou quando adormeço em seu peito no sofá, enquanto assistimos a televisão, e eu acordo e o encontro me olhando, ou acariciando minha bochecha, penso comigo mesma que ele *deve* me amar. Mas não sou louca o bastante para realmente acreditar nisso.

Mas é isso o que eu quero?

Sim, acho que é. Apesar de tudo — a repugnante reputação, os maus modos de bad boy, a tendência a correr riscos, a aversão a relacionamentos —, ainda quero Jake todinho para mim.

Mas não sei se um cara como Jake vai ser de alguém um dia.

O meu tempo para conquistá-lo está passando. Já pedi dois prolongamentos de prazo no trabalho. Mais duas semanas é tudo o que teremos antes que eu tenha que entregar os relatórios e deixar a conta com o meu chefe.

A porta dos fundos bate e eu dou um pulo, assustada. Eu me viro e vejo Jake entrando na cozinha, o suor pingando da testa e um sorriso satisfeito no rosto.

— Humm, o que você está preparando para o café? Porque eu estou faminto.

Ele ignora a geladeira e vem na minha direção. Pega o *bagel* e a faca, e coloca ambos de lado, então passa os dedos pelo meu cabelo e me beija longa e profundamente, o bastante para me deixar em chamas. Quando levanta a cabeça, estou sem ar e querendo algo muito mais... pessoal que o café da manhã.

— Acho que posso fazer alguma coisa.

— Não precisa fazer nada — diz ele, os dedos já no zíper do meu short. — Eu tenho tudo o que preciso bem aqui.

No instante em que percebo que ele fala sério, o calor inunda meu cerne. Deslizo meus dedos contra a pele do seu peito liso e depois para baixo, em direção à cintura, puxando o elástico da bermuda dele. Ele empurra o meu short até que cai pelos quadris, então Jake começa o trabalho na minha calcinha enquanto eu puxo a bermuda dele baixo o bastante para libertar sua longa e forte ereção.

Um arrepio percorre minha coluna quando eu envolvo aquilo com os dedos, as pontinhas mal se encontrando em volta da base grossa. Nunca canso de me admirar com o fato de uma coisa tão grossa caber dentro de mim. No entanto, não fico nada surpresa que me traga tanto prazer. Jake conhece os caminhos do meu corpo como se estivesse apaixonado por ele há anos.

Com um rosnado, ele me pega pela cintura e me vira na direção do armário. Ele procura e escorrega a palma da mão pela minha barriga até o fogo enfurecido entre as pernas. Afasto minhas coxas para ele, deixando para trás o emaranhado do short e da calcinha ao fazê-lo.

Quando ele enfia um dedo dentro de mim, meus joelhos fraquejam e eu me seguro no armário em busca de apoio. Jake me empurra para a frente até minha cintura dobrar. Com o polegar esfolando meu clitóris e os dedos dentro de mim, estou quase gozando.

Eu suspiro, sem ar, enquanto ele traz a outra mão para o meio das minhas pernas por trás. Seus dedos circulam, e entram e saem de mim, tudo ao mesmo tempo. Ele se inclina na minha direção para lamber e depois morder meu ombro.

— É o bastante ou você quer mais?

Estou sem fôlego e confusa.

— Mais. — Respiro. — Eu quero mais.

— Me diz. Me diz o que você quer.

Sinto sua ereção contra o meu quadril.

— Quero você. Dentro de mim.

— Me diz que você quer o meu pau. Me diz que você quer gozar em cima do meu pau. — Ele rosna à medida que seus dedos se movem dentro de mim, me dando corda como se eu fosse um relógio de bolso. Suas palavras são como gasolina derramada sobre fogo. Meus músculos se contraem enquanto a tensão em meu corpo atinge seu ápice.

— Eu quero o seu pau. Por favor, Jake. Por favor.

Estou quase gozando, mas quero ele dentro de mim. E ele sabe disso. Ele está segurando apenas o suficiente para...

E então Jake desliza molhado dentro de mim por trás. Uma estocada forte e profunda. Eu grito, incapaz de me segurar por mais um segundo que seja. Os seus dedos se cravam nos meus quadris enquanto ele mete.

— É isso mesmo, gostosa. Eu quero ouvir você. Me deixe ouvir você — pede Jake atrás de mim, metendo com mais força.

Não consigo segurar minhas arfadas nem os gemidos de prazer. Foi tão inesperado e bruto que eu sinto que poderia rugir.

Enrosco os dedos na quina da bancada para me segurar no mundo, para me manter sã, enquanto Jake endurece atrás de mim. Sinto seus dedos se enroscando no meu cabelo para depois puxar, quando ele goza quente lá dentro. Em seguida, com o seu nome saindo dos meus lábios numa voz que mal reconheço, eu explodo como um vitral.

Pedaços de cristal multicolorido estouram atrás dos meus olhos. As estocadas de Jake são perversas. E tudo o que meu corpo pode dizer é *Me dê mais!*

Quando os espasmos diminuem e eu fico jogada sobre a bancada com Jake em cima de mim, ambos buscando o máximo possível de ar, eu me admiro com a intensidade do que acabamos de dividir. Em vez de coisas que perdem seu brilho, ou ficam confortáveis demais, ou comuns demais, isso parece estar indo na direção oposta. É como se cada minuto do dia, a cada vez que fazemos amor, ficasse melhor e melhor. Mais e mais ardente. Mais e mais importante.

E mais e mais significativo.

Depois que passa o formigamento da cintura para baixo, termino de passar mel no meu *bagel*. Agora estou sentada de frente para Jake, enquanto tomamos um café da manhã bem tardio.

Praticamente um café da tarde.

— Como está indo o trabalho? — pergunta ele, do nada.

— Bem — digo, sem me comprometer. Engulo um pedaço de pão, sentindo que ele fica grudado na minha garganta seca. — Não tenho mais muita coisa para fazer. Em breve não vou mais incomodar você.

Mantenho a atenção na minha comida, separando mais um pedaço de pão com cuidado, mas sem colocá-lo na boca. Parece que o meu apetite sumiu.

Quando finalmente levanto o olhar, Jake está me observando. Sua expressão é insondável. Seus olhos dourados procuram pelos meus por alguns longos segundos antes de ele começar a assentir devagar com a cabeça.

— O que você acha de ir acampar neste fim de semana?

Abro um sorriso. É como uma ordem judicial esse pedido. Amo a ideia de passar mais tempo com ele, principalmente longe do mundo. Algo isolado como uma viagem para acampar parece maravilhoso.

— Parece divertido. — Tento dar uma resposta moderada, que, com certeza, entra em descrédito diante do meu sorriso largo.

— Assim nós podemos estar fora no domingo. Eu sei o quanto te incomoda não ir para a igreja.

Meu coração derrete um pouquinho com a preocupação dele. Eu disse isso a ele no primeiro domingo em que fiquei aqui, que me sentia culpada, porque sempre que estava na cidade aos domingos eu ia à igreja do meu pai. Na ocasião, Jake não fez comentário algum, mas agora eu sei que ele ouviu. E significa o mundo, não somente ele ter ouvido, mas que ele se importe comigo o bastante para se preocupar com o meu bem-estar.

Não interprete demais, Laney, chamo minha própria atenção. Mas sei que já é tarde. É só mais uma coisinha com a qual terei que viver, imaginando se isso quer dizer que ele tem sentimentos mais profundos por mim.

Dou de ombros.

— Não é nada de mais.

Jake fica quieto por alguns instantes antes de voltar a falar. Ele limpa a garganta.

— Você sabe que, se quiser ir, pode ir. E, se precisar que eu vá com você, eu irei.

Eu daria qualquer coisa para controlar as lágrimas que enchem meus olhos. Mas não posso. Antes que eu perceba, eles estão queimando, e Jake está borrado. Olho rapidamente na direção do meu prato, mas sei que não é rápido o bastante.

Ouço o arranhar de madeira contra madeira quando Jake afasta seu assento da bancada. Não penso em levantar o olhar. Não quero que ele veja a dor nos meus olhos agora, atrás das lágrimas. Sei que seria demais para ele. Emocional demais. Real demais.

Mas, para minha surpresa, Jake contorna a bancada, vem para o meu lado e me vira no meu banquinho. Mantenho a cabeça baixa, mas com um dedo sob o meu queixo ele vai levantando meu rosto até que estou encarando seus olhos.

— Tudo bem isso te incomodar. É como deve ser. Seu pai é um homem bom. Perdido às vezes, mas acho que as intenções dele são boas. Ele te ama. Isso é óbvio. — Eu pisco e as lágrimas escorrem descontroladamente pelas minhas bochechas. Os olhos de Jake seguem todo o caminho que uma delas percorre até meu maxilar, onde ele a limpa com a parte de trás dos dedos. — Você tem sorte de tê-lo. Eu daria qualquer coisa para o meu pai se sentir assim em relação a mim.

Por alguns segundos, o verdadeiro Jake, o que fica por trás do cara durão, me espia de volta de algum lugar daqueles cautelosos olhos cor de âmbar. Quero tanto conversar com ele, mas sei que não devo tentar. Sei que não devo fazer perguntas. Independentemente do quanto eu queira saber, tenho certeza de que Jake só vai me contar algumas coisas quando estiver bem e preparado. E talvez ele nunca esteja. Mas já sei o bastante. De algum modo, o pai dele o magoou. Profundamente. E Jake nunca superou isso. Está bem claro.

— Qualquer um que não te amasse seria um idiota — solto, envolta num momento dentro dos olhos assombrados dele. Quando percebo o que eu disse, sinto um espasmo de total pânico. Mas então Jake sorri e eu solto a respiração mentalmente.

Sua expressão é irônica quando ele simplesmente diz:

— Obrigado, mas você não me conhece tão bem quanto ele conhecia. Ele tinha suas razões.

Enquanto observo, a cortina volta para o seu lugar e, com essa facilidade, o doce Jake desaparece, dando lugar à pessoa que finge não sentir nada mais uma vez. Que não *quer* sentir nada.

— Mas eu quero conhecer você, Jake — confesso, inocente, e não pela primeira vez.

— Eu sei que você quer. Mas eu também sei do que estou te salvando. Acredite no que que eu digo, é melhor assim.

Com isso, ele beija minha testa e se afasta.

— Que tal um pouco de dividir para conquistar? Sei que você tem trabalho a fazer, mas acha que teria tempo para uma ida rápida até o mercado? Se conseguir, eu vou ter tudo preparado para nós irmos amanhã depois do almoço.

De volta ao trabalho como sempre.

Escondo meu suspiro com uma fungada.

— Claro. Me diga o que eu preciso pegar lá.

— Vou te mandar uma mensagem com a lista. Mas primeiro eu preciso de um banho. — Ele me dá um sorriso casual, um beijinho na boca e se vira para sair. Jake tem um jeito invejável de seguir em frente, sem ficar insistindo em coisas que ele não pode controlar. Ele não pode consertar o passado, então não quer falar sobre ele. Ele simplesmente... segue em frente. Alguns podem chamar isso de se esconder, mas Jake não é covarde. Acho que essa é a forma de ele dominar. Não deixando que aquilo o domine.

Embora siga admirando sua determinação, ainda me sinto muito triste com aquilo.

— Certo, estou indo para o escritório — digo, com um sorriso. Agora nos referimos à sala de jantar como meu escritório.

Jake me dá uma piscadela e sobe dois degraus por vez pela escada. Eu não me mexo tão rapidamente assim.

Fiel à sua palavra, meu celular apita cerca de uma hora depois. É uma mensagem de Jake, com a lista do que devo comprar no mercado. Enquanto estou deslizando o dedo pelos itens, meu telefone apita de novo, me assustando pra valer. Quando já me recuperei e não estou mais prestes a deixar o aparelho cair no chão, vejo que é Tori.

De novo.

Ela me ligou pelo menos umas dez vezes na última semana. Não é que eu não queira ouvir o que ela tem a dizer. Bom, eu não quero, mas agora me sinto um pouco mais disposta a isso. Ela foi minha melhor amiga por muitos anos. O mínimo que eu posso fazer é escutá-la.

Não, uma das maiores razões para eu não querer falar com ela é que eu sinto como se Jake e eu estivéssemos vivendo numa bolha. Uma bolha que poderia estourar a qualquer momento. Não quero ninguém se intrometendo no nosso tempo juntos. Incluindo Tori.

Aperto o botão vermelho para recusar a chamada e ponho o celular de volta sobre a mesa.

Talvez mais tarde. Agora vou ao mercado. Eu, na verdade, não tenho tempo para falar com ela.

Pelo menos é o que eu digo a mim mesma.

Depois de dar uma escovada no cabelo e passar um gloss levemente colorido, mando uma mensagem para Jake, avisando que estou saindo para pegar o carro. Ele está no pomar. Em algum lugar.

Levo apenas quinze minutos para chegar ao primeiro e único mercado de Greenfield. Dou uma olhada no relógio ao parar numa vaga do estacionamento. Duas e quarenta da tarde de quinta-feira. Não devo esbarrar em ninguém a uma hora dessas.

Pego um carrinho e a lista de Jake. Começo pela seção de hortifrúti. Para a terrível reputação que tem na cidade, Jake leva uma vida muito saudável. Ele bebe uma ou duas cervejas de vez em quando, mas na maior parte do tempo bebe água e come comida de verdade. Ele corre quase todos os dias e se mantém ativo. Ele não fuma nem usa drogas. Ele tem um condicionamento físico espetacular, algo que eu posso comprovar por experiência própria, e não consigo pensar em nada que mudaria nele.

A não ser fazê-lo se apaixonar por mim...

Balbucio sozinha comigo pelo corredor de frutas, reprimindo com veemência o meu emocional por ter chegado a esse ponto. Nem ao menos tenho certeza se é isso que eu quero.

Até parece que não quer!

Preciso sorrir quando surge esse pensamento. Na minha cabeça, parece algo que Jake diria de verdade. O mesmo tom, a mesma expressão. O mesmo... Jake.

Suspiro. Acho que é seguro dizer que, independentemente das minhas intenções ou do quanto eu me esforcei para que *não* acontecesse, Jake está entranhado em mim.

— Por quanto tempo você vai me ignorar, caramba?

A voz furiosa de Tori retumba atrás de mim. Eu estava tão distraída que nem a ouvi se aproximando.

Suspiro de novo.

— Tori, eu só não queria conversar sobre isso ainda. Você não pode me dar um pouco de espaço?

— Espaço? — diz minha amiga mais antiga, seus olhos azuis muito claros brilhando e os peitões se agitando. O cabelo longo e loiro está jogado sobre um dos ombros, e o queixo levantado numa provocação; ela parece uma modelo de capa de revista. — Eu te vi uma vez durante todo o verão. O único espaço maior do que este é a morte!

— Não seja tão dramática.

Tori faz um biquinho.

— Você está me deixando dramática. O que eu tenho que fazer para chegar até você? Só quero que você me ouça.

Eu sabia que seria isso. Só esperava poder evitar te ouvir por mais um tempinho.

— Certo. Você fala, eu faço minhas compras.

— Sério? Eu tenho sido a sua melhor amiga desde o útero e ganho metade da sua atenção enquanto você faz compras?

Trinco os dentes. Isso é realmente incômodo.

— Certo. Então vamos até a cafeteria tomar um espresso.

— O café daqui é horrível — diz Tori, curvando os lábios.

— Tori! Isso não é importante.

— Tá, tá, tá — diz, balançando a cabeça como se estivesse afastando o pensamento. — Certo, tudo bem.

Viro o carrinho e me encaminho para a entrada da loja e a pequena praça de alimentação/cafeteria, que ocupa um lado do prédio, depois da farmácia.

— Como você me encontrou aqui, afinal?

— Vi você estacionar. Numa cidade tão pequena, é um milagre que você tenha conseguido me evitar esse tempo todo.

— Estou supondo que você ainda não conversou com a mamãe nem com o papai.

Ela me olha como se eu tivesse enlouquecido completamente.

— Claro que não! Ficou doida? Para ouvir um sermão lendário sobre eu ser uma vagabunda satanista? É claro que não.

— Tanto faz. Você sabe que meus pais jamais diriam isso. Para ser sincera, eles nem sabem do que aconteceu. Eu, uh, ainda não contei.

— Sério? Então eles não fazem ideia do motivo de você ter largado o Shane?

Balanço a cabeça.

— Bom, vou ser honesta. Isso não me incomoda nem um pouquinho. Eu prefiro que eles não me odeiem até que você tenha ouvido toda a história.

Não faço comentários. Simplesmente sigo rolando o carrinho em direção ao café até encontrar uma mesa onde possa deixá-lo do lado. Primeiro jogo minha bolsa no banco, para em seguida escorregar para um dos lados da mesa. Depois de me ajeitar, respiro fundo e cruzo os braços sobre a mesa, entrelaçando os dedos.

— Pare com isso! — solta Tori.

— Com o quê?

— Pare de fazer isso. Parece que você está só esperando o momento certo para dar a minha sentença de morte.

— Não sou o juiz, Tori. Deus é.

— Obrigada, Senhor, por isso. Pelo menos *Ele* sabe o que eu estava tentando fazer.

Embora essa cicatriz esteja praticamente fechada (sem dúvida graças à atenção de um certo Jake Theopolis), ainda me aborrece lembrar de tê-la encontrado na cama com Shane. E de se sentar aqui agora para tentar me explicar.

Dane-se, penso com um rolar de olhos imaginário. Logo vai estar tudo acabado.

— Então diga o que você precisa dizer. Eu preciso comprar umas coisas.

Tori me lança um olhar intimidador, mas não diz nada. Depois de alguns instantes, ela se apruma no lugar e limpa a garganta.

— Certo. Só me deixe lembrar você de que sou eu quem vem dizendo há mais de *dois* anos que tem alguma coisa errada com Shane. Eu te disse, ele é um lobo em pele de cordeiro.

Minha risada é amarga.

— Obrigada por ter me mostrado de forma tão gentil que você estava certa.

Tori se movimenta bruscamente para a frente e cobre as minhas mãos com as suas.

— Você precisava ver, Laney. Precisava ver para acreditar. Antes de se casar com aquele babaca. Não importava o que eu dissesse, você sempre acreditou nele. E isso é ótimo. Até a pessoa em quem você deposita tanta confiança não ser mais digna dela. — Ela se interrompe, como se quisesse que suas palavras fossem absorvidas antes de continuar. — Laney, eu te amo. Eu nunca, nunca, jamais faria isso com você. Se você lembrar, eu *sabia* que você iria para a casa do Shane. Você me mandou uma mensagem naquela manhã dizendo que sua pedicure tinha cancelado e que você iria fazer uma surpresa para Shane.

— Sim, mas nem mesmo você esperava que eu chegasse *tão* cedo. Eu não avisei a ninguém que tinha cancelado minha consulta com o dentista também.

— Você acha mesmo que eu seria idiota o bastante para arriscar? Você jura, Laney?

Tori parece estar sendo tão sincera. Tão desesperada para que eu acredite nela. E, pela primeira vez desde que aconteceu, começo a sentir uma pontinha de dúvida. Será que ela está dizendo a verdade?

— Tudo bem, então. Para termos um outro lado, me conte o que aconteceu. Exatamente.

Tori respira fundo.

— Certo, lá vai. Bom, já fazia um tempo que eu vinha tendo a sensação de que o Shane estava dando em cima de mim. Um comentário aqui, outro lá, uma flertadinha quando você não estava junto, esbarrões casuais, coisas assim. Só que um dia, há mais ou menos um mês, eu fui até a casa dele, achando que você estaria lá, mas você não estava. Ele disse que você não ia demorar e que eu podia esperar. E foi o que eu fiz. Bom, ele me perguntou se eu queria uma cerveja, e você me conhece, então eu disse sim. Com isso, ele trouxe uma cerveja para cada um de nós e se sentou no sofá ao meu lado. Nós conversamos sobre coisas aleatórias. Ele me perguntou da faculdade, eu perguntei a ele sobre o trabalho. Sabe como é, essas chatices. De um jeito ou de outro, as coisas não costumavam ser tensas entre nós. Você sabe que eu sempre gostei do Shane. Bom, gostei a princípio. Então eu terminei a minha cerveja e perguntei se podia tomar outra. E ele disse: "Claro, fique à vontade". E eu fui pegar outra. Foi quando eu estava abrindo a geladeira que ele veio por trás de mim. Eu me virei tão rápido que quase caí em cima da manteiga, ele me deu um baita susto. E depois me beijou. Simples assim. Como se achasse aquilo normal.

Quando ela para, eu espero que continue, mas Tori não o faz.

— E o que você fez?

— Nada. Quando ele se afastou, eu falei que precisava ir embora. Daí peguei minhas coisas e fui.

— E acabou?

— Eu estava apavorada, Laney! Você não teria ficado? Quero dizer, pense no tipo de posição em que isso me deixa. Sim, eu vinha alertando você sobre ele, mas contar que ele tinha tentado me beijar só faria você pensar mal de *mim*. O que é muito triste, apesar de ser verdade.

— Então você está me dizendo que, porque eu confiava no meu namorado, você sentiu que não tinha opção a não ser dormir com ele para me provar uma coisa?

— Deus! — exclama Tori, jogando a cabeça para trás. — Laney, não. Só estou dizendo que eu sabia que você teria que ver com os próprios olhos para acreditar. É isso. Ai, meu Jesus Cristinho. Mulher!

Estou furiosa demais para amolecer diante dessa expressão, que Tori usou ao longo de toda a nossa vida e que eu sempre amei. Neste momento, não tenho sentimentos afetuosos em relação a ela. Me sinto simplesmente manipulada. E tola.

— E agora eu devo então te agradecer por ter dormido com o meu noivo para me abrir os olhos? Bom, me perdoe se eu não consigo reunir nem um fiapo de sinceridade para fazer isso.

Não consigo evitar o tom amargo da minha voz. Ela tem sorte de ser tudo o que está recebendo. Puxo minhas mãos, que estavam por baixo das dela, e me ajeito no lugar, precisando de alguma distância física de Tori.

— Laney, é isso que estou tentando contar pra você. Eu. Não. Dormi. Com. Ele.

— E você espera que eu acredite nisso?

— Por que você não acreditaria? Quando foi que eu demonstrei qualquer tipo de interesse por ele? Acho Shane um molenga. Eu gosto de homens *másculos*, você sabe disso.

Estreito o olhar na sua direção.

— Mas nós duas sabemos que você já foi para a cama com o cara errado mais de uma vez.

Ela fica ruborizada.

— Eu não vou contestar isso, mas nunca com o *seu* cara, Laney. Nunca. Eu jamais faria isso. Eu sabia que você ia chegar. Eu sabia que, se ele fosse o tipo de homem que eu achava, ele agiria num instante. Só lamento ter tido razão. — Tori fecha os olhos e sussurra: — Eu daria qualquer coisa para que ele me provasse que eu estava errada.

De repente eu sinto... que é demais. Me sinto presa. Sufocada. Sinto um prenúncio de lágrimas. Me sinto idiota, sozinha e confusa. E sinto necessidade de sair daqui.

— Tori, nós podemos, hummm, terminar isso depois? Eu realmente preciso ir. — Não olho para cima quando pego a bolsa e deslizo pelo banco.

Tori não se mexe para vir atrás de mim. Ou tentar me impedir. Mas, antes que eu consiga tirar o carrinho de perto da mesa, ela me alcança e toca meu braço quando eu passo.

— Eu te amo, Laney Holt. Sempre te amei. Você é como se fosse a minha família.

Antes de me afastar, eu espero até que ela tire a mão. Empurro meu carrinho até a seção de hortifrúti, onde eu estava antes. As lágrimas escorrem pelas minhas bochechas ao longo de todo o caminho.

18
Jake

Dou um puxão na última tira, deixando-a bem apertada contra o pacote de suprimentos que está amarrado à pequena cama na traseira do Jeep. Verifico as demais amarras para me certificar de que estão seguras. Quando tenho certeza de que as nossas coisas não vão cair num buraco de lama, eu me viro para Laney.

— Pronta? — pergunto.

Ela dá um sorriso largo e concorda com a cabeça. É a primeira vez que ela se parece... com ela mesma desde que voltou do mercado ontem. Não sei o que aconteceu e não pretendo perguntar. De todo modo, não tenho certeza de que ela me contaria. Aquilo de Laney não ser como a maioria das mulheres — que sente necessidade de colocar tudo para fora regularmente — trabalha contra mim em alguns casos. Tipo agora. Fico imaginando qual é o problema, mas não quero dar a Laney a impressão errada de que eu me importo. Talvez seja porque o cuidado vem com a responsabilidade, e Laney não sabe que eu destruo as coisas das quais cuido. Ela não sabe que eu *não posso* ser responsável por ela. Não que isso seja mais confortável para mim. Mas é o que é melhor para *ela*.

Estamos ambos em silêncio na viagem para onde nós, locais, chamamos de "montanhas". Para quem cresceu próximo de montanhas de verdade, essas estão mais para colinas bem altas cobertas por árvores. Porém, para pessoas que vivem em um estado que fica na planície, são como montanhas.

Quando chegamos à parte mais complicada da estrada, com trechos por cima de partes do rio, que sobem e descem em inclinações acentuadas, percebo que Laney agarra a alça de segurança acima da porta do carro e mantém os pés firmes no chão.

— Agora você sabe por que chamam essa parte do carro de "puta que pariu" — digo a ela com um sorriso.

Ela dá um risinho, mas os olhos estão arregalados, o que faz meu sorriso se alargar.

Por uma ou duas vezes, acerto um ponto mais profundo do rio e nós dois balançamos à beça. Laney arqueja, mas não diz nem uma palavra sequer. O rosto está apenas vermelho e radiante quando olho para ela. Ela está aprendendo a gostar dos sustos e das surpresas. Da excitação do momento. O prazer de não ficar observando a vida pelas laterais. Sei que ela estava meio que procurando por isso quando nos conhecemos, mas não consigo parar de observá-la com certo orgulho agora, observá-la se divertindo e pensar comigo mesmo: *eu* fiz isso. E me sinto feliz de algum modo; em algum lugar que prefiro não explorar muito profundamente. Só sei que ainda não estou pronto para desistir. Ainda não estou pronto para desistir *dela*. Então, vou aproveitar o máximo que puder este fim de semana.

— Quanto tempo falta? — pergunta ela num momento.

— Uns seis quilômetros, por aí.

Ela já havia me confessado que nunca tinha ido acampar. Eu não conseguia acreditar. Mas parecia ser verdade, se eu julgar apenas pelo seu nível de entusiasmo. E tudo bem por mim. Estou animado também. Só que por uma razão diferente. Pretendo trepar com essa mulher o máximo que conseguir em três dias e duas noites. Preciso começar o trabalho de tirá-la do meu sistema. Preciso deixar essa sede por ela sob controle. Não temos muito tempo pela frente, e tenho que estar pronto para deixá-la partir.

Como sempre, pensar nela indo embora é como ter uma tempestade sobre a minha cabeça por alguns segundos, e é exatamente por isso que não perco muito tempo pensando nisso. Ela precisa seguir com a vida dela e eu com a minha. No fim das contas, seguiremos caminhos separados e é isso.

Ainda assim, eu *realmente* não gosto de ficar pensando no assunto.

Adiante, vejo a clareira aparecendo. Quando chegamos ao topo do monte, paro de um lado do campo e desligo o carro. Assim que o ruído gutural do Jeep não pode mais ser ouvido, os sons da natureza parecem ficar dez vezes mais altos. Pássaros cantando, a água correndo sobre as rochas, as folhas farfalhando ao vento — é o barulho mais pacífico do mundo.

Saio do carro e começo a descarregar nossas coisas. Laney vem mais para perto e fica parada atrás de mim, os braços abertos.

— Certo, me dê alguma coisa.

Levanto uma sobrancelha surpresa para ela.

— Vou te dar alguma coisa — digo, insinuante.

Ela abre um sorriso.

— Quero dizer, me dê algo útil.

Não digo nada por três segundos antes de investir contra ela. Entretanto, ela está preparada e sai correndo pela clareira, gritando a plenos pulmões. São apenas algumas passadas para alcançá-la, e, quando o faço, enrosco meus braços pela sua cintura, puxo seu corpo para o meu peito e a giro, como se fosse lançá-la.

— O que foi que você disse?

— Nada, nada, nada — diz ela, meio rindo, meio gritando.

— Eu podia jurar que havia um insulto à minha masculinidade em algum lugar.

Eu giro Laney mais uma vez, suas pernas voando à nossa frente.

— Não, não havia nada! Eu só disse que eu gostaria de ser útil.

— Não é assim que eu me lembro — digo, colocando-a no chão.

— Eu não tenho culpa se você é velho — murmura ela, se divertindo.

— Ah, você está *realmente* pedindo. — Eu a viro para mim e dobro suas costas sobre meus braços, mordendo seu pescoço de brincadeira. Ela ri e arqueia o pescoço, segurando meus ombros com as duas mãos.

— Uma garota precisa batalhar para chamar a sua atenção — comenta ela, rouca.

Levanto a cabeça e olho para ela.

— Você só precisa olhar para mim e terá a minha atenção. Minha *total* atenção.

Os olhos azuis de Laney estão claros, brilhantes e... felizes.

— E eu não posso pedir muito mais do que isso — diz ela baixinho, olhando para cima, na minha direção. Ela alcança a minha bochecha com a mão, acariciando-a com os dedos, o sorriso se desfazendo até uma expressão séria. — Jake, eu...

Como se tivessem apertado o botão de pânico, suas palavras acionam uma resposta imediata minha:

— Vamos lá — começo, levando Laney a reboque. — Preciso armar este acampamento antes que fique muito tarde. Precisamos estar no rio para pescar o jantar daqui a umas duas horas.

Laney assente, seu sorriso aberto de volta ao rosto. Um sorriso quase exagerado, para dizer a verdade. Posso dizer, pelo jeito medroso como ela põe o cabelo atrás da orelha, que está um pouco descontrolada.

De volta ao Jeep, entrego a Laney pequenas coisas enquanto as tiro da bolsa, explicando onde cada uma deve ficar.

— Pela forma onde está a fogueira, vamos armar a tenda por ali — digo, apontando para o limite da clareira, que fica de costas para um despenhadeiro. — Entrego a ela a barraca e as estacas. — Deixe isto ali. Vamos colocar o cooler e os utensílios de cozinha à direita, e as duas cadeiras em frente àquelas pedras que formam um círculo. O fogo fica no meio disso.

— Sim, senhor, sim! — diz ela, batendo uma atrevida continência para mim enquanto sai com a tenda.

— Assim está bem melhor. Amo quando a mulher sabe qual é o seu lugar. — Laney olha para trás e me dá a língua. — Faça isso de novo e você vai ver o que acontece — provoco. Em vez de me dar uma resposta forçada, ela segue andando.

Observo enquanto caminha até o local que eu indiquei, deita ali a tenda e se vira para voltar. Ela se interrompe para tirar alguma poeira do short, chamando minha atenção para suas pernas incríveis. Imediatamente eu as vejo enroscadas na minha cintura, suas costas arqueadas para trás, os mamilos apontando para o céu, o corpo firme encaixado no meu, e imagino o que ela ia falar. Ela diria que me ama? Ou não teria nada a ver com isso? Embora fosse desastroso para nós dois se ela amasse, preciso admitir que gosto de pensar que ela é minha. Toda minha. Corpo, coração e alma.

Mas seria um desastre.

Principalmente para ela.

Depois que o Jeep está descarregado, pego a marreta de borracha. Estendemos a tenda e eu começo a pregar as estacas. Laney me ajuda quando preciso e, fora isso, se ocupa arrumando a pequena mesa que trouxemos para manter a comida longe do chão. Ainda que eu não consiga ouvi-la, posso dizer pelo formato da sua boca que está sussurrando. Ela faz isso bastante quando realiza qualquer trabalho doméstico, já percebi. É óbvio que a deixa feliz. Mais uma razão para que ela não precise de mim na sua vida. Eu não sou nada doméstico.

Quando a tenda está montada, eu abro o fecho e seguro a aba para Laney entrar. Tento não olhar muito demoradamente para sua bunda incrível, nem pensar que ela está de quatro, a posição perfeita para comê-la por trás.

O pau coça dentro do short, então eu tento pensar em outra coisa. Em *qualquer* outra coisa.

— Me dá os sacos de dormir — diz ela antes que eu possa entrar.

Pego os dois rolos e jogo lá dentro antes de me juntar a ela na pequena cúpula. Observo enquanto ela os estica, lado a lado. Olhando para os dois, eu percebo que desaprovo. E não por motivos sexuais. Grandes chances de a gente transar em uns dez lugares diferentes, e nenhum deles será esses sacos de dormir. Mas essa não é a questão. A questão é que eu não gosto de pensar que não vou senti-la enroscada ao meu lado, como tem ficado pelos últimos dois meses.

— Se você abrir um deles e deixá-lo esticado, podemos abrir o outro e colocar em cima, e aí teremos uma cama de casal — sugiro.

— Ah, que esperto — diz ela, fazendo o que eu sugeri. — Assim nós podemos dividir o calor corporal.

— É, se você está dizendo — murmuro.

Ela me olha por cima do ombro e sorri.

— Entre outras coisas.

— Assim está melhor — digo.

Com os sacos de dormir devidamente arrumados, ela se vira para mim.

— E agora?

Não acho que esteja provocando. Com Laney, eu não acho que ela chegue a *tentar*. Ela simplesmente *é* assim. Tudo o que ela faz é extremamente sexy e deixa o meu pinto tão duro quanto um pedaço de granito. Meu... apetite sempre foi bastante voraz, mas com Laney é ainda mais. Parece que eu não me canso dela.

— Posso pensar em tantos modos de responder a essa pergunta, mas acho melhor nós irmos descendo para o rio.

— Como você quiser, David Crockett — responde ela, corajosamente, ao se inclinar para a frente e rastejar por cima de mim. Desta vez, preciso trincar o maxilar quando ela passa.

Está escuro. Laney e eu estamos sentados em frente ao fogo. Ela está entre as minhas pernas, encostada no meu peito. Acabamos de comer cachorros-quentes.

— Você sabe que eram para uma emergência, né? *Caso* não conseguíssemos pescar muita coisa no rio.

Laney dá de ombros.

— Eu não sabia que você ia ficar tão chateado. Eu te disse que nunca pesquei. Meu pai nunca teve muitos hábitos ao ar livre.

— Mas Laney, Deus pôs o peixe ali para nós comermos. As pessoas de antigamente teriam morrido de fome se as mulheres fossem como você.

Ela inclina a cabeça para um lado e me olha. Seus olhos são imensas e sentimentais gotas de céu azul que brilham à luz do fogo.

— Talvez elas não fossem. Talvez os homens já trouxessem os filés de peixe prontos para jogar na frigideira e cozinhar. — Ela assente como se isso explicasse tudo.

Balanço a cabeça e suspiro

— Talvez. Tudo o que eu posso dizer é obrigado pelos cachorros-quentes, Deus.

Ela sorri e descansa a cabeça no meu ombro.

— Obrigada por ter devolvido o peixe para o rio.

— Eu acho estranho você preferir comer o porquinho em vez de um maldito peixe frio, mas...

— Eu não tive que *caçar nem matar* o porquinho. Essa é a diferença.

— Você é tão menininha — digo, brincando.

— E você é tão homenzinho.

— Totalmente.

— Mas é assim que deve ser. Homens que devem não se incomodar em fazer esse tipo de coisa cruel. As mulheres devem ficar no acampamento, cuidando de machucados e secando as lágrimas.

— Posso ver você fazendo isso.

— Pode mesmo? — pergunta ela, olhando de volta para mim.

— Com certeza. Às vezes tenho a sensação de que você está tentando fazer isso *comigo*.

— Tentando fazer o quê?

— Cuidar dos meus machucados.

— Isso é tão ruim assim?

— Não. Eu só não quero ver você perdendo tempo num projeto como eu. Algumas coisas não podem ser consertadas, Laney, independentemente do quanto você queira que elas sejam.

— Talvez você só precisasse deixar alguém tentar.

— Você acha? — respondo, casualmente, desviando o olhar.

— Acho.

— Bom, se você quer saber o que *eu* acho, eu acho que nós precisamos de alguns marshmallows. O que me diz?

Seus lábios se curvam num sorriso. Mas ele é triste.

— Marshmallows parecem uma boa.

O clima fica meio pesado enquanto descascamos as pontas dos palitinhos verdes que usamos para assar nossas salsichas, deixando lugar para os marshmallows. Eu me vejo por diversas vezes observando Laney, vendo seus dedos trabalhando, admirando como a sua pele parece sedosa à luz do fogo.

Sendo muito honesto, sei que ela está se apaixonando por mim. Eu deveria ter dado um basta algumas semanas atrás, quando comecei a suspeitar. Mas a verdade é que eu não queria fazer isso. Ainda não quero. Por quê? Porque sou um egoísta maldito.

Tem tanto tempo desde que eu deixei alguém se aproximar de mim. E, agora que deixei, eu me vejo querendo aproveitar um pouco, quer isso machuque Laney ou não.

Mas não é justo com ela. Não é culpa dela que eu seja assim. E, por fim, ela não deveria sofrer as consequências por isso.

À medida que Laney vai largando o seu palitinho no fogo, deixando o marshmallow flutuar sobre as chamas, não consigo deixar de perceber a metáfora: ela se aproximando demais do fogo, ela correndo o risco de se queimar. Gravemente. Eu sei o que ela está fazendo. E sei que devo impedi--la. E eu vou.

Mas não ainda.

Concluo que, por enquanto, ela não está em um caminho sem volta. Sigo tendo um tempinho para aproveitarmos o que temos antes de eu precisar me mexer.

E eu vou aproveitar esse tempo.

Um dos marshmallows de Laney pega fogo, e ela puxa o palito de volta, soprando a chama até controlá-la. Com cuidado, ela pega os pedaços gosmentos de açúcar e joga na boca.

— Para quem nunca acampou, você tem bastante domínio sobre essa parte — observo, sorrindo, enquanto ela lambe o creme branco dos dedos.

— Qualquer criança que já tenha estado perto de algum tipo de fogo já assou marshmallows.

— Ahhhh, então você tem experiência. — Ela concorda com a cabeça e sorri. — E obviamente gosta disso também.

— Marshmallows são feitos de açúcar. E derretem. Como não amar?

Eu encaro o seu belo rosto, que combina com o que parece ser um bela alma.

Como não amar, certamente.

Um bom pedaço cai do palitinho de Laney, acertando a frente da sua camisa.

— Ahhhhh — reclama, pegando o que caiu para salvar o que é possível.

— Odeio desperdiçar qualquer pedacinho que seja.

Antes que eu possa sugerir, como se estivesse lendo minha mente, Laney larga o palito vazio de lado e tira a camisa. Seu sutiã é da cor do pôr do sol e, sob a luz suave, faz parecer que a pele dela brilha.

Em uma fração de segundo, meu corpo estão tão quente quanto a fogueira à minha frente.

Um mês atrás, ela jamais teria feito algo assim. Caramba, *semanas* atrás ela jamais teria feito algo assim. Laney evoluiu muito.

Como o tempo passou tão rápido? Como eu posso pegar de volta um pouquinho dele?

Quando Laney termina de catar o marshmallow da blusa, eu a pego antes que ela possa se vestir novamente.

— Vou te fazer uma proposta — digo a ela. — Divido com você alguns dos meus marshmallows. — Ela se interrompe, com os braços semilevantados e olhando para mim por trás das mãos. — Com uma condição.

Uma das sobrancelhas de Laney se levanta, algo que ela começou a fazer há pouco tempo. Algo que me deixa louco.

— Qual a condição?

— Eu dou na sua na boca. Mas sou desastrado, e talvez seja melhor você já tirar o restante da roupa.

Mesmo sob a pouca luz, eu vejo que as pupilas dela dilatam. Ela não me responde. Apenas abaixa o braço. Devagar.

A princípio parece que ela não vai dizer nada em resposta. Mas então, com os olhos grudados em mim, Laney se levanta e procura o botão do short. Ela abre o botão e o zíper.

Muito conscientemente e com muito cuidado, ela mexe o quadril para a frente e para trás enquanto o tecido cáqui escorrega por suas longas pernas. Quando Laney se endireita, vejo que ela está sem calcinha. Ela não deve ter colocado outra depois que trocamos nossas roupas molhadas mais cedo.

Minha ereção é imediata.

— Onde você quer que eu fique? — pergunta, sua expressão um exemplo de inocência.

Dou um tapinha no chão ao meu lado.

— Bem aqui. Você vai ficar mais quente perto da fogueira. — Graciosamente, Laney vem até mim e depois desce até o chão. — Deite de costas — peço.

E ela obedece.

Seguro o palito com os marshmallows sobre o fogo por alguns segundos para garantir que estejam bons e quentinhos antes de meter meu dedo num deles. A casquinha externa crocante dá lugar ao quentinho e pegajoso de dentro, cobrindo meu dedo. Eu o deslizo pelo lábio inferior de Laney.

— Lambe.

Vejo a pontinha cor-de-rosa da sua língua aparecer para roubar o açúcar do lábio. Minha boca fica cheia d'água.

— Minha vez — digo a ela.

Pego mais um pouco de marshmallow com o dedo, arrastando-o do queixo dela até o vale entre seus seios. Inclino a cabeça e uso meus lábios e a língua para lamber sua pele clara.

— Hummm, que delícia — digo quando levanto a cabeça para encontrar seus olhos. Laney não diz nada, mas consigo ouvir sua respiração curta e ofegante. Ela está com tesão. E, quando ela fica com tesão, eu fico com *mais tesão ainda*.

Cavo com o dedo mais alguns marshmallows, segurando-os sobre a boca de Laney.

— Abra — digo.

Muda, ela afasta um lábio do outro. Escorrego a ponta do dedo dentro da sua boca. É tudo que eu consigo fazer para não tirar a roupa e partir para cima dela quando a sinto chupando e girando a língua pelo meu dedo.

Com os olhos vidrados em Laney, esquento de novo os marshmallows que restaram. Após alguns segundos, um deles pega fogo. Seguro o palito sobre a boca de Laney.

— Sopra.

Obediente, ela faz um biquinho e apaga a chama.

— Minha vez de novo — determino, me inclinando para a frente para prender o meu dedo por baixo da alça do seu sutiã e depois puxar. Quando um mamilo em formato de botão fica exposto, eu furo o marshmallow queimado e esfrego o dedo lá dentro, antes de espalhar a gosma no seu mamilo. Ouço-a arfar ao contato com o calor. Olho para seu rosto e vejo seus olhos se fechando em êxtase. — Tão doce — sussurro enquanto me inclino sobre ela para chupar dali o açúcar pegajoso.

Quando me aprumo, Laney abre os olhos e me encara. Seus lábios estão semiabertos, e eu gostaria de apostar que, se ela estivesse usando calcinha, estaria ensopada.

— Onde mais eu posso colocar um pouco? — pergunto.

Vejo seus dentinhos perolados afundando no lábio inferior e contenho um rosnado. Seguro minha libido. Quero que isso se estenda por mais um tempo. Independentemente do quanto me machucar.

Besunto de branco da barriga de Laney até o umbigo, onde deixo um pouquinho de creme. Chegando para a frente, lambo o caminho que fiz com o dedo e depois qualquer resquício de marshmallow que possa restar no seu umbigo.

Sua barriga treme quando minha língua vai mais para baixo. Meu pau pula em resposta. Ela sabe para onde estou me encaminhando em seguida. Sabe o que vou fazer. E está praticamente vibrando com a antecipação.

Eu me estico para pôr o palito no fogo novamente. Esqueto os demais marshmallows. Quando o exterior começa a escurecer, eu tiro. Sopro até que esfrie o bastante para eu poder pegá-lo. E depois enfio a língua no centro do doce. Queima, mas não é algo que eu não possa suportar.

Eu me curvo sobre Laney para afastar bem suas coxas com meu cotovelo, e passeio pelas suas partes com minha língua açucarada, deixando um rastro quente e melado pela sua boceta. Ela emite um som que fica entre uma arfada e um gemido. Para mim, soa apenas como um pedido para que eu continue.

— Isso mesmo, gata — digo, movendo a boca contra ela —, você sabe que eu quero te ouvir.

Banho a carne escorregadia com a língua, aproveitando o gosto doce de marshmallow com o gosto doce de Laney. Sugo seu clitóris, ela mete os dedos pelos fios do meu cabelo e me segura contra seu corpo, o quadril rebolando na minha cara. Empurro um dedo melado dentro dela. Ela está quente, apertadinha e tão, tão molhada. Eu me mexo devagar, tirando e botando, no mesmo ritmo da minha língua. Ouço quando ela começa a arfar, então escorrego mais um dedo para dentro. Penetro Laney com os dedos, mais agressivamente agora, enquanto chupo sua boceta num frenesi.

O quadril dela se move no meu ritmo, e, quando sinto que seus músculos ficam tensos, meto mais um dedo, e com isso estou com os três dedos dentro dela, enfiando até ouvi-la gritar.

A voz de Laney ecoa barranco abaixo, meu nome chega num eco ao nosso redor. Mas eu ainda não terminei. Nem ela.

Deslizando a língua para baixo, eu a enfio dentro dela, lambendo-a mais e mais até ela gozar. Minha vontade por ela está crescendo.

Sinto o cheiro do seu corpo delicioso, me dando mais água na boca que os marshmallows. Provo da sua doçura natural, derramando-a na minha língua e misturando com o açúcar. Sinto Laney em todos os lugares — as mãos no meu cabelo, as pernas se esfregando no meu rosto, o corpo se contorcendo contra o meu peito.

— Jake, por favor — choraminga ela, baixinho. — Por favor, preciso sentir você dentro de mim.

Levanto a cabeça e a encaro. Seus olhos estão pesados. As bochechas vermelhas. Os mamilos duros. Seus lábios tremem.

Tiro meu short o mais rápido que consigo e me coloco entre as suas pernas. Por um instante, eu também estou louco de vontade, mas me forço a me acalmar.

Fico apoiado sobre os calcanhares, me equilibrando entre as pernas abertas de Laney. Olho para baixo enquanto esfrego a cabeça brilhante do meu pau nos grandes lábios inchados dela. Provoco que vou meter e a cada tentativa sinto que a boceta molhada me puxa. Engulo um gemido.

Olho para Laney. Seu peito arfa a cada vez que ela respira pesado. Ela está no limite de mais um orgasmo. E se eu esperar mais um segundo...

Ponho as palmas das mãos na parte interior das suas coxas e as afasto o máximo que consigo, metendo só um pouquinho dentro dela.

— Se incline para a frente — peço. — Eu quero que você veja.

Laney alavanca o corpo, ficando apoiada nos cotovelos. Tiro totalmente o meu pau dela para que veja a vacilante, fina e molhada camada me cobrindo.

— Está vendo? Tem gosto de açúcar. *Você* tem gosto de açúcar — digo, metendo a cabecinha devagar e balançando para a frente e para trás. Ela está me sugando, implorando para que eu a complete. — Você está espalhada pela minha língua — digo, metendo um pouquinho mais. — Ainda posso sentir o seu gosto.

Olho na direção de Laney. Ela está me vendo provocando-a, sua boca um círculo silencioso de prazer, os olhos nada além de fendas enquanto luta para mantê-los abertos. Eu paro de meter e, com o dedo, circundo a cabeça do meu pau, depois subo para com ele alcançar os lábios de Laney. Sinto como se eu fosse explodir quando sua língua aparece para me chupar.

— Tão bom — sussurro. — Eu quero que você veja como nós dois nos damos bem. — Dou um gemido, me controlando para manter as investidas curtas e não muito fundas. — Quero que você me veja te comendo. Quero que você sinta. Sinta que eu te completo. — Estou perdendo o controle. — Que eu posso entrar e sair. — Meu coração está acelerado e eu não consigo me controlar por mais muito tempo. — Quero que você veja uma mistura de nós dois escorrendo pelo meu pau. Nós dois juntos.

Sua expressão é de dor, mas sei o que ela está sentindo: desespero. Ela quer cada pedacinho disso tanto quanto eu quero.

Aproximando ainda mais o seu quadril de mim, ajeito meu ângulo e meto o mais forte e mais profundamente que consigo nela. Laney absorve cada centímetro do meu pênis, e seu grito me diz o que ela já está sentindo.

Ela vai gozar de novo. Foi o bastante para ela. Laney gozou fácil. E, a cada espasmo do seu corpo no meu, sei que não estou muito atrás dela.

Vejo que ela nos observa, fica olhando o meu pau grosso entrando e saindo dela de novo e de novo. E então eu sinto. Me cobre como a escuridão. Me rouba a visão e a audição por alguns segundos, e tudo o que eu posso sentir é a tensão em cada músculo do meu corpo.

E então estou gozando. E gozo dentro dela, sabendo que Laney está olhando e eu adoro aquilo.

Nunca gozei tão intensamente. Por alguns instantes, perco contato com a realidade. Como um animal, arqueio as costas, jogo a cabeça para trás e rosno. Rosno enquanto derramo nela tudo o que tenho em mim.

E ela observa.

Posso sentir meu esperma saindo de dentro dela e ao meu redor. E, quando tiro o pau dali, vejo que ainda está escorrendo de mim. E ela também vê.

19
Laney

Ouço quando Jake acorda, mas ainda não quero me levantar. Cada centímetro de pele, cada fibra de músculo, cada nervo meu estão satisfeitos. Eu me espreguiço languidamente, como se fosse um gato.

Então me levanto e fico sobre o cotovelo para observar Jake sair da barraca. Mesmo que eu não me sentisse atraída por ele — e eu estou e também acho que isso está ficando bastante perigoso para mim —, poderia apreciar sua beleza. Suas pernas são longas e musculosas. Sua bunda é dura e redonda. A cintura é fina e elegante. De costas o tronco é um triângulo invertido, os ombros são largos. E tudo isso é recoberto por uma pele dourada e sem defeitos.

Quando ele se vira para me olhar da entrada, mas do lado de fora da barraca, eu o vejo de frente. Sinto minhas bochechas esquentando ao observá-lo. Ainda não posso acreditar que seja tão grande assim. E que caiba dentro de mim.

Mas cabe. Ô, se cabe!

Fico arrepiada nos braços e no peito, e sinto uma quentura. Volto o olhar apressada para o rosto de Jake. Ele abre um sorrisinho.

— Agora você está bem acordada, certo?

Concordo devagar com a cabeça, dando um sorriso aberto.

— Segura aí esse pensamento. Eu já volto.

Eu me deito e me enrosco no saco de dormir, sorrindo feliz enquanto ouço os ruídos da floresta acordando. A distância, posso ouvir o murmúrio do rio, o que me lembra que preciso fazer xixi.

Que perigo!

Vestindo a camiseta de Jake, saio da barraca e encontro um lugar próximo das árvores que não têm hera venenosa. Noto uma árvore e corro na direção dela. É sempre bom ter algo assim à mão. Desse modo, se eu perder o equilíbrio, posso alcançar e me segurar para não cair no chão enquanto estou tentando fazer xixi.

Fico de costas para a tora e levanto a camisa de Jake. Antes de me agachar, sinto uma dor intensa na parte de trás do joelho. Dou um grito, em parte de susto, em parte de dor.

Vou atrás da árvore caída para procurar o que me mordeu. Sinto o sangue deixar o meu rosto quando vejo a cobra cor de ferrugem e lindamente estampada enrolada discretamente atrás do tronco. Sua cabeça segue levantada e ela me encara como se estivesse pronta para atacar mais uma vez. A dor já irradia pela minha panturrilha, e, num momento totalmente Jake, eu só consigo pensar *que merda, que merda, que merda.*

Eu não sei quase nada sobre cobras, então não tenho ideia se devo ou não me mexer nem qual é o tamanho do problema em que me meti. E faço a única coisa que posso. Grito chamando por Jake.

— Jake! Socorro!

Minha pulsação reverbera nos ouvidos e minha perna está pegando fogo enquanto eu fico totalmente imóvel observando a cobra. Fico aliviada quando ouço os ruídos que indicam a aproximação de Jake pela mata.

Como se pressentindo o perigo, a cobra desce e se esconde nas plantas que cercam a árvore caída. Aliviada e também um pouco tonta pela dor na perna, caio de joelhos assim que Jake me encontra.

— Laney, o que houve? — pergunta ele.

Há pânico em sua voz, o que na verdade me faz querer sorrir. Mas não faço isso. A dor na perna parece aumentar a cada segundo.

— Uma cobra me picou. — Respiro.

— Onde? E onde está a cobra?

Eu me viro um pouco de lado e aponto para a parte de trás da minha perna. Jake dá uma olhada e depois volta para mim. Com gentileza, ele segura o meu queixo e me olha com atenção.

— Para onde ela foi, Laney? — pergunta ele, baixo.

— Depois do tronco, na mata.

— Eu preciso encontrar a cobra. Preciso saber o que te picou. Fique aqui. Eu já volto — promete.

Antes de se levantar e fazer um círculo completo, Jake roça de leve seus lábios nos meus, com tanta doçura e gentileza que tenho vontade de chorar. Antes que eu possa perguntar o que ele está fazendo, ele pega uma pedra de tamanho razoável e avalia seu peso uma ou duas vezes. Com a pedra na palma da mão, ele se aproxima do tronco, pisando com cuidado e entrando na mata.

Rezo, confusa, para que ele não seja picado também enquanto me deito no chão frio. Eu ficaria arrasada se algo acontecesse com Jake enquanto estava tentando me ajudar.

Não sei quanto tempo se passou quando Jake reaparece. Sem a pedra, mas com o corpo de uma cobra se movendo.

Engasgo de susto.

— Jake, ela pode...

Ele a segura por tempo suficiente para que eu a veja. E percebo que ela está sem a cabeça.

— Foi isso que te mordeu?

Olho demoradamente para a cobra. As cores e padronagem são inconfundíveis.

— Sim, foi.

— É uma serpente-mocassim-cabeça-de-cobre — diz ele, jogando o corpo de volta para o mato. A expressão de Jake é solene, o que me preocupa. Ele se curva e gentilmente me pega no colo, com cuidado para não bater

na minha perna ou pôr muita pressão na dobra do meu joelho esquerdo.
— Precisamos tirar você daqui.

Não estou em pânico. Principalmente, eu diria, porque a minha perna dói tanto que fica difícil pensar em qualquer outra coisa. Eu só quero não sentir mais aquela dor.

— Essa cobra é venenosa, não é?
— Sim.
— Você não deveria cortar e tirar o veneno, ou algo assim?

Jake sorri, mas isso não apaga completamente a expressão preocupada do seu rosto.

— Você quer que eu corte você e chupe o veneno?
— Bom, se é isso que você deve fazer...
— Com algumas mordidas de bichos peçonhentos, é o que se deve fazer. Mas, no caso de uma serpente-mocassim-cabeça-de-cobre, o seu ataque é como um aviso, e elas não soltam muito veneno quando mordem. Primeiro vou pegar o kit de primeiros socorros para limpar a ferida, e depois vamos descer a montanha.

Pondero essa nova informação, me sentindo de algum modo aliviada. Ainda assim, minha perna dói muito!

— E as coisas todas? No acampamento?
— Não me importo com essas merdas. Minha preocupação maior é levar você até o hospital para que possam te dar soro antiofídico e alguma coisa para a dor.

Jake me põe sentada em uma das cadeiras em frente ao lugar em que fizemos a fogueira. Eu o observo revirando uma caixa de metal no banco traseiro do Jeep, de onde tira um quadradinho branco. Quando ele volta, eu percebo o sangue fresco no braço e em uma das coxas. Ao virar minha perna e dar uma olhada, vejo o sangue escorrendo da ferida pelo meu joelho.

— Sangrar é bom, não é? Para limpar a ferida ou algo do gênero?
— A mordida de uma mocassim faz sangrar muito. Tem alguma coisa a ver com o modo como o veneno afeta as suas células sanguíneas. — Jake se ajoelha à minha frente, abre a caixinha branca e a pousa no chão ao lado

do meu pé. — Isso vai doer, mas eu preciso limpar antes de colocar a gaze por cima, tudo bem?

Concordo com a cabeça.

Seja lá o que Jake tenha posto no algodão, é inferno na forma líquido. Tenho certeza disso quando ele pressiona minha perna já dolorida e ela dói ainda mais.

— Quase pronto — diz ele, limpando a ferida com cuidado.

Olho para baixo e vejo o sangue gotejando mesmo enquanto ele limpa. A náusea me atinge como uma onda crescente de calor.

— Jake, estou enjoada.

— Respire devagar. Vamos estar na estrada num minuto.

Com movimentos rápidos, ainda que precisos, Jake junta e dobra alguns quadrados de gaze para fazer um curativo, pressionando de leve onde a cobra picou. Depois ele enrola outra gaze em volta do meu joelho, sem apertar, prendendo-a com esparadrapo. A pressão é suficiente para manter o curativo no lugar.

— Não ficou perfeito, mas vai servir — diz ele, fechando a caixinha branca dos primeiros socorros e ficando de pé. — Vamos sair daqui.

Antes que ele possa me segurar no colo, tenho um momento de lucidez.

— Você não vai se vestir?

Ele ainda está nu. E eu estou seminua.

Jake olha para o corpo e depois para mim.

— Bom, você está com a minha camiseta. E se pegarmos só um short para cada um?

Concordo com a cabeça.

— Parece bom.

Jake se abaixa para entrar na tenda e, depois de alguns segundos, sai usando um short e tênis, e com o short que eu havia usado ontem na mão.

— Aqui — diz ele, segurando a roupa com o zíper aberto perto dos meus pés —, vista isso e eu te carrego até o Jeep.

Ele me levanta devagar, e eu ponho a mão em seu ombro para me equilibrar enquanto entro na roupa. Ele é gentil a ponto de puxar o short até minha cintura e prendê-lo, antes que eu mesma possa fazer isso.

Quando nossos olhares se encontram, ele pisca.

— Estranho. Nunca notei que fantasiava vestir você.

O charme tranquilo dele me deixa à vontade. Com cuidado para evitar minha perna, Jake se aproxima, me pega nos braços e segue para o Jeep. Eu apoio a cabeça em seu peito. Sei que deveria estar com medo. Ferida nas montanhas. Sozinha com um bad boy, alguém que a cidade inteira menospreza. Mas não estou com medo. Estou em boas mãos. Não tenho nenhuma dúvida quanto a isso.

A viagem montanha abaixo parece duas vezes mais longa, mas, de acordo com o relógio, levou menos tempo do que quando chegamos. É claro, eu também não estava com dor na subida.

Quando passamos por um ponto do rio que eu me lembro de ser razoavelmente próximo do fim da descida, Jake pega e liga seu celular.

— Eu já devo ter sinal aqui — diz, me dando uma explicação. Jake digita um número curto e em seguida aproxima o aparelho do ouvido. — Sim, senhora, estou descendo as montanhas, atrás do pomar de pêssegos dos Theopolis. Uma amiga que está comigo foi mordida por uma serpente-mocassim-cabeça-de-cobre. Pode mandar os paramédicos?

Jake responde algumas das perguntas dela e depois dá o endereço à mulher. Depois de alguns segundos ouvindo, ele agradece e desliga.

— Por que você fez isso? Eu consigo chegar ao hospital. — Não sei bem como encarar as decisões dele, mas não me sinto bem com essa decisão. Eu deveria estar mais preocupada? Essa picada é mais grave do que me parece? Ou Jake está tentando se livrar de mim?

— Você precisa de soro antiofídico o mais rapidamente possível. O quanto antes recebê-lo, mais eficaz vai ser. Ligando agora para a emergência, a ambulância estará em casa na hora em que chegarmos ao sopé da montanha, ganhando pelo menos vinte minutos para você. E, avisando que se trata de uma mordida de cobra, o hospital vai garantir que a ambulância tenha o soro.

— Ah — digo, concordando. Isso faz sentido. Alarme falso.

Descemos o restante do caminho em silêncio.

O socorro está chegando à casa de Jake quando passamos pelo campo. Eles param, nós paramos, e então Jake sai do carro e vem até o banco do passageiro para me pegar. Ele me carrega até a porta traseira da ambulância enquanto os paramédicos abrem a maca. Com gentileza, ele me deita no colchão fino e se afasta.

Os dois socorristas são mais velhos, o que, de algum modo, me faz sentir melhor. Talvez porque pareça que, quanto mais velhos eles são, mais experiência devem ter. Ou pelo menos é como eu penso.

— Onde você foi mordida? — quem pergunta é o paramédico número um, à esquerda.

— Atrás do joelho esquerdo.

Ele gesticula com a cabeça para o paramédico número dois, que começa a prender o meu braço enquanto o número um levanta minha perna para examinar a mordida.

— Qual o seu nome, senhora? — pergunta o que está à minha direita à medida que vai colando alguns adesivos no meu peito.

— Laney.

— Esse é o seu marido, Laney? — pergunta ele, assentindo na direção de Jake.

— Não, ele é, hummm, um amigo.

Uso o mesmo termo que Jake usou. Parece tão frio e desanimado quanto pareceu quando o ouvi falando ao telefone.

— Você tem família por aqui, Laney?

Sinto um pavor momentâneo. Engulo em seco, sentindo as lágrimas vindo. Não foi assim que eu pensei que a nossa maravilhosa viagem para acampar terminaria. Não mesmo. E agora os meus pais serão envolvidos.

— Sim, tenho.

— Como eles se chamam?

— Meu pai é Graham Holt e...

— Graham Holt, o pastor?

— Sim, senhor.

— Tudo bem, então, vamos chamar o seu pai para que ele nos encontre no hospital.

— Eu preferiria que não chamasse, na verdade. Não posso ir somente com Jake?

Os dois socorristas se entreolham, e então o que está à minha esquerda limpa a garganta e responde.

— Claro que ele pode ir, mas precisamos da presença de um integrante da família, caso aconteça alguma coisa.

Sinto meu coração descer até o estômago.

— Tudo bem.

Olho para Jake. Seu sorriso é tenso e suas mãos estão nos bolsos do short.

— Encontro você no hospital, Laney.

Eu concordo com a cabeça e sorrio, sabendo que é um sorriso patético e que meu queixo está tremendo.

— Laney, você tem alergia a algum medicamento? — pergunta o paramédico número um.

— Não, senhor.

— Bom. Quando pusermos você aqui, atrás, vou colocar o acesso intravenoso e te dar uma medicação para dor. Depois um remédio para ajudar a neutralizar o veneno da cobra, tudo bem?

— Sim, senhor.

— É importante que você me diga como está se sentindo, combinado?

— Sim, senhor.

Com um solavanco, os dois homens fecham as pernas da maca e me colocam na traseira da ambulância. Levanto a cabeça e meus olhos encontram Jake enquanto um dos sujeitos fecha a porta. Ele está pálido. E preocupado. E é tudo por minha culpa. Eu estraguei o que deveria ser um fim de semana divertido. Que possivelmente seria o nosso *último* fim de semana.

Quando o perco de vista, não seguro mais as lágrimas. Deixo que escorram.

— Essa dor estará controlada em alguns minutos. Aguente firme, Laney — diz ele, enquanto abre a embalagem da agulha e fura uma bolsa com um líquido.

Abro um sorriso fraco para ele. Não acho que ele possa diminuir a dor que estou sentindo agora. Ela não tem relação alguma com a picada da cobra.

Eu sei que já olhei para a porta do quarto mais de dez vezes. Onde Jake está?

Sinto um peso no estômago que diz que ele não virá, que esse será o nosso fim. Isso não tem nada a ver com a diversão que ele estava procurando. Não é o tipo de adrenalina de que ele gosta. E eu provavelmente não sou o tipo de garota para a qual ele daria muito mais que alguns fins de semana.

O médico termina de examinar minha perna. Ele é alto, magro e tem o cabelo grisalho desalinhado, mas seu sorriso é gentil.

— Bem, sra. Holt, você é uma moça de sorte. Ainda não está fora de perigo, mas, com base na reação do tecido ao redor da área, eu diria que entrou muito pouco veneno. O que isso quer dizer para você é um dano mínimo na pele e nenhum sintoma, como náusea ou vômitos...

— Desculpe interromper, mas ela disse que estava enjoada logo depois de ter sido mordida.

Meu coração mal cabe no peito. Ele veio.

— Jake — digo, incapaz de tirar o sorriso bobo do rosto. Ele me dá uma piscadinha e volta a atenção para o médico.

— Desculpe pelo atraso, senhor. Sou Jake Theopolis. Eu estava com a Laney quando ela foi mordida.

O médico concorda com a cabeça, anotando a nova informação para, em seguida, se voltar mais uma vez para mim.

— Você está enjoada agora, Laney?

— Não, senhor.

— Foi um sintoma que sentiu apenas imediatamente após a picada?

— Sim, senhor. Eu, hum, eu... — Sinto que minhas bochechas ficam vermelhas. Já me sinto idiota pelo que estou prestes a dizer. — Eu me sinto assim, às vezes, ao ver sangue. Principalmente se for o meu.

Ele sorri com gentileza.

— Não se deve ter vergonha disso. E foi uma experiência traumática, que deixa seus sentidos mais aguçados. Mas é um bom sinal que você não esteja mais se sentindo mal. Se estivesse mais envenenada, estaria com náusea e vomitando agora, além de outros efeitos colaterais provocados pela mordida da mocassim-cabeça-de-cobre. Eu acredito que você tenha alguma reação mais localizada, como dor e inchaço da região, talvez um hematoma, mas, em suma, quase nada que vá demorar a passar ou deixar sua perna incapacitada. Acredito que a velocidade do pensamento desse rapaz tenha poupado você de muito sofrimento.

Jake parece não se comover com o elogio do médico, mas também não parece mais tão inconsolável como quando estava em casa; com isso, tenho certeza de que o elogio é bem-vindo, ele admitindo isso ou não.

— Quando eu posso ir pra casa, então?

— Não pelos próximos dois dias. — O médico folheia minha anamnese e depois volta o olhar para mim. — Mas vou garantir que você não esteja mais aqui no dia do seu aniversário. — Com um piscadela e um afago paternal na minha mão, ele gesticula com a cabeça para Jake e depois se vira para sair do quarto.

— Você vai fazer aniversário? — pergunta Jake.

— Sim. Na quinta-feira.

— Por que você não...

— Que diabos está acontecendo aqui, Laney?

Sinto o sangue sumir do meu rosto quando ouço a voz retumbante e, em seguida, vejo meu pai surgir atrás de Jake.

— Nada, papai. Estou bem.

— Você está numa cama de hospital. Com certeza, não está bem. — Ele dá a volta e se senta na beirada da cama, segurando minha mão. — O que aconteceu, filhinha?

Noto a preocupação em seus olhos, gravada em seu rosto.

— Fui acampar e uma cobra me picou.

Ele fecha os olhos e leva nossas mãos unidas até a própria testa. Fica em silêncio por um longo tempo. Sei que está rezando.

— Graças a Deus você está bem — diz ele finalmente, abrindo os olhos para me ver.

— Se não fosse por Jake, as coisas poderiam ter terminado de um jeito bastante diferente — digo, esperando que o heroísmo de Jake faça meu pai olhá-lo com mais boa vontade.

— Bom, quem estava acampando com você? — pergunta meu pai.

— Jake. Foi o que eu quis dizer. O médico disse que o raciocínio rápido dele provavelmente me salvou de um grande sofrimento.

— Mas não é ele o motivo de você estar nessa complicação?

— É claro que não! Ter sido picada não tem nada a ver com ele.

Solto a mão que meu pai segurava e me endireito na cama. Não gosto de sentir como se ele tivesse uma grande vantagem sobre mim. Ele dominou a minha vida inteira, e estar deitada enquanto ele está sentado me deixa intimidada. E eu não quero me sentir assim. Quero ter coragem de fazer meu pai ver em Jake o que eu vejo. Não o que ele acha que sabe sobre ele.

— Bom, se ele não tivesse levado você para as montanhas sem supervisão, você não teria sido picada por uma cobra.

— Sem supervisão? Pai, eu sou adulta. Daqui a alguns dias vou ter vinte e três anos. Foi-se o tempo em que eu precisava de supervisão.

— Talvez seja o caso, mas, se você não estivesse lá em cima fazendo coisas que não deveria, talvez isso não tivesse acontecido.

— E como você sabe *o que* nós estávamos fazendo lá em cima?

Eu explodo. Só consigo pensar em como Jake deve estar se sentindo, sendo objeto de julgamentos e críticas tão duras ao longo de grande parte da vida.

— Eu não sou idiota, Laney. Você acha que eu não sei o que acontece quando um homem e uma mulher vivem sob o mesmo teto?

— Não é assim, papai. Jake me deixou ficar lá quando eu não quis mais ficar com vocês. Se alguém aqui tem culpa, esse alguém é você, por não respeitar o que eu decidi em relação a Shane.

— Você não pode me culpar por te amar e querer o melhor para você.

— Não, eu não posso. E eu não vou. Mas eu te culpo por essa tática dissimulada. Por ser tão dominador. Papai, você precisa parar de se meter na minha vida e me deixar tomar minhas próprias decisões. Não preciso de você para administrar a minha vida.

— Me parece que precisa, sim. Veja a confusão que você fez.

— Não fiz confusão alguma. As coisas estão indo bem, do jeito que eu quero.

— É isso que você quer? É *ele* que você quer?

A pergunta dele não é abertamente ofensiva, mas a ênfase que coloca no "ele" deixa bem clara a opinião do meu pai sobre Jake. E, para piorar, com Jake olhando eu não sei como responder sem me incriminar. Mas preciso dizer alguma coisa.

— E se eu dissesse que sim? Faria você parar?

— Laney, você não pode esperar que eu me afaste e deixe você acabar com a sua vida.

Jake dá um pigarro e um passo à frente. A expressão em seu rosto é indecifrável. Mas algo ali parte o meu coração. E me provoca pânico.

— Sr. Holt, é bom vê-lo de novo, mas estou indo. Não quero chatear a Laney. Ela já passou por coisas demais hoje.

Com isso, ele se vira e vai embora.

Um homem magnânimo. E, neste caso, um homem melhor.

Lágrimas ardem nos meus olhos.

— Como você pode ser tão frio e cruel, pai? O que aconteceu com o homem amável que eu conhecia?

— Ainda sou esse homem, Laney. Você não vê que eu faço tudo isso porque te amo? Porque eu quero o que é melhor para você?

— Você não entende, papai? *Ele* é o melhor para mim. Estou apaixonada por Jake.

As palavras saem antes que eu possa impedi-las. Entornam do meu coração de tanta raiva e frustração, mas também são a verdade. A verdade que eu conscientemente não admiti nem para mim mesma.

Meu pai se afasta como se eu tivesse lhe dado um tapa.

— Não seja ridícula. O seu destino é ficar com Shane. Todos veem isso, menos você.

— Não, não é o meu destino. Todos veem *isso*, menos *você*.

20
Jake

Há muito a fazer em volta do pomar. Entre isso e os plantões no corpo de bombeiros, tenho me mantido ocupado. O problema é que nada é o suficiente para me fazer parar de pensar na confusão com Laney.

Eu ainda não estava pronto para que acabasse. Mas agora *tem que ser* assim. Como se não fosse o bastante ouvir que eu não me encaixo na sua vida perfeita nem no seu futuro perfeito (pelo menos aos olhos do pai dela), o destino agiu e fez Laney ser picada por uma cobra. A sua hospitalização e a subsequente incapacidade de continuar trabalhando no espólio da minha família naquele momento fez o escritório de advocacia mandar outra pessoa para finalizar o processo. No fim das contas, Laney já havia feito tudo, e, resolvidos alguns pequenos detalhes, o cara novo terminou em dois dias. Não sei se ela estava enrolando para terminar por minha causa, mas, se estivesse, isso significa apenas que é ainda melhor ter acabado. Pelo menos para ela. Não sou bom para Laney. Eu sabia disso desde o começo. Achei que ela soubesse também.

Quanto a mim, simplesmente terei que matar minha vontade com outra pessoa. Não, não é verdade, nunca houve uma mulher que mexesse tanto comigo assim, mas, conforme já ouvi diversas vezes ao longo da vida, fico melhor sozinho. E isso significa ter encontros esporádicos com mulheres, e não relacionamentos de verdade. Nada duradouro. Sem dúvida, nada permanente. E é disso que Laney precisa: o para sempre. Definitivamente, é isso que ela está procurando. E eu não posso ser isso para ela. Então o melhor que eu posso fazer é me afastar e deixar que alguém capaz de lhe dar o que ela precisa tenha a chance de fazê-lo.

Mas saber de tudo isso, saber que faz mais sentido de qualquer perspectiva, não me deixa menos chateado. A verdade é só uma: *não quero* matar a vontade com mais ninguém. Quero matar essa vontade com Laney. Ter uma overdose dela. Ter uma overdose com ela.

Inundar meu corpo com ela até não ter mais essa vontade desesperada de senti-la.

Maldita, mulher! Que diabos ela fez comigo?

21
Laney

Quase uma semana se passou e nada de Jake. Lá no fundo, eu sabia — *simplesmente sabia* — que ele gostava de mim. Eu teria apostado dinheiro nisso. Por um tempo, nós vivemos algo muito próximo de um casamento. E ele estava radiante e feliz. Ou pelo menos parecia estar. Mas é óbvio que errei.

Ele não apareceu no hospital para me visitar desde aquele primeiro dia, quando meu pai apareceu e se comportou de modo tão horrível. Jake também não ligou. E não retornou nenhuma das *minhas* chamadas. Desapareceu. Como se nunca tivesse estado comigo.

Mas eu não consigo esquecê-lo. Não posso fingir que ele nunca esteve, porque, no meu coração, ele ainda *está*.

Largo o celular. Não faz sentido deixar mais mensagens para Jake. Está bem claro que ele se cansou de mim. Só preciso esquecer.

Rolo para um lado, esperando não chorar, não derramar nem mais uma lágrima por ele. Ouço um pigarro atrás de mim, e meu coração para de bater um instante. Mas, quando eu me viro, vejo que é Tori, parada no batente da porta.

— Oi — digo, sem entusiasmo.

Minha falta de energia não tem nada a ver com ela. Estou mais do que pronta para perdoá-la e seguir em frente. Não me animo porque ela não é Jake. E isso Tori não pode resolver. Somente o próprio Jake.

— Eu ficaria distante, mas...

Ela entra devagar no quarto, e rapidamente eu me ajeito sentada na cama, dando um tapinha no espaço entre minhas pernas. Ela abre um sorrisinho e vem se sentar comigo.

— Então, como estão as coisas? — pergunto.

Tori inclina a cabeça para o lado e me lança um olhar de desdém.

— Não estou aqui para falar da minha vida chata. Estou aqui para visitar a minha melhor amiga, que foi mordida por uma cobra nas montanhas enquanto estava com *Jake Theopolis*. — Tori fica de boca aberta e seus olhos brilham. — Santo Deus, Laney! Você sempre disse que, quando decidisse ser rebelde, faria do seu jeito. Você não estava de brincadeira.

Não consigo segurar uma risada.

— Onde você ouviu isso?

— Bom, seus pais não conseguiram manter o segredo por muito tempo. Com você internada num hospital público, eles não poderiam evitar que a notícia se espalhasse. E se espalhou mesmo!

Deito a cabeça nos travesseiros e fecho os olhos.

— Ótimo. — Suspiro.

— Não, não é tão ruim assim. Basicamente todo mundo vê você como vítima. Sabe como é, Jake, o lobo mau, atraiu a doce e inocente Laney até uma armadilha.

— Esta cidade... por que eu não estou surpresa?

Tori dá de ombros e joga o cabelo comprido sobre o ombro.

— Esse é o tipo de lugar que precisa de um vilão. E Jake sempre lhes deu um. Sabe, tirando vantagem das meninas. — Ela bufa e complementa: — Como se ele precisasse pedir duas vezes.

Dou um sorriso, mas não digo nada.

Um sorriso lento e malicioso toma o rosto de Tori.

— Então você não vai soltar nadinha pra mim, né? Me conta, vai.

Abro um sorriso triste.

— Não é nada que você queira ouvir.

Os olhos dela ficam tão grandes quanto dois pires.

— Você tá de brincadeira. Laney, eu quis estar no radar desse cara desde o jardim de infância!

Dou um sorriso irônico.

— Não quis, não.

Ela me olha com hesitação.

— Qual é, Laney. Você sabe que eu comecei cedo a...

Ótimo argumento.

— Considerando você e seus hormônios, deve ter sido mesmo no jardim de infância.

Uma expressão melancólica ganha o rosto de Tori, e ela fica encarando o nada.

— Ahhh, o menino do terceiro ano que acordou o meu corpo todinho...

Isso me faz rir.

— Nem *você* poderia ser tão horrível, eu acho.

Tori põe as mãos sobre os generosos seios e dá uma chacoalhada.

— Com nove anos, eu já tinha peitos. Acredite em mim, o restante foi tão cedo quanto. — Sorrindo, balanço a cabeça para ela. — Vamos lá. Conte tudo.

Sinto que meu sorriso some. O que aconteceu entre Jake e eu não foi apenas um desvio sexy na minha vida. Dividir com Tori faria parecer que tinha sido sujo e... bem... menor.

— Não, realmente não há nada para contar. — Fico brincando com a barra do lençol, evitando o olhar dela.

Ouço quando Tori bufa, ela pega e segura a minha mão.

— Você não se apaixonou por ele, né?

Meus olhos ardem. Até mesmo Tori acha que cometi um erro. É assim tão impossível Jake amar alguém como eu?

Deve ser.

Tori não diz nada por vários minutos, tempo que serve para eu me recompor.

— Sabe, Laney, eu estava pensando no lance com Shane. Odeio ter que mencionar isso mais uma vez, mas talvez você devesse esquecer tudo o que eu falei para dar uma nova chance para o cara. Não quero que você fique sem o seu final feliz por causa de uma coisa que eu fiz ou pensei. É uma decisão que você precisa tomar sozinha. Sem a minha ajuda ou interferência.

Rosno de tanta frustração.

— Você também não!

— Não estou dizendo que você deveria se casar com ele ou aceitá-lo de volta de braços abertos. Só estou dizendo que talvez você devesse dar a ele mais uma chance. Para ver como você se sente. Como as coisas fluem. Eu jamais vou ter paz sabendo que fui a responsável por destruir o sonho que você tinha desde pequena.

Encaro os olhos azuis e sinceros de Tori. As pessoas sempre disseram que nós nos parecemos bastante, mas o tom de Tori é mais vibrante. Sei que a maioria se refere à cor, mas eu sempre me senti apagada em relação a ela, em *todos* os sentidos. Shane escolher um espírito livre como ela apenas deixou isso mais evidente.

E agora, só porque não quero mais ser um docinho de coco, não significa que fui feita para ser vibrante como ela. Alguém que teria a chance manter Jake interessado. Talvez eu estivesse exagerando ao pensar que um cara como ele poderia namorar alguém como eu. Ou namorar qualquer uma.

— Talvez o meu sonho tenha mudado, Tor.

Ela aperta de leve a minha mão.

— Mas você precisa ter certeza disso, Laney. Tenha certeza que está fazendo as coisas pelos verdadeiros motivos. Não deixe que eu te faça balançar. Nem o seu pai. Nem ninguém. Escolha o que faz *você* feliz.

Um plano já está se formulando na minha mente. Eu me inclino para a frente, dando um sorriso para minha amiga.

— Sabe o que me deixaria feliz?

— O quê?

— Uma festa de aniversário.

— Você está no hospital, Laney. Eu acho difícil que...

— Estou falando de quando eu sair daqui. Uma festa de aniversário atrasada.

O rosto de Tori se ilumina.

— Aí, sim.

22
Jake

Agora já faz mais de uma semana que vi Laney ou falei com ela. Tem um sujeito no mercado que conhece o pai dela e ele diz que Laney está se recuperando muito bem, então eu sei que ela está. E sei que estou fazendo a coisa certa ao manter distância, mas ela não está facilitando.

Ouço sua mensagem de voz. Laney deixou várias antes desta, todas leves e divertidas, embora eu saiba que ela está chateada com meu desaparecimento. Porém, essa é a única que eu ouço mais de uma vez. É nessa que ela está me provocando. Ela deixou o recado depois que fiquei um ou dois dias sem ter notícias dela. E o seu tom foi... diferente.

Oi, Jake. É a Laney. A minha perna melhorou muito e com isso eu deixei o hospital ontem. Uma amiga está organizando uma festa de aniversário atrasada para mim no Lucky's, na quinta-feira à noite. Espero que você possa ir. Gostaria de te pagar um drinque antes de ir embora.

Antes de ir embora. Ela vai voltar para casa. Vai voltar para a sua vida normal. A vida que Laney tinha antes de me conhecer. Ela está pronta para seguir em frente. Com certeza, não haveria problema em ir e tomar um drinque com ela, desejar um feliz aniversário.

Com certeza.

Eu não ligo de volta, mas já sei onde estarei na quinta à noite.

Dando adeus.

23
Laney

A aparência da minha perna está praticamente normal. O inchaço ao redor do joelho quase sumiu. O suficiente para eu usar uma saia fofa.

Sei que não deveria estar me arrumando desse jeito — de saia, só porque Jake sempre amou minhas pernas, almejando estimulá-lo a confessar seu amor, se eu o fizesse primeiro —, mas não consigo evitar. Eu nunca havia me arriscado de verdade na vida até conhecer Jake. E esse é o risco mais importante de todos. Eu *preciso* dizer a ele como me sinto. Ainda que eu morra de vergonha só de pensar que posso fazer papel de boba, preciso fazer isso. Talvez eu não tenha outra chance. Quando as coisas estiverem em ordem no pomar, Jake pode ir embora, e eu jamais serei capaz de rastreá-lo. É agora ou nunca.

E eu escolho agora.

Porque não consigo suportar viver com a ideia do nunca.

Fazendo mais alguns cachos no meu cabelo para depois prendê-lo no alto da cabeça, passo mais um pouco de perfume no pescoço, nos lábios uma camada de gloss e sigo para a porta.

Acho que nunca estive tão pronta na vida.

24
Jake

Quando atravesso a porta do Lucky's, procuro pela cabeleira loura de Laney na multidão. Ela está numa mesa no canto, rindo com alguns amigos. Há oito ou dez pessoas com ela. Alguns rostos eu me lembro de ter visto no ensino médio. Talvez em uma das turmas anteriores à minha. Provavelmente, eles têm a idade de Laney.

Sigo até o bar. Noto diversos rostos familiares aqui. Esse era o meu hábitat antes de ir embora, a começar pela primeira identidade falsa, que todos sabiam ser falsa e eu não ligava. Sempre andei com o pessoal mais velho e mais irresponsável.

— Ora, se não é Jake Theopolis — ronrona a menina atrás do bar. O nome dela é Lila alguma coisa. Ela tem ao menos dez anos a mais que eu. Tivemos um lance quando eu ainda estava no ensino médio. Tenho certeza de que ela teve "lances" com vários outros caras da cidade. — Onde você se escondeu, docinho?

Escorrego para um banco do balcão.

— Por aí. Principalmente trabalhando. Me dê uma cerveja. A que você tiver no barril serve.

Seus olhos verdes sobrecarregados de maquiagem piscam para mim diversas vezes enquanto ela serve minha cerveja.

— Esta é por conta da casa — diz ela, pondo a caneca sobre um guardanapo. — Pode chamar de presente de boas-vindas. O primeiro de muitos.

— Ela me dá uma piscadinha, o que quer dizer que um dos presentes será ela mesma. Nua. Cavalgando em cima de mim como um garanhão selvagem. Eu me lembro disso com ela. Gosta de ficar por cima.

Sem que eu quisesse, uma visão de Laney por cima de mim me interrompe. Eu congelo.

Maldita mulher!

Dou uma olhada na direção da sua mesa. Ela está absorta com seus convidados. Vou esperar para falar com Laney quando ela estiver sozinha. Ou pelo menos *um pouco mais* sozinha.

— Ouvi ela dizendo que você é Jake Theopolis? — pergunta uma voz à minha direita. Eu me viro para ver um cara sentar no banco ao lado do meu. — Uísque puro malte, gracinha — diz ele para Lila, deixando uma nota sobre o balcão do bar.

— Sim, sou eu — digo a ele, dando um gole na minha cerveja. Tem alguma coisa nele que me incomoda de imediato. Não sei se é o cabelo perfeitamente penteado, que sem dúvida está coberto por produtos de todo tipo, ou se é a camisa de botão, com a gravata frouxa, que me faz pensar que ali está um tremendo idiota. Mas também algo em relação a ele faz meu lábio querer se curvar. — Eu conheço você? — pergunto, tendo certeza de que não o conheço.

— Não, mas acho que você conhece a minha noiva.

Arqueio uma sobrancelha para ele, duvidando muito que eu a conheça.

— Ah, é? E quem é ela? — Tomo um gole da cerveja, desejando que o sujeito simplesmente dê o fora antes de me fazer ser grosso.

— Laney Holt.

Eu me esforço para não cuspir toda a cerveja no balcão à minha frente.

— Laney Holt é sua noiva?

— Sim. Ficamos noivos alguns meses atrás. Tivemos um pequenos desentendimentos antes de ela voltar para cá, para resolver o caso da sua família, mas acertamos os ponteiros enquanto ela estava no hospital. Agora eu espero que nós possamos marcar a data e resolver isso.

Resolver isso?

Ele faz parecer que é mais uma formalidade do que o dia em que vai jurar devoção eterna para o amor da sua vida.

— É isso mesmo?

— É, sim — diz ele, bebericando o uísque que Lila acabou de deixar na sua frente. Ele se inclina na minha direção, os olhos vazios de repente. — Olha eu não sei o que aconteceu entre vocês dois enquanto nós estávamos... tendo problemas, mas você precisa saber que acabou. Laney Holt vai ser minha esposa. E não há nada que você possa fazer para impedir isso. Não tem necessidade de fazer papel de bobo tentando. Simplesmente esqueça, e eu não vou ter motivos para te fazer uma visita depois.

Eu me viro no banco para ficar cara a cara com o sujeito.

— Tenho certeza que você não acabou de cometer o erro de me ameaçar.

— Só é uma ameaça se você escolher ir atrás da Laney. Se você for embora, vou ser homem o bastante para dizer que há males que vêm para bem. Eu já perdoei a Laney. Fim da história. Agora você só precisa se afastar.

Por dezenas de motivos, tudo em mim quer quebrar o maxilar desse babaca, como se ele fosse feito de vidro. Mas, ainda que eu não acredite nele, algo está me impedindo. Por que ele diria essas coisas se isso não fosse verdade, sabendo que Laney está logo ali e que eu tenho uma chance de me aproximar e perguntar a ela?

Independentemente do quanto me dói entrar numa conversa civilizada com esse cara, eu trinco os dentes e o faço. Preciso descobrir se ele está dizendo a verdade. Preciso saber se Laney realmente me esqueceu.

— Você vai entender se eu precisar de um pouco mais do que a sua palavra para continuar — digo a ele, firme.

O sorriso dele é tão duro quanto os olhos cinzentos são frios.

— É claro. — Ele dá uma conferida na mesa em que Laney está. Uma das garotas sentadas ao lado de Laney olha na nossa direção. Eu vejo o sujeito, Shane acho que é o nome dele, gesticular para ela. A garota pega o copo vazio, diz alguma coisa para outra moça e vem andando até onde estamos.

— Harmony, você frequenta a igreja com Laney, certo? Vocês duas são amigas faz anos, né?

Harmony, uma menina baixinha de cabelo preto encaracolado, olha ao redor nervosamente.

— Fala o meu nome baixo, Shane. Você sabe que minha mãe me mataria se descobrisse que eu vim aqui.

— Não vamos contar nada pra ninguém. Só quero que você esclareça uma coisa para o meu parceiro aqui. Ele não acredita que a Laney e eu ficamos noivos. Ele acha que eu ainda sou o mesmo carinha da faculdade. Sabe, o solteiro convicto. — O sujeito pisca de maneira conspiratória para ela, me fazendo pensar que o que aconteceu entre ele e a amiga de Laney, Tori, provavelmente foi legítimo da parte dele.

Diria que esse filho da puta é um esquisitão. Eu estaria disposto a apostar nisso.

— Vocês dois frequentaram a mesma faculdade? — ela me pergunta. — Você não é daqui?

— Originalmente sim, mas me mudei faz um tempo.

— Ahhhhh — diz ela, me olhando com admiração. — Bom, me desculpe. Você vai perder a aposta. Shane e Laney ficaram noivos meses atrás. Ninguém sabia o que pensar quando ela foi à igreja sem ele naquelas vezes. Não dava para acreditar que ela deixaria um homem como Shane escapar.

Ela abre um sorriso para ele e Shane retribui com uma piscada. Quero vomitar.

— Você é gentil, Harmony — diz, num tom meloso —, mas tudo se ajeitou no fim das contas. Obrigado por esclarecer, querida.

— Imagine — responde Harmony, com a voz estridente, sentando num dos bancos para pegar mais um drinque.

— É por minha conta — diz Shane para Lila, que assente em compreensão. — E então, mais alguma pergunta, meu *irmão*?

— Só quero saber em qual orifício você vai querer o meu pé se me chamar de *irmão* mais uma vez.

Shane joga as mãos para o alto, se rendendo, mas em seu rosto há uma expressão presunçosa que claramente diz que ele acha que ganhou.

E eu suponho, verdade seja dita, que ele ganhou mesmo. Não percebi que eu estava no páreo até pouco tempo atrás. Mas esse foi um choque de realidade muito necessário. Se Laney é boa demais para um bastardo nojento como esse cara, ela é boa demais para mim também. E eu só posso ajudá-la com uma dessas duas coisas.

Não que ela precise de alguma ajuda. Laney é perfeitamente capaz de fazer as próprias escolhas. E, se ela escolher um otário desse tipo, então ele é o otário mais sortudo do mundo. Afasto aquele pensamento amargo com um gole demorado na minha cerveja antes de deixar algumas notas sobre o balcão, e me levantar.

— Bom te ver de novo, Lila — digo a ela, sem tirar os meus olhos de Shane. — Quanto a *você*, só posso dizer que, se magoá-la, é melhor pedir a Deus por um bom esconderijo. Você não vai querer encontrar comigo de novo. — Só para garantir o que estou dizendo tanto para mim quanto para ele, dou uma meia abaixada nessa alfinetada enfática. Dou um sorriso quando ele vacila. — Foi o que eu pensei.

Miro a porta, mas, quando olho para a direita, vejo a cabeça platinada de Laney me chamando como um farol luminoso no meio da noite. Desviando, sigo até onde ela está, me inclinando sobre quem está mais perto dela para poder sussurrar em seu ouvido.

— Feliz aniversário, Laney. Seja feliz.

Depois de um beijo em sua bochecha, eu me viro para partir.

— Jake, espera! — ela chama, lutando para passar por cadeiras e corpos.

— Eu quero te contar uma coisa.

Levanto a mão para impedi-la. Isso não precisa se estender ainda mais. Eu me magoo com as coisas que amo. E é por isso que eu não amo. E Laney merece mais que isso.

— Não se preocupe. Eu já sei. — Pisco para ela. — Já estou de saída. Fique e aproveite a sua festa. A gente se vê.

Com isso, eu me viro e me afasto, deixando Laney e o que quer que ela sentisse por mim para trás.

25
Laney

Milhares de coisas passam pela minha cabeça quando vejo Jake sair do bar. E da minha vida.

Ele disse "a gente se vê", mas ambos sabemos que isso jamais vai acontecer. Assim que ele chegar em casa, será o fim. Provavelmente nunca mais o verei.

E ele obviamente prefere que seja dessa forma. Também sabe que isso vai acontecer. Devagar, afundo novamente no meu lugar, avaliando se é sensato ir atrás dele. Qual seria o objetivo disso? Me deixar ainda mais constrangida? Eu sabia como ele era. Eu sabia o que ele queria, o que era capaz de doar em termos de um relacionamento. Só fui idiota o bastante para pensar que ele poderia mudar. Ou que eu poderia mudá-lo. Ou que aquilo que nós dois tínhamos talvez o fizesse *querer* mudar.

Mas não mudou. Nada mudou.

A não ser para mim.

Eu mal me sinto a mesma pessoa que voltou para Greenfield no começo do verão. O outono está chegando, e, tal qual a natureza, que indiscutivelmente sente a morte do inverno vindo, eu sinto a morte do meu coração. Consegui o que queria — uma fuga da minha vida e de quem eu era. Mas o preço foi alto demais.

Minha felicidade. Meu coração.

Para onde eu vou agora?

— Laney. — Ouço a voz que parece estar a mais de mil quilômetros de distância. Olho e vejo Shane de pé do outro lado da mesa, me olhando com uma expressão de tristeza. Ele inclina a cabeça para um lado, um convite silencioso para que eu vá até ele. Com as pernas dormentes e o pensamento noutro lugar, eu me levanto e dou um jeito de sair de trás da mesa para chegar lá.

— O que foi, Shane? — Não consigo não soar irritada. Uma conversa com meu ex, ainda que seja breve, é a última coisa de que eu preciso agora. Para começar, quero estrangular quem quer que tenha contado a ele sobre a minha festa.

— Eu queria te dizer que sinto muito — começa ele.

— Shane, agora não. Eu sei o que...

— Não sobre aquilo, embora eu sinta também e ainda queira poder te explicar o meu lado da história. Mas não era sobre aquilo. Gostaria apenas que você soubesse que sinto muito pelo que aconteceu com aquele tal de Jake. Ninguém merece ser tratado da maneira como ele tratou você.

Franzo a testa. Ele tem minha completa atenção agora.

— O que você quer dizer com isso?

— Acabei de conversar com ele no bar. Ele estava receoso de vir aqui se despedir de você. Teve medo de você fazer uma cena. Tentar segui-lo ou algo assim.

Estreito os olhos na direção de Shane.

— Como é que é? Isso é ridículo! Ele jamais diria isso.

Ou diria?

— Se não acredita em mim, pergunte à Harmony. Ela estava pegando outro drinque enquanto nós dois conversávamos.

Eu me viro para Harmony, que está do outro lado da mesa, conversando com alguns dos nossos amigos.

— Harmony! — chamo. Ela me vê e sorri. — Você viu Shane conversando com Jake Theopolis uns minutinhos atrás?

— Aquele cara gostoso era ele? — Ela dá uma risada. — Sim, eu vi, mas protegi você, Laney. Não se preocupe. — Ela pisca para mim e levanta o copo num brinde. O meu estômago se contrai num nó apertado, como se estivesse tentando se afastar da explosão que acontece dentro do meu peito.

Olho de novo para Shane. Ele parece genuinamente compreensivo.

— Sinto que tudo isso é minha culpa, Laney. Eu nunca deveria ter acreditado em Tori quando ela disse que era só uma pegadinha, que estávamos encenando. Eu...

— O quê? Tori *não* te disse isso!

— Ela disse! Eu juro por Deus — garantiu ele, levantando a mão como se estivesse jurando de fato.

Eu balanço a cabeça. É muita coisa para mim agora.

— Não importa mais, Shane. Está feito. Acabou. Sem ressentimentos, tá?

Ele olha para baixo ao pegar minha mão esquerda com a dele, e começa a brincar com o meu dedo anelar.

— Existe alguma chance de o meu anel encontrar o caminho até este dedo de novo?

Puxo a mão.

— Shane — digo, me afastando. Dele. Da multidão. Da dor. Deste lugar. — Não posso lidar com isso neste momento.

E, com isso, eu corro. Simplesmente corro.

26
Jake

Sinto o suor escorrendo pelo meu peito quando me sento, empoleirado na pontinha da imensa rocha, bebendo uma garrafa d'água.

— Você vai vomitar se não for mais devagar — diz uma voz familiar atrás de mim. Eu me viro para ver Jenna subindo casualmente pelo caminho na minha direção. — E, cara! Nada de vomitar na minha pedra!

— Essa pedra não é sua — argumento, bem-humorado. — É uma pedra de família.

— Que, nesta família, quer dizer que a pedra é minha.

Dou de ombros.

— É. Tá bom. Sua mimada.

— Seu mané arrogante.

Ela sobe por trás da rocha e desce um pouco para se sentar ao meu lado, de frente para o rio. Costumávamos ficar assim quando pequenos. Quando ajudávamos no pomar, em dias muito quentes do verão, vínhamos até aqui para nadar e nos refrescar, depois subíamos na pedra para secar. Não era permitido entrar na água sem o papai por perto, mas entrávamos mesmo assim.

Fui o único a ficar encrencado por causa disso, entretanto. É claro. Meu pai sempre me pegava no quarto, mais tarde, para passar o sermão sobre como a minha falta de cuidado já custara um integrante da família para ele. E ele não iria permitir que acontecesse de novo.

— O que você veio fazer aqui? Finalmente teve colhões para voltar para casa? — pergunto, empurrando seu ombro com o meu.

— Algo assim — responde ela, vagamente. — Como as coisas estão indo em relação ao espólio?

— O inventário está finalizado. Acho que agora só precisamos saber sobre a audiência.

Jenna concorda com a cabeça.

— Deus, espero que ela não fique com este lugar. Isso mataria o papai.

— Ela não vai conseguir, Jenna. Eu te disse que daria um jeito. Pare de se preocupar.

Eu já havia decidido que gastaria cada centavo das minhas economias para pagar nossa tia, se isso fosse necessário. Ela é uma mercenária maldita. Acho que assim estaria falando na sua língua. Caso isso não funcione, meu próximo passo será ameaçá-la, o que não sou incapaz de fazer se isso significar salvar este lugar dela. Mas Jenna não precisa saber dos detalhes. Ela só precisa saber que tudo está sendo cuidado. Que eu vou cuidar de tudo. De um modo ou de outro.

Jenna fica em silêncio por alguns minutos antes de mudar de assunto.

— Então, o que você ainda está fazendo aqui? Eu imaginei que buscaria Einie e iria embora assim que o pessoal do escritório de advocacia terminasse.

Dou de ombros. Não sei como responder a essa pergunta.

— Eu ainda não sei o que vou fazer em seguida.

— O que você quer dizer com isso? Você vai voltar a viver a sua vida. E viva essa vida da maneira que planejou. O que tem para não saber?

Dou de ombros de novo.

— Talvez seja hora de algo diferente.

— Tipo...

Sigo dando de ombros.

— Eu não sei. Onde eu estava simplesmente não parece mais tão atraente para mim agora.

— Então se mude. Arranje um emprego em outra cidade. Um lugar em que você possa pular de paraquedas. Com muitas mulheres. Parece ser tudo de que você precisa. — Olho para Jenna. Ela tem um sorriso irônico no rosto.

Eu sorrio também.

— É. Eu sou bem fácil de decifrar, hein?

— E como! Contanto que tenha algum fogo para apagar, saias para ir atrás e um lugar de onde pular, você é um soldado feliz. — Eu não digo nada. Então ela cutuca meu ombro. — Certo? — Dou de ombros. Mais uma vez. — Eu juro por Deus que vou te estapear todinho se der de ombros novamente. Qual é o seu *problema*?

— Você dirigiu isso tudo para vir até aqui me incomodar? — devolvo.

— Não. Eu dirigi até aqui para ver o meu irmão. Tenho medo de que nunca mais te veja depois que você sair da cidade.

Surpreso, franzo a testa para ela.

— Por que você acharia isso?

Seu queixo treme. Isso não é nada característico de Jenna.

— Você nunca foi muito... da família. E agora, com a mamãe e o papai mortos e este lugar na berlinda, tenho medo de que você viaje para destinos desconhecidos e eu nunca mais te veja. — Jenna vira os olhos escuros para mim. Os olhos dela são tão parecidos com o que eu me lembro dos da mamãe, principalmente agora, cheios de lágrimas. E com muito amor. — Jake, você é tudo o que eu tenho. Avós ausentes não contam.

Eu passo o braço sobre o ombro de Jenna e a puxo para um abraço.

— Você é tudo o que eu tenho também. E prometo que você vai me ver de novo. Diabos, vai saber. Talvez eu até fique aqui mesmo. Coisas estranhas aconteceram.

Jenna se inclina para olhar para mim.

— Como é? **Por que diabos você iria querer fazer isso?**

Dou de ombros e ela me dá um tapa no braço.

— Eu não sei. Talvez eu só esteja ficando mais velho, pensando em todas as coisas que eu perdi nesses anos. Talvez seja o momento de finalmente sossegar. Pelo menos um pouquinho. Quero dizer, não que eu não possa viajar quando quiser. Para pular de uns lugares, sabe? — Dou um sorriso para ela e ela retribui com outro.

— Embora eu nunca tenha tido vontade de morar aqui, ficaria muito feliz se você morasse. Não vou mentir.

— Não estou dizendo que vai ser assim. Só estou dizendo que, neste exato momento, não sei bem onde vou parar. Mas prometo te manter informada, tá bem?

— Tá.

Nas duas últimas semanas, depois daquela noite no Lucky's, não analisei muito profundamente os meus motivos para, de repente, querer ficar em Greenfield. De uma coisa eu sei: não pode ter relação alguma com Laney. Quero dizer, ela tem uma vida em outra cidade e, pelo que eu saiba, pode estar para se casar com outra pessoa. Não haveria razão para ficar aqui por causa *dela*. Ainda assim, alguma coisa em mim não está pronta para seguir adiante. Um instinto. E eu sou bastante intuitivo para um homem, então me importo com os meus instintos. E o meu instinto está dizendo que devo ficar. Pelo menos por mais um tempinho.

27
Laney

Summerton. Sempre foi o lugar perfeito para mim. Era longe o bastante dos meus pais, mas não longe demais. Era maior que Greenfield, mas não muito maior. Tinha lazer, mas também era um bom lugar para ter uma família. Havia mais oportunidades de trabalho para mim *e* para Shane, mas não era grande a ponto de não podermos evoluir na carreira.

Que diferença faz passar alguns meses fora!

Destranco a porta do apartamento no qual eu mal estive. Aluguei-o um pouco depois de conseguir meu primeiro emprego. Assinei um contrato de um ano, pensando que só precisaria do lugar por um curto espaço de tempo. Calculei que Shane e eu nos casaríamos ao longo daquele ano e, com isso, mudaríamos para nossa primeira casa juntos.

Olho ao redor do jeitoso espaço agora — as paredes claras texturizadas, as alegres cortinas amarelas, o confortável sofá cru, com suas almofadas brancas e amarelas — e não sinto nada além de decepção. Com... com tudo. Nada aconteceu como eu pensei que aconteceria. Não que eu realmente quisesse aquela versão da minha vida neste momento.

Não demorou muito para que eu percebesse que não amava Shane. Não de verdade. Ele *parecia* ser tudo o que eu queria. Ele se encaixava no perfil perfeitamente. O problema foi que, até muito recentemente, eu não sabia quem *eu* era, muito menos como encontrar o que me faria feliz. Ainda amaria ter um marido, uma família e uma casa para cuidar, mas isso tudo havia se transformado para englobar muito mais coisas. Risos, animação, paixão. Amor verdadeiro.

Mas parece que não terei nada disso. Pelo menos não a versão vívida pela qual fui apaixonada durante algumas curtas semanas. Talvez eu consiga encontrar uma versão mais esmaecida disso com um homem e vai... bastar. Mas que garota sonha com passar a vida inteira com uma pessoa que não foi feita para ela?

Eu não sou essa garota.

Pela milésima vez, seguro as lágrimas. Já sofri por não ter mais Jake por umas três ou quatro vidas. Preciso seguir em frente.

O problema é que eu não sei como.

Não houve um fim de verdade. Não houve um encerramento. Simplesmente... paramos.

Eu teria preferido ser sincera e ver Jake estranho, sem tentar ficar comigo? Não. Se bem que, de certo modo, isso teria sido preferível. Ao menos ia parecer que tinha acabado. Um fim. E não como parece agora. Todos os dias eu acordo como se estivesse num limbo. Sigo o fluxo da vida, mas não estou nem um pouco viva. Não de verdade. Estou presa naquelas últimas semanas com Jake, as semanas em que a vida mantinha tantas promessas.

Agora tudo parece apenas sombrio.

Sem esperança.

Vazio.

28
Jake

Quando o escritório de advocacia ligou para me dizer que estavam mandando alguém, eu deveria ter perguntado quem era. Mas não perguntei. Talvez eu não quisesse esperar por Laney. Ou talvez não quisesse *não* esperar por ela. Não sei bem o que é pior.

Mas agora, enquanto aguardo na varanda, eu gostaria de ter perguntado. A expectativa está me matando.

Eu pensei no que vou falar. Vou parabenizá-la pelo noivado e perguntar se eles marcaram a data. Isso vai me dizer se é legítimo. Depois vou perguntar se ele a faz feliz. Se ela responder que sim, sigo com a vida. Não haverá mais motivo algum para pensar de novo em Laney Holt.

Se ao menos eu conseguisse tirá-la da minha cabeça. De dentro de mim.

Mas o que me deixa nervoso é ficar pensando no que eu vou dizer se ela responder não. E se ele não a fizer feliz? E se ela tiver reconsiderado e descoberto que não pode viver sem mim? O que eu vou dizer então? Nada mudou para mim. Não de fato. Eu ainda não sou bom para ela. Ainda não sou bom para qualquer um que se aproxime.

Mas, merda, como eu quero!

Meu passado nunca me assombrou assim. Como um demônio. Como algo que não posso mexer, independentemente do quanto eu tente.

Provavelmente porque eu nunca tentei antes. Nunca quis ser nem um pouco diferente do que eu sou. De quem eu era.

Até agora.

Até Laney.

Mas isso também não parece mudar nada.

A decepção se instala quando vejo um sedã preto e reluzente vindo sozinho pela estrada na minha direção. Ainda que Laney tivesse comprado um carro novo, ela nunca compraria um desses. Esse é o carro de um cara velho, rico e arrogante. E Laney não é nada disso.

Quando ele para na minha frente, já estou sem paciência para a visita.

Acho que eu realmente deveria ter perguntado se era Laney quem vinha.

Agora estou mal-humorado.

A porta do motorista se abre, e um homem alto, corpulento e grisalho sai, puxando o colete para depois abotoar o casaco.

Pretensioso.

Ele se inclina para o carro e tira sua pasta, depois fecha a porta e anda até a varanda.

— Você deve ser Jake. Sou Robert Wilkins, mas pode me chamar de Bob.

Seu aperto de mão é firme, mas o sorriso é agradável. Ele é menos babaca do que eu esperava. Surpresa boa.

— Entre — digo, me virando para a porta da frente.

— Podemos ficar aqui fora, se não tiver diferença pra você. Há alguma coisa sobre as grandes varandas e o ar fresco do campo — Ele inspira profundamente e desabotoa o casaco quando se abaixa para sentar em uma das quatro cadeiras de balanço. — Então, meu jovem, você enfrentou muita coisa recentemente. Como está segurando as pontas?

Dou de ombros, o que piora meu cagaço. Não costumo fazer isso. Não costumo me sentir como se não soubesse exatamente o que estou fazendo, para onde estou indo e o que eu quero. Até agora.

E todas essas coisas parecem fazer parte de uma pessoa que eu não posso ter e não deveria desejar.

— Estou bem. Pronto para terminar com isso. Obviamente, estou disposto a fazer o que for necessário para manter o pomar comigo e com Jenna.

— Bom, parece que os deuses estão do seu lado.

— E por quê?

— O advogado da sua tia entrou em contato comigo hoje de manhã, um pouco depois de eu ter arquivado o inventário. Parece que o marido dela ganhou uma boa soma de dinheiro e eles vão deixar a região. Isso quer dizer que ela precisaria contratar alguém para cuidar do processo, se quisesse o controle acionário. Evidentemente isso não interessava muito a ela, então preferiu reverter para um acordo similar ao que fez com os seus pais. Apenas uma soma mensal, que será depositada na conta dela. Sem interferência nas operações do dia a dia.

Apesar de a notícia ser definitivamente boa, eu odeio vê-la fazer parte deste lugar do jeito que for. Quem garante que ela não vai usar da mesma manobra se Turkey, o marido, der o fora?

Ninguém. Então cabe a mim fazer o que posso para prevenir isso.

— Fico feliz por ela ter arrumado outras formas de ganhar dinheiro na vida, mas você vai entender se eu não ficar confortável com a decisão impulsiva dela. Ela pode facilmente voltar a tentar alguma coisa no futuro.

Bob concorda com a cabeça.

— E é por isso que eu sugiro que você faça uma oferta para comprar a parte dela. No espólio você tem alguns bens dos quais poderia abrir mão sem sentir muito, se entende o que eu quero dizer.

— Sim, entendo. O que você tem em mente?

Bob continua a me explicar que existe um pequeno pedaço de terra na escritura do pomar, que não é efetivamente usado, e que tem bastante valor simplesmente pela sua posição em relação ao rio e à reserva florestal.

— Se você avaliar essa área e depois oferecer a ela o dinheiro conseguido com a venda como um incentivo para que deixe você e este lugar em paz, acho que ela aceita o acordo e some. Podemos fazê-la assinar os direitos pela sua parte na venda no passado, presente e futuro.

Esse velho é esperto. Posso ver no brilho dos seus olhos castanhos expressivos. Conhecê-lo e passar esse pouco tempo ao seu lado me faz ter certeza do motivo de meus pais se sentirem seguros ao deixar seus bens e legados nas suas mãos.

Pouco mais de uma hora depois de sua chegada, Bob está me cumprimentando e voltando para o carro dele. Estranhamente, estou feliz por ele ter vindo. Independentemente do quanto eu queria ver Laney, foi melhor assim. E agora existe um plano para lidar com minha tia Ellie e possivelmente ficar totalmente livre dela no futuro.

Se o meu próprio futuro fosse assim tão claro...

29

Laney

Meu celular toca. Suspiro quando olho para baixo e vejo o número de Shane aparecer. Nunca pensei que seria amiga dele novamente, mas, quando não há mais ninguém, um rosto familiar é um rosto bem-vindo.

— Alô.

— Oi, linda. Almoça comigo?

Eu suspiro. Ele ainda não desistiu de me pressionar. Ele jura que vai me reconquistar. Vivo dizendo que não estou pronta e talvez nunca esteja, mas ele insiste.

Mas tem a solidão que me aflige

— Claro. Onde eu te encontro?

— Pego você à uma hora.

Dou uma olhada no relógio. Faltam cerca de seis minutos.

— Certo, te vejo, então — digo antes de desligar.

Fico sentada encarando a tela em branco. O escritório está em silêncio. Bob está se esforçando para livrar Jake e sua família da tia gananciosa deles.

Ele só me contou depois de ter ido a Greenfield para encontrá-lo. Isso foi quase duas semanas atrás. Duas semanas desde que a minha última chance de ver Jake saiu voando sem que eu nem ficasse sabendo.

Agora resta apenas uma dor constante e uma sempre presente sensação de melancolia que não consigo afastar. É como se tudo que fosse importante tivesse deixado de ser. E nada que me deixava feliz consegue me tirar da cama agora.

Meus pais ligaram dezenas de vezes. Sempre atendo e converso com os dois, mas ele são espertos o bastante para saber que algo está terrivelmente errado. Mas também são espertos o bastante para não fazer um único comentário sobre Jake.

Em vez disso, focam em mim e em Shane, e no meu trabalho aqui. Tori voltou para Greenfield. Ela é a minha única verdadeira amiga, já que antes de terminar com Shane eu não morei aqui tempo suficiente para fazer mais amigos. Não que eles tivessem alguma utilidade agora, de todo modo. Só existe uma pessoa que poderia me fazer sentir melhor.

E ele se foi.

Meu telefone toca de novo, me salvando da ameaça de mais uma rodada de lágrimas. Agora é a Tori.

— Graças a Deus — digo para cumprimentá-la.

— Sei que sou a resposta para suas preces, caramba, mulher — provoca ela.

— Hoje você realmente é. — Dessa vez meu suspiro é de alívio. — Você não está na cidade, está?

Espero que ela diga sim, mas aprendi a viver com a decepção.

— Não, daqui a alguns segundos vou estar implorando para que você venha até mim em vez disso. Por que você não me poupa da bajulação e me diz que vem para casa, hein?

Não consigo não sorrir.

— Sabe, só para preservar a sua integridade, acho que posso fazer isso. Mas só dessa vez. Não gosto de perder a chance de ter alguém me implorando. Da próxima vez, vai te custar o dobro.

— Anotado — diz ela, com facilidade. — Trago meus protetores de joelho da próxima.

— Sábia escolha — digo, rindo. — Então, o que é tão importante que você ia me implorar para ir para casa?

— Hum, se eu te contar, teria que matar você. E eu te amo muito para estragar o seu cabelo dourado, então... é isso.

— Sorte a sua que não preciso de muitos motivos para ir visitar você. Tudo bem me emprestar o seu sofá?

— Ainda evitando os seus pais?

— Não, na verdade não. Acho só que ter espaço é bom. Eu não cortei os laços muito bem da primeira vez. Não vou cometer o mesmo erro de novo.

— Finalmente! Aimeudeus! Cara, esse verão te fez tão bem, Laney. — Por mais que eu ame Tori e apesar de tê-la perdoado pelo lance com Shane, ainda não me senti à vontade para conversar com ela sobre Jake. Pelo menos não sobre como a minha vida se tornou um deserto inóspito sem ele. Não contei isso a ninguém. Quase parece que, se eu mantiver segredo, isso vai simplesmente desaparecer e não ser mais assim. Finalmente.

Se apenas...

— Sim, eu evoluí bastante este ano, não foi?

— Evoluiu, sim. E para melhor, devo dizer.

Fico feliz quando ouço a porta da frente se abrir. Tenho certeza de que é Shane. Bem a tempo de me salvar de uma conversa torturante sobre como esse verão foi maravilhoso.

Parece que, independentemente do quanto eu tente, não consigo esquecer que foi maravilhoso.

Mas às vezes eu gostaria de poder esquecer.

— Preciso ir, Tori, mas te vejo amanhã à noite, tudo bem?

— Parece bom. Te encontro aqui às sete. A chave está embaixo do tapete, caso você chegue antes de mim em casa.

— Certo, nos vemos em breve.

— Se cuida.

— Sim, senhora.

— Assim mesmo que eu gosto — diz Tori fazendo um som de beijo antes de desligar.
— Quem era? — Shane pergunta enquanto entra devagar pela porta do escritório.
— Era Tori.
— Hummm — murmura ele, neutro. — Pronta?
— Mais pronta do que nunca — digo, pensando como um dia eu pensei que esse homem era suficiente para me fazer feliz.
Você não conhecia a si mesma naquela época, conhecia?
Não, claramente não conhecia.

30
Jake

Ainda quer fazer hora extra?

Uma mensagem do chefe do corpo de bombeiros.

Com certeza!

Me manter ocupado é o equivalente a me manter são, mas só consigo ficar sozinho na casa por muito tempo. A questão não é estar sozinho, é mais ver Laney em todos os lugares, e está ficando mais e mais difícil ficar em casa sem ela. Preparar as refeições na cozinha, ver televisão no sofá, tomar uma ducha. Dormir na minha cama. Ela está em todos os lugares. Não consigo fugir da sua presença. Mesmo quando é isso que eu quero às vezes.

Venha às 6, então. Plantão de 48 horas. Pode acabar sendo mais que isso.

Lembro a mim mesmo de encher os dosadores de comida e água de Einstein no celeiro. Só de pensar neles eu me lembro de Laney surpresa pelo cachorro usá-los.

Ela teve a errada impressão de que eu simplesmente deixava o meu cachorro ir atrás de comida e água sozinho. Laney tentou disfarçar dizendo que depois concluiu que talvez um dos vizinhos estivesse alimentando-o. Quando contei sobre o sistema que eu havia montado, ela não acreditou em mim, então eu a levei até o celeiro e mostrei.

As engenhocas não passam de alavancas que soltam uma quantidade predeterminada de água e comida, respectivamente, nos potes.

— Veja — eu disse a ela. — Einstein simplesmente vem até aqui, puxa as alavancas e consegue comer e beber. Tem o suficiente aqui para durar uma semana, se ele não comer igual a um porco.

— Você está me dizendo que o seu cachorro é esperto o bastante para vir até quando está com fome, e ele puxa as alavancas para comer e beber?

— É exatamente o que eu estou te dizendo.

— E você espera que eu acredite nisso?

Dei um sorriso para ela. Ela ainda estava tão tensa na época. Mas, ao longo do verão, é como se Laney tivesse desabrochado. Só para mim. Como uma flor sob a chuva. Ela precisava de mim para saber quem realmente era, para ver como era bonita e perfeita também lá no fundo, além da aparência externa e dos modos educados. O que ela nunca soube foi que eu sempre enxerguei isso. Ela sempre foi perfeita aos meus olhos, por dentro e por fora.

Assobiei para chamar o cachorro.

— Einstein, venha!

Ainda era cedo, então pensei que ele estaria em algum lugar próximo, provavelmente se refrescando na sombrinha sob a casa ou dentro de um dos celeiros.

Depois de alguns minutos, Einstein apareceu, a língua de fora para o lado.

— Bom garoto! — elogiei, embaraçando os pelos da sua cabeça branca e felpuda. — Beba um pouco, Einie. Beba!

Depois de me observar por alguns segundos com seus expressivos olhos castanhos, Einstein andou casualmente até o seu pote de água, levantou a pata e acertou a alavanca, depois esperou até que o pote estivesse cheio para beber um pouco de água gelada.

Laney observou a coisa toda de boca aberta.

— Esse é o cachorro mais inteligente do mundo — confirmou ela, então.

— Por que diabos você acha que o nome dele é Einstein?

Mesmo agora eu ainda sorrio quando penso nela. Mas é um sorriso agridoce. É como ter a coisa mais preciosa do mundo, mas também não tê-la de verdade.

Para depois perder o que você não teve.

Que tal esse dilema?

De volta ao presente, mando uma mensagem para o meu chefe antes de me perder no passado e me esquecer completamente do agora.

Vou fazer. Te vejo em breve.

31
Laney

É sexta-feira. E pela primeira vez depois de algum tempo *parece* ser sexta-feira. Aquele alívio da semana de trabalho que terminou e pela diversão que está prestes a começar: é como eu me sinto. Bom, a minha versão para isso, de todo modo. Para mim, significa que posso passar mais tempo longe, longe da minha própria cabeça e longe de coisas, pessoas e lugares que me deixam triste. E, embora ir até Greenfield devesse estar na lista de coisas que me deixam triste, por algum motivo ainda me sinto ansiosa para ir. Parece quase que estar novamente na cidade vai me deixar mais perto de Jake.

Até mesmo para mim isso soa como maluquice, mas, ainda assim, é verdade.

Eu me permito entrar no apartamento de Tori. Ela não está nele faz muito tempo, mas desencaixou tudo e arrumou o lugar o mais rapidamente que pôde, e tem um tempo desde a última vez que o visitei.

Está decorado com cores vibrantes, o que é bem similar à personalidade vibrante de Tori. A sala de estar é imensa se comparada à minha e tem tons de pedras preciosas: rubi, safira, esmeralda. É tudo menos calmante, mas eu não acho que Tori realmente queira ou precise de algo assim, então combina.

Deixo minhas coisas de um lado da cozinha e preparo um drinque. Quando me sento no sofá, não tenho a intenção de cochilar, mas é exatamente o que acontece.

Mais de duas horas depois, Tori entra pela porta e me acorda.

— Que diabos você está fazendo, sua preguiçosa? Você deveria estar pronta!

— Pronta para quê? — pergunto, tentando pensar com clareza.

— Para a festa.

— Qual festa?

— A festa sobre a qual eu te falei.

— Você não me falou sobre festa nenhuma. Só me disse que seria uma surpresa.

Tori para com as mãos no ar, enquanto tira os grampos do cabelo.

— Ah. Bom... surpresa!

Reviro os olhos e caio de novo no sofá.

— Pode ir sozinha. Estou cansada.

— Ah, não! Você *não* veio da sua casa até aqui para ficar deitada no meu sofá, mocinha. Você vai se divertir neste fim de semana, mesmo que isso me mate. Tá me ouvindo?

— Tenho certeza que *todo mundo* está ouvindo — brinco, escorregando para fora do sofá.

— Vá tomar um banho, amiga. Você tem exatamente quarenta minutos para se lavar, se depilar e arrumar esse traseiro bonito ou eu vou te levar sem nada disso mesmo.

Murmuro sobre todos os tipos de coisas que ela pode fazer com um barbeador e um vidro de xampu enquanto sigo para o banheiro.

Antes que eu consiga fechar completamente a porta, Tori aparece e mete o rosto na fresta.

— Você está se rebelando contra mim? E eu ouvi alguém aqui dizendo "cu de preso"?

A expressão de Tori é hilária. Ela provavelmente nunca me ouviu falando um palavrão. Dou um sorriso.

— Talvezzzz.

Ela grita e empurra a porta para me dar um abraço de urso.

— Êêêêê, eu adoro essa nova você!

Não consigo não rir quando ela dispara e bate a porta. Eu não lhe digo que ela precisa agradecer a Jake por *esta* Laney.

— Hummm, por que estamos na igreja?

Desconfiada, vejo através do para-brisa as luzes brilhantes que vêm das janelas do salão de eventos da igreja. De repente, tenho um mau pressentimento.

— Eu te explico num minuto. Vamos — diz Tori, descendo do carro e dando a volta pelo capô para abrir minha porta. — Mexa-se, lesminha.

Mais cedo eu havia ficado curiosa para saber por que Tori não queria que eu usasse jeans e camiseta esta noite. Ela insistiu para que eu usasse o vestidinho preto dela, aquele que costuma usar em ocasiões especiais. Isso já deveria ter me deixado alerta.

— O que você está inventando, Tori?

Eu realmente não tenho certeza se quero entrar ali.

Tori me pega pelas mãos e me põe de pé. Embora estejamos as duas de salto, ela baixa o olhar para me ver.

— Laney, você sabe que eu te amo. Por favor. Só confie em mim.

Algo na expressão de Tori me diz que isso é importante para ela, importante para que ela se prove para mim como vem tentando por meses. É o único motivo pelo qual eu a acompanho quando ela me puxa até a porta de entrada do salão.

Quando entramos, cada cabeça (e são dezenas) se vira na minha direção e todo mundo começa a bater palmas. Eu sorrio, na dúvida, ao olhar ao redor.

Parece que a festa de formatura mais cafona do mundo estava prestes a começar. Há tiras de papel crepom branco caindo do teto, rosas-brancas de seda jorrando pelos vasos em todas as superfícies e purpurina jogada nas mesas e no chão.

Minha família todinha da igreja está ali, assim como meus pais, que estão parados na ponta do salão, em frente à lareira a gás flanqueada por duas mesas compridas. Cada uma das mesas está coberta por uma toalha branca de papel. Minha mãe parece que vai começar a chorar e meu pai aparenta uma empáfia impressionante.

A multidão parece se partir em duas à medida que entro. Alguns se movimentam o bastante para que eu veja quem está ao lado do meu pai.

Shane.

No rosto dele, o pior dos sorrisos falsos que eu já vi. E acima de Shane tem uma faixa em que se lê PARABÉNS, SHANE E LANEY!

Eu paro. Paro imediatamente, na frente de todo mundo. E então me viro para Tori.

— Que merda é essa, Tori?

Ela segura minha mão mais uma vez e a leva até o seu peito.

— Laney, você é a minha melhor amiga. Eu sempre tentei fazer o que eu acho que é o certo e o melhor para você. Eu nunca, jamais te magoaria. Se eu estraguei o que havia entre você e Shane, por favor, aceite esta noite como prova das minhas mais sinceras desculpas. Estou devolvendo tudo o que eu te fiz passar. Você só precisa aceitar. Se, por algum motivo, uma vida com ele não for o que você queira, então ainda quero te oferecer esta noite. Esta é a noite, Laney. Você chegou tão longe, e eu sei que tem isso em você. Você pode ir até lá e aceitar Shane de volta, marcar a data do casamento e viver com ele pelo resto da sua vida, como planejou. E também pode dizer a ele para dar o fora, que as pessoas que estão aqui podem ir se ferrar, e pegar o meu carro para ir até a casa de Jake e dizer como se sente. Siga em frente com ele. Ou volte para isto — diz ela, esticando o braço em direção à frente da sala, onde estão os meus pais e Shane. — Você decide. Desta vez eu não vou interferir. Vou te amar independentemente do que você decidir. Só quero que você seja feliz.

Eu nem sei o que dizer. Minha mente está totalmente atordoada.

— Você ensaiou isso? — pergunto, baixinho.

— Umas quatrocentas vezes. Em frente ao espelho. Como eu me saí?

— Foi incrível.

Ela sorri, eu retribuo. E então ela sai da minha frente e me deixa com a decisão de qual caminho tomar, fisicamente: seguir adiante ou voltar.

Meu pé coça, mas eu o controlo. Há mais uma coisa a ser considerada. Bom, não exatamente. Eu já me decidi, mas há uma coisa que ainda preciso saber.

— Você disse que eu posso ir até a casa de Jake. Pensei que ele tivesse ido embora.

Com os olhos brilhando, Tori balança a cabeça.

Eu me inclino para a frente e dou um beijo em cada uma de suas bochechas, depois inspiro profundamente.

E me viro para caminhar pelo corredor do salão de eventos da igreja. Em direção aos meus pais. E em direção a Shane.

32
Jake

Algumas pessoas não acreditam em premonições nem em outras dessas merdas. Eu sou uma delas. Entretanto, acredito em instinto. Principalmente em relação a incêndios.

E algo me diz que esta vai ser uma noite movimentada.

Enquanto todos os demais estão na cozinha, jogando conversa fora e tomando sopa de batata, estou garantindo que tudo esteja no caminhão e em ordem.

Pode ser palpite. Pode chamar do que quiser. Não importa. Sei lá o que é.

Eu nunca ignoro.

E nunca, jamais, me engano.

33

Laney

Conforme ando na direção deles, não consigo me decidir sobre qual sorriso é o mais largo. O de Shane ou o do meu pai. Não que isso importe. Até porque não vão sorrir por muito tempo.

Eu sorrio e balanço a cabeça, primeiro para a mamãe, depois para o meu pai.

— Obrigada por terem vindo. Tenho certeza que vocês dois sabem que é uma surpresa para mim, mas fico feliz que tenham podido comparecer. Acho que é importante. — Minha mãe tampa a boca com uma das mãos, meu pai aperta os ombros estreitos dela.

— Nós te amamos, benzinho.

Veremos...

Eu me viro para Shane.

— Suponho que você tenha feito parte disso, não, Shane?

— É claro — responde ele, orgulhoso. — Nada é bom demais ou grande demais para a minha garota. E é por isso... — diz, tirando uma caixa de veludo preta do bolso do terno. — Que eu tenho isto para você.

E lá vem a primeira leva de fogos de artifício.

Todos no lugar se calam quando Shane, ainda sorrindo como um pavão, se ajoelha na minha frente. Ele tira a aliança da caixinha e procura minha mão direita antes de dar um pigarro.

Tenho certeza de que ele quer que todos ali ouçam o seu pedido. Assim como a minha resposta.

Ou talvez ele não queira

— Laney Holt, amor da minha vida, futura mãe dos meus filhos, você me daria a honra de mais uma vez aceitar se casar comigo?

Ele parece tão orgulhoso de si mesmo, penso, distraída. *Como se não tivesse nenhum motivo no mundo para que eu recusasse o seu pedido. Para ele, tudo está perdoado, são águas passadas.*

Mas o que Shane não sabe é que o meu coração pertence a outra pessoa.

— Ah, Shane. Se ao menos você tivesse me perguntado antes de ter esse trabalho todo. — Por alguns instantes, não digo nada enquanto me divirto vendo sua expressão passando de "feliz-e-contente" para "que-merda-está--acontecendo-aqui". — Eu não amo você, Shane. O que você fez comigo foi a melhor coisa que poderia ter me acontecido. Me ajudou a ver quem eu realmente sou, do que eu sou capaz e o que eu quero da vida. E sinto muito, mas você não está incluído nela.

Suspiros e risadinhas começam ao redor. O burburinho já começou. Serei o assunto da cidade. E não por um bom motivo. E, pela primeira vez na vida, eu realmente, genuinamente, não me importo. Vivi sob o escrutínio dessas pessoas por tempo demais. Chegou a hora de mostrar a elas quem é Laney. A verdadeira Laney.

Shane tenta se recompor enquanto puxo minha mão.

— É algum tipo de piada? — sibila ele.

— Que tipo de piada doentia seria essa, Shane? Algo doente do nível que compensasse você ter me traído, tipo uma pegadinha? É o que está dizendo?

Ouço meus pais sobressaltados e sufoco um sorriso satisfeito. Agora eles sabem.

Shane fica de pé, qualquer traço do cavalheiro gentil e sereno se foi. Ele se inclina para ficar bem perto de mim.

— Você não passa de uma vagabunda nojenta. — Cospe no meu ouvido. Eu simplesmente reviro os olhos. Espero que meus pais estejam próximos o bastante para ouvir essa parte também. Talvez eles consigam ver como Shane *realmente* é. Talvez tenham alguém novo para odiar, alguém que não seja Jake Theopolis.

— Acho que só você acha isso, Shane. Agora, se puder me dar licença.

Giro sobre os saltos, pronta para minha saída espetacular, quando Shane me alcança e segura meu braço, num sacolejo que me faz parar bruscamente.

— Quer saber de uma coisa, sua puta? Eu teria dado a Tori a trepada da vida dela, se ela não tivesse me impedido. Você nunca foi mulher o bastante para mim.

Eu meio que rio e suspiro ao mesmo tempo.

— Legal, Shane. Muito legal.

Balançando a cabeça, dou um puxão para libertar meu braço e me virar para sair, sem dar mais nenhuma explicação para ninguém. Eles podem inventar a história que quiserem. Eu tenho uma vida e um futuro pela frente.

Quando estou chegando à porta, ouço a explosão. E sinto a onda de calor.

34
Jake

Não fico nem um pouco surpreso quando as sirenes começam a tocar. Eu sabia que alguma coisa ia acontecer esta noite. Eu simplesmente sabia.

Quando atendemos a chamada, não me ligo muito no endereço. O salão de eventos da igreja. Se não me engano, no lugar há uma cozinha industrial totalmente equipada. Incêndios por causa de produtos inflamáveis acontecem o tempo todo em lugares assim. Provocam muita fumaça, mas geralmente não são muito difíceis de controlar, ficando restritos à cozinha.

Mas então, quando nós quatro estamos subindo no caminhão, ficamos sabendo que um tanque de propano explodiu. E que o salão estava lotado. Para uma festa de noivado.

Meus instintos sempre certeiros dão o alarme e eu sinto um suor frio escorrer pela sobrancelha. Tenho um pensamento. De um único rosto.

Laney.

É ela. Eu sei que é ela. Laney está na cidade. Está no salão da igreja e houve uma explosão.

Nem tento imaginar o motivo de ela estar na cidade para participar desse evento na igreja. A dor sufocada no meu peito parece pensar que é para celebrar seu noivado com Shane. Mas agora, isso realmente não importa. Não dou a mínima para aquele noivo dela. Me importo apenas com ela, que não esteja em perigo. Que não esteja estendida no chão em algum lugar, queimando viva.

Uma onda de náusea me vem quando imagino Laney coberta por queimaduras de terceiro grau. Já vi isso muitas vezes, estive em vários incêndios que estavam a toda antes que tivéssemos chegado ao local.

Fecho os olhos diante da imagem, lembrando a mim mesmo que a cidade é pequena. Levaremos só alguns minutos para chegar lá. Para ajudar. Para salvar vidas. Para controlar o fogo.

Para salvar Laney.

Quando o caminhão vira na rua da igreja, olho através do vidro. A primeira coisa que vejo é um cartaz na frente da igreja escrito PARABÉNS, SHANE E LANEY. Meu coração afunda no peito.

E afunda ainda mais quando estacionamos e eu vejo os destroços.

— Parece que o tanque não estava cheio, ou o lugar teria ido pelos ares — diz Ronnie.

Isso não me conforta. Uma parede desabou por completo. O fogo está devorando o resto. E o teto está precariamente suspenso sobre aquilo tudo.

— Ponham as máscaras, rapazes — grita Chip. Olho ao redor. Estão a postos. Já sabemos o que esperar.

Meu coração está acelerado quando paramos e todos descem para fazer o que sabemos fazer melhor.

Por trás do visor do meu capacete, tento entender a cena ao me aproximar. Faço uma varredura pelos rostos cobertos de lágrimas e sujos de fuligem. Procuro pelos olhos confusos e aterrorizados. Vejo tudo. Absorvo. Mas o que eu mais quero ver, a *pessoa* que eu mais quero ver, não está em lugar algum.

Girando o corpo trezentos e sessenta graus, esquadrinho mais uma vez a multidão à procura de Laney. Tem muita gente ali. Certamente é a maior parte dos que estavam lá dentro. O prédio não é assim *tão* grande. Mas não vejo naqueles rostos o único com o qual me importo. O único que importa. Eu sei, lá no fundo, que nada mais vai importar se eu não encontrá-la. Morta ou viva.

Pergunto a uma das pessoas mais calmas pela qual passo:
— Tem mais alguém lá dentro?
Ela concorda com a cabeça, chorando.
— Laney está lá dentro?
Ela assente de novo.
— Ela entrou alguns minutos atrás, estava ajudando as pessoas a sair, algumas ainda estavam no salão...

Antes que a mulher possa terminar, gesticulo para Chip informando que vou entrar. Corro pelo pequeno lance de degraus e passo pela porta, com cuidado para não encostar em nada. A sala está em chamas. As cortinas pegando fogo. Assim como os arranjos de flores nas mesas. Pedaços de papel flamejantes voam pelos ares. Flocos ardentes de um cartaz estão espalhados pelo chão. Algumas das vigas expostas no teto se desprenderam em um dos lados, formando o que parece ser uma corrida de obstáculos em chamas.

Pela sala, vejo o clarão que se abriu onde a parede ficou em pedacinhos. Vejo também que para as três paredes que restaram está difícil suportar o peso do teto cedendo.

Este lugar vai desabar a qualquer instante.
Preciso encontrar Laney.

Olho através da neblina alaranjada reluzente, procurando pela cabeça loira dela nas ondas de fumaça. Mas não vejo nada. Não vejo ninguém de pé. Nenhum movimento. Nenhuma vida.

Sinto que o desespero começa a se instalar. Olho adiante e vejo um caminho que talvez pudesse me levar em segurança para o centro do salão, de onde terei um ângulo de visão melhor. Com cuidado, sigo naquela direção.

Giro a válvula da minha máscara, algo que sei que não deveria fazer.
— Laney! — chamo, sabendo muito bem que com o barulho do fogo e o ranger da estrutura cedendo não há nenhuma chance de ela me ouvir. Mesmo assim, eu grito novamente: — Laney!

Quando me abaixo para passar sob uma viga de madeira, tenho a mais gloriosa visão do mundo: uma cabeça loira brilhante. Eu vejo Laney. Ela tem alguma coisa enrolada no rosto, mas eu a reconheceria em qualquer lugar, usando qualquer coisa.

Ela está abrindo caminho entre as chamas, adentrando ainda mais o salão. Vacilante, sigo adiante para alcançá-la, impedindo que ela se aprofunde mais. Eu a giro para que fique de frente para mim e observo o rosto do qual senti tanta falta. Vejo o reconhecimento fazer seus olhos brilharem, e então Laney lança os braços ao meu redor.

Com tanta força que posso machucá-la, envolvo meus braços pelo seu corpo e a levanto do chão. Segurando-a contra meu peito, eu me viro e volto rapidamente pelo caminho que fiz ao entrar no salão. Meu coração está acelerado, mas, desta vez, é de gratidão. De alívio. E de mais alguma coisa.

Quando alcanço a porta, fico hesitante em soltar Laney, mas sinto que ela está tentando sair, então a ponho no chão. Há lágrimas em seus olhos quando ela olha para mim. Lágrimas e o mais puro pânico.

— Jake, ainda tem gente lá dentro! — diz ela, furiosamente.

Tiro seu cabelo do rosto para poder observá-la bem. Ela parece bem, só está assustada.

— *Shhh*, Laney, está tudo bem. Vamos tirá-los de lá. Não se preocupe.

— Não, Jake, você não entende. Eu preciso voltar. Por favor.

— Laney, deixe que nós cuidamos disso. É...

Chip me dá um tapinha no ombro e me interrompe. Eu me viro na sua direção, e ele está balançando a cabeça em negativa.

— O teto está desabando, Jake. Ninguém entra ali de novo até conseguirmos passar pelo tanque nos fundos e pela parede estourada. Fique aqui.

Olho para Laney. Seus olhos estão arregalados e cheios de pavor.

— O que isso quer dizer? Eles não vão simplesmente deixar as pessoas lá dentro, vão? Jake, eu preciso voltar lá para dentro. Eu...

— Nos dê alguns minutos para entrarmos pelos fundos. Ele está dizendo que não é mais seguro atravessar o salão. Temos que ir pelos fundos.

— Não! — Laney ameaça começar a correr, mas eu a seguro pela cintura. Ela luta como se fosse uma criatura selvagem. — Não há tempo!

— Laney, pare! Você precisa...

— Você não entende. O meu pai. Ele está lá dentro. Ele e Shane estavam bem na frente quando aconteceu. Jake, o meu pai está lá dentro! — grita ela, sua agonia rasgando meu peito como se fosse a minha própria. — Por favor, me deixe voltar! Por favor!

Por um milésimo de segundo, minha mente vasculha pelo melhor trajeto para ir adiante. Nenhum dos bombeiros vai voltar até que Chip dê permissão. Tenho certeza absoluta de que não deixarei Laney voltar. Mas eu não poderia viver em paz comigo mesmo se essa dor, essa devastação, fosse a última coisa que eu visse no rosto dela.

Isso quer dizer que só tem uma coisa que eu posso fazer. Uma coisa que eu posso fazer por Laney. Uma vez na vida eu posso *ajudar* e não machucar alguém, para variar. Uma vez na vida eu posso provar para o meu pai que ele estava errado. Ainda que isso me mate. Ainda que isso signifique dar a minha vida pelas duas pessoas da vida dela que eu mais detesto.

É por Laney. E isso é tudo o que importa.

Antes que qualquer um possa me impedir e sem mais palavra alguma, eu me viro e corro na direção das chamas à procura das pessoas que Laney ama.

35
Laney

—Nãoooooo!

A palavra segue ecoando tão alto nos meus ouvidos que não ouço mais nada. A dor ressoa tão profundamente no meu peito que não sinto mais nada.

Sei que existem braços ao meu redor. Sei que alguém está me impedindo de ir atrás de Jake, de pará-lo. De salvá-lo.

Eu não queria que ele arriscasse a própria vida pela vida deles. Eu queria simplesmente que ele me deixasse ir, que me deixasse escolher, que me deixasse fazer o sacrifício, se tivesse que fazê-lo.

Mas Jake não.

Jake nunca.

Um fogo mais devastador que um prédio de dez andares em chamas está consumindo o meu coração enquanto observo o local exato em que vi Jake desaparecer entre as chamas. Todo o meu ser, todo o meu mundo está centrado naquela única fresta, como se a minha vida dependesse do que vai voltar dali.

Porque depende.

Serei incapaz de viver comigo mesma se Jake não voltar. Não vou conseguir viver pelo restante dos meus dias sem ele. E sabendo que ele morreu para salvar as pessoas que eu amo...

Desabo nos braços que tentam me segurar, minhas pernas já não estão fortes o bastante para me manter de pé. Ouço alguém gritar o nome de Jake a distância. A voz parece ser a minha, mas não pode ser. Não pode ser eu. Não consigo me mexer. Não consigo falar. Não consigo nem pensar em meio ao pânico desnorteante que atravessa meu corpo, minha alma. Tudo o que eu posso fazer é encarar, encarar o lugar por onde o vi pela última vez, e esperar...

Parece que uma eternidade se passou quando noto um movimento. Meus pulmões param de absorver ar, meu coração para de bater até que vejo a silhueta de Jake atravessar o nevoeiro. Meu alívio é mais profundo do que qualquer emoção que eu já tenha sentido.

Até ele baixar no chão a pessoa que vem segurando e voltar para dentro.

Os braços que me seguravam de repente desaparecem e eu vejo as pessoas correndo na direção do homem deitado de bruços no chão. Alguns segundos depois, vejo minha mãe no meu campo de visão, caindo de joelhos ao lado da pessoa, que se sentou. É o meu pai. Aperto bem meus olhos cheios de lágrimas quando vejo que ele passa um dos braços ao redor dela e se inclina em sua direção.

Mas então uma compreensão ainda mais dolorosa me arrebata. Jake entrou novamente.

Para buscar Shane.

Ele está arriscando a própria vida por um homem como Shane. Porque ele acha que isso é importante para mim.

As lágrimas escorrem livremente agora, sem parar. Eu me sento no chão, cercada por pessoas machucadas, socorristas e mangueiras esticadas, e o meu coração derrete dentro do peito.

— Deus, por favor, por favor, Deus, Deus, por favor. — É tudo o que eu consigo dizer. De novo e de novo e de novo. Cada nervo, cada célula, cada centelha de luz que tenho como humana implora a piedade Dele. E eu observo o vão da porta.

Quando Jake aparece desta vez, ele põe no chão o corpo que está carregando. Quando se vira, tirando o capacete ao fazê-lo, seus olhos procuram os meus. Eu me esforço para me levantar, para que assim ele possa me ver.

E ele me vê.

E espera.

Ele espera por mim.

Como se ele sempre tivesse esperado por mim, talvez.

Como se eu sempre tivesse esperado por ele.

36
Jake

Observo cada passo trêmulo que Laney dá na minha direção. Na *nossa* direção. Shane, o noivo dela, está deitado sobre a grama logo atrás de mim. Se, em algum momento, houve uma escolha que ela tivesse que fazer, o momento é agora. Suas ações terão grande significado. E eu não vou fazer nada para influenciá-la.

Ela se aproxima mais e mais. Meu coração bate mais e mais forte. O que ela vai fazer? O que ela vai fazer?

Quando Laney está a cinco ou seis passos de mim, ela olha para baixo, para Shane, e eu sinto um aperto no peito. Mas então, como se estivesse apenas lhe prestando uma cortesia, Laney se joga em meus braços e esmaga seus lábios nos meus.

Sempre ouvi Jenna e as amigas falarem sem parar sobre todas as diferentes coisas que um beijo pode significar. Agora eu acho que entendo sobre o que elas falavam.

Nesse beijo há uma declaração. E uma aceitação. Nesse beijo há paixão e perseverança, esperança e alegria. Há tudo o que eu sempre precisei e o que eu jamais pensei que iria querer. *É* tudo porque *ela* é tudo.

Todas as vozes, todos os sons, toda a atividade ao nosso redor foi silenciada quando ela se inclina para trás e encara intensamente os meus olhos.

— Você me salvou, Jake.

Dou um sorriso.

— Você me salvou primeiro.

Por alguns instantes, penso em falar tudo bem aqui, em meio à área do acidente. Mas penso melhor quando ouço uma voz à minha esquerda.

— Tudo bem, herói, tinha mais alguém lá dentro? — pergunta Chip.

— Se não tiver mais ninguém, precisamos apagar esse fogo e terminar o serviço.

É típico de um homem interromper um momento tão bom. Tenho vontade de rosnar para ele: "Não está vendo que estou ocupado, colega?"

Mas penso que a minha vida pessoal é que está interrompendo alguma coisa. Estou aqui para trabalhar. Para salvar vidas e apagar um incêndio.

Uma coisa foi feita.

A outra é a próxima.

Ponho Laney no chão e limpo um borrão de fuligem do seu rosto claro com meu dedo enluvado.

— Você está bem? Mesmo?

O sorriso de Laney é amplo e brilhante, e ela concorda com a cabeça enfaticamente.

— Sei que vai soar esquisito, mas eu nunca estive melhor.

Sorrio olhando para ela. Sei exatamente o que Laney quer dizer.

— Preciso terminar aqui. Te encontro depois, tudo bem?

Ela balança a cabeça, concordando de novo, o sorriso intacto.

— Certo, eu vou ver como o papai está.

Ela anda de costas alguns passos, tão relutante em me deixar quanto eu estou em vê-la ir.

— Fique longe deste prédio — digo, enquanto sigo para o lado do corredor, pronto para trocar o capacete. — Está me ouvindo?

Ela concorda de novo e se vira para ir andando até o pai. Dou a volta pela estrutura enfumaçada para chegar até os fundos e acabar logo com isso.

★ ★ ★

Quase seis horas depois, estou a caminho de casa. O chefe convocou quem estava de sobreaviso para ajudar na limpeza, que é uma coisa na qual os departamentos maiores dos bombeiros não se envolvem. Mas Greenfield é uma cidade pequena, e acaba sendo mais um gesto entre vizinhos do que qualquer outra coisa. Com os reforços no local, foi permitido que nós, os primeiros a responder ao chamado, fôssemos para casa, dar uma pausa antes de terminar o plantão.

Meu primeiro pensamento foi ir até Laney, mas talvez não seja a melhor coisa a fazer. Se ela ainda estiver no hospital para ser liberada pelos médicos, juntamente com outras pessoas da igreja (ouvi dizer que a emergência do hospital ficou tomada deles por horas), então não há razão para que eu vá até lá. Se ela estiver em casa dormindo, definitivamente não quero incomodá-la. Então imaginei que o melhor a fazer é aguardar até que amanheça. O que eu tenho a dizer pode esperar até de manhã. Já esperei tanto tempo...

Descendo a estradinha da entrada de casa, os faróis do meu carro encontram um fragmento azul quase invisível por meio das árvores. É quando eu sei que não precisarei esperar. Laney está na minha casa.

Paro o carro ao lado do dela. A casa está escura. Estou imaginando que Laney esteja dormindo, porque está tarde e foi uma noite agitada.

Desligo o motor e saio para pegar minhas coisas na traseira do carro. Dou um pulo ao ouvir uma voz suave vindo do outro lado do Jeep.

— Você demorou muito.

— Puta que pariu! Você me deu um susto!

Laney gargalha. Ela devia estar me esperando na varanda.

Mal consigo enxergá-la naquela noite nublada com uma nesguinha de lua visível. Parece que ela trocou de roupa. Está vestindo algo de tom pastel, e, quando apoia o pé no pneu e sobe no Jeep, eu vejo que também é curto. Mesmo sob a luz fraca, vejo metros e mais metros de perna bronzeada.

Minha pulsação acelera, e não tem relação alguma com ela ter se esgueirado até onde eu estava.

— O que você está fazendo acordada? Imaginei que já estivesse dormindo. Você precisa descansar.

Laney se move para ficar de pé no banco de trás, o pé descalço na almofada e as costas apoiadas na estrutura da traseira do Jeep.

— Quem é capaz de dormir depois de uma noite dessas? — Ela para antes de acrescentar: — E eu não estou falando do fogo.

Lá vamos nós!

Respiro fundo. Eu sabia o que estava por vir. Ceder em relação ao que existe entre nós dois, quer dizer que eu preciso ser sincero com ela. Ela vai esperar por isso. Mas, caramba, não dava para esperar até amanhã?

Por alguns instantes, uma onda de dúvida me atinge. Como ela vai reagir? Alguma coisa vai mudar?

Pondo minha mochila no chão, subo no banco de trás do Jeep, recolocando os pés de Laney no banco, mas entre minhas pernas. Ela pode muito bem ficar confortável. Se vamos conversar, não existe lugar nem tempo melhor que o presente.

37
Laney

Jake acomoda meus pés entre suas pernas e inclina a cabeça para trás. Olhando para ele, só consigo enxergar o rosto sombreado e, às vezes, um brilho da luz refletindo em seus olhos.

Eu não vim até aqui para pressioná-lo. Vim aqui para... para... eu não sei para quê. Para ficar com ele. Para ver se o que aconteceu foi real. Para descobrir o caminho que seguiremos daqui.

Eu vim porque não podia ficar longe.

E porque, mais uma vez, me sinto com esperança. E, desta vez, eu preciso saber se essa esperança é compartilhada.

Mas não quero agir rápido demais. Jake tem seus fantasmas. Seus demônios. Coisas que ele não quis compartilhar. E, como eu não sei que coisas são essas, não posso saber se estou prestes a pisar num campo minado. Isso torna tudo mais complicado. Mas não impossível. Só preciso ser paciente.

É isso que estou dizendo a mim mesma quando ouço Jake suspirar e sinto seus dedos tocarem o peito do meu pé descalço, fazendo círculos, distraidamente e bem devagar.

Estou pensando em como começar, e por onde começar, quando Jake fala. Sua voz é baixa. E distante. Ele está em algum outro lugar no tempo. E, desta vez, está me levando com ele.

— Quando eu era pequeno, antes de Jenna nascer, mamãe e papai costumavam me levar com eles para o pomar quase todos os dias. Às vezes, nós colhíamos pêssegos; às vezes brincávamos de pique-esconde nas árvores enfileiradas. Às vezes, entrávamos nas partes mais rasas do rio. Tomávamos café da manhã, almoçávamos e jantávamos juntos mais vezes do que separados. Mesmo depois que a minha mãe ficou doente, ainda fazíamos muitas coisas juntos. Foi depois de ela engravidar de Jenna que as coisas pioraram muito.

Para minha surpresa, seu tom de voz não carrega amargura. Obviamente, ele não culpa Jenna pelo que aconteceu com a mãe.

— O câncer dela se alimentava de estrogênio e se espalhou como um incêndio enquanto ela gerava Jenna. Depois do parto, mamãe começou a quimioterapia e a radioterapia. Ela levou o tratamento por alguns anos, mas a doença estava sempre alguns passos na frente da cura. Nos seus últimos meses, os médicos só podiam deixá-la confortável. Embora eu fosse bem novo, eu sabia o que estava acontecendo. Acho que eu só não sabia como as coisas seriam diferentes. E qual seria o meu novo papel. — Papai vivia ocupado tomando conta de Jenna e do pomar. Mamãe vivia na cama, então eu ficava meio perdido. Eu passava bastante tempo no quarto com ela. Brincava de colorir no chão do seu quarto ou com os meus carrinhos. Às vezes, nós víamos televisão juntos ou ela lia uma história para mim. Se eu saía de casa para brincar, era sempre sozinho, o que nunca era divertido, então não durava muito tempo. Eu sempre acabava voltando para o quarto da minha mãe. Com ela. Eu vi bem de perto o que ela enfrentou e como estava lamentável.

Arrebatada, ouço Jake com atenção. Meu coração dói de pensar nele criança, e nele homem. Não consigo imaginar como deve ter sido para o pequeno Jake ver a própria mãe passar por tanta coisa e ter de fazer tudo sozinho a maior parte do tempo. Em meio àquilo tudo, cada um se envolveu com a própria vida, e Jake foi posto de lado. Esquecido.

— Não era incomum ela me pedir alguma coisa, *ginger ale*, cubos de gelo, uma toalha, então o dia em que ela me pediu que lhe entregasse um de seus vidros de remédio, não pensei em nada além disso. Acho que, em algum lugar dentro de mim, eu pensei por que o papai tinha começado a deixá-los no armário em vez de ao alcance dela para que tomasse, como sempre havia feito. Mas, aos oito anos, você não pensa em coisas assim de verdade. Então eu não hesitei em pegar os remédios pra ela.

Com o pulso acelerado e o lábio trêmulo, já tenho uma ideia de aonde essa história vai chegar. É tudo o que eu posso fazer para não chorar muito, derramar lágrimas de dor por esse homem que eu amo.

— Ela me fez entregar o seu copo d'água, que ficava sempre na mesinha ao lado da cama. Depois me pediu para subir na cama para que ela pudesse me abraçar. Ela me disse que me amava e que eu sempre seria o seu menino grande e forte, em seguida me disse para ir brincar lá fora até a hora do jantar. E foi o que eu fiz. — A pausa que Jake faz é carregada. Profunda. E assombrada. — Foi a última vez que eu a vi com vida.

Mal consigo engolir com o nó que se formou na minha garganta. A dor em meu peito explode em uma inimaginável onda de compaixão pelas suas próximas palavras.

— Minha mãe teve uma overdose. Ela se matou. Mas ela não se matou por fraqueza ou egoísmo. Ela não se matou para acabar com o *seu* sofrimento. Ela o fez para acabar com o nosso. Uma vez eu a ouvi falando com o papai que ela podia viver com aquilo que precisava enfrentar, mas que partia seu coração ver o que a doença estava fazendo com a gente. Papai lhe disse que estávamos bem, que sempre estaríamos melhor se ela estivesse por perto. Independentemente de qualquer coisa. Mas ela não acreditou. Eu podia ver em seus olhos mais e mais, a cada dia. Ela achava que sua vida estava nos machucando. Então acabou com ela.

Estou fazendo o que posso para que minhas lágrimas escorram em silêncio, para deixar Jake ter esse tempo, sem interrupções.

— Quando meu pai a encontrou, ele me gritou para que subisse a escada. Ele estava sentado no chão, chorando, segurando mamãe nos braços. O vidro de remédios ainda estava em suas mãos. Só consigo me lembrar dele gritando comigo: "Foi sua culpa! Foi sua culpa!" Tentei explicar, mas ele nem me ouvia. Ele me pediu para sair do quarto, não queria olhar na minha cara. Então eu saí. Fui lá para fora de novo por um tempo. Por horas fiquei encarando a porta. Fiquei esperando que ele descesse a escada, mas ele nunca veio. Eu me lembro que anoiteceu e eu estava com tanta fome que fui até a cozinha e abri um macarrão enlatado para mim e para Jenna e nós comemos tudo frio. Nada mais foi como antes depois daquela noite. Jenna completou quatro anos dois dias depois. Papai comprou um bolo e presentes e celebrou como se nada estivesse errado, mas, a cada vez que me olhava, eu podia ver que ele me odiava. Que ele me culpava. Seguimos assim por uns dois anos. Até que eu finalmente tive a coragem de perguntar a ele sobre aquilo. Ele me disse que jamais poderia me perdoar por ter tirado minha mãe dele. Ele disse que havia algo de errado comigo. Ele me disse que eu não sabia amar direito, que eu só machucava as pessoas com as quais eu deveria me importar. Ele também nunca me deixou esquecer. Depois daquele dia, ele só escondia os seus sentimentos de Jenna. De mim, nunca. Papai me culpava por qualquer coisa depois daquilo. Se Jenna caía da bicicleta e ralava o joelho, era minha culpa por não ter tomado conta dela de perto o bastante. Se ela entrava numa briga na escola, era minha culpa por ser um péssimo irmão. Entretanto, ele nunca disse nada disso na frente dela. Ele queria que Jenna tivesse uma vida boa, sem toda a dor que tínhamos enfrentado. E eu também. Eu não queria que a minha irmã se sentisse como eu me sentia na maior parte do tempo. Tentei até mesmo não amá-la. Eu tinha medo, porque, se eu a amasse como tinha amado a mamãe, algo poderia acontecer com ela. Como meu pai havia dito. Então, eu não amei Jenna. E nada de mal nunca aconteceu com ela. Desde cedo eu aprendi que a melhor coisa que eu poderia fazer pelas pessoas de quem eu gostava era me manter longe delas. Me importar o mínimo possível com elas. E funcionou. Não perdi mais ninguém que amava desde o dia em que a mamãe morreu. E meu pai também não.

Deixo um soluço escapar. Aperto a mão sobre a boca para segurá-lo, mas, como a pressão da água numa mangueira, o esguicho acaba saindo.

Quando isso acontece, nada pode controlar a enxurrada. Cubro o rosto com as mãos e me entrego.

Mesmo por trás das mãos, por trás dos meus olhos fechados, vejo a imagem torturada de Jake. Ele aprendeu a não deixar sua dor aparente, mas por esses breves segundos, na noite quieta e sob a luz pálida e prateada do luar, ele me deixa ver. E é quase intenso demais para suportar.

Eu o sinto se inclinar sobre mim e passar os braços pelos meus ombros, acariciando meu cabelo com sua mão grande.

— *Shhhh* — sussurra ele. — Eu não queria chatear você.

Enlaço os braços na sua cintura, deito o rosto em seu peito e choro. Choro por Jake. Do meu íntimo mais profundo e sombrio, eu choro por ele. Por tudo o que ele passou. Por tudo o que ele perdeu. Por uma vida se culpando. E por uma vida perdendo algo tão simples e também tão profundo quanto o amor.

— Meu Deus, Jake, eu sinto muito! Eu sinto muito que você tenha passado por tanta coisa! Ninguém merece isso.

— Agora acabou. Eu só queria que você soubesse quem eu sou. Quem eu era. Mas isso agora faz parte do passado. Não há necessidade de você chorar.

Eu me reclino e observo o seu lindo rosto.

— Você está *me* consolando? — Ponho as duas mãos sobre as bochechas dele. — Se houvesse algum modo de ajudar, algum modo de tirar essa dor de você, eu faria, Jake. Eu faria isso por você. Eu daria tudo para fazer as coisas serem diferentes para você. Você perdeu muito. Tanto amor, tanta felicidade.

Jake segura meu pulso e beija a palma da minha mão, depois sorri um pouquinho.

— Mas isso me fez ser quem eu sou hoje. E hoje eu sou um homem diferente. Por causa de você. — Levantando a mão para roçar o dedo na minha bochecha, os olhos de Jake despejam pedacinho por pedacinho do seu coração no meu. — Hoje eu percebi que não sou a pessoa que acreditava ser. Hoje eu percebi que nem sempre eu machuco as pessoas que eu amo. Hoje eu percebi que preferiria andar pelo fogo, carregando o seu pai, que me odeia, e o seu noivo, que está para se casar com a mulher que eu amo, do que ver você sofrendo por mais um segundo que fosse. Hoje, pela primeira vez na vida, eu senti que poderia amar alguém como esse alguém merece ser amado. Que eu poderia *te* amar do jeito que *você* merece ser amada.

Pegando meu rosto com as duas mãos, ele vira o meu rosto para o dele.

— Laney, eu não mereço você. Eu jamais poderia merecer você. Mas eu posso te prometer que não há outro homem no planeta que vai amar você como eu te amo. Que desistiria da própria vida pela sua felicidade. Que abriria mão do seu mundo inteiro para te ver sorrir. E eu não vou deixar você ir embora sem tentar. Eu vi você indo embora uma vez e isso quase me matou. Não vou deixar que aconteça outra vez.

Estou chorando de novo. Mas agora as lágrimas são de pura alegria. Meu coração chega a estar em combustão, tomado pela mais intensa e avassaladora alegria que jamais imaginei que iria sentir. Nada na minha vida chegou perto disso. E tenho a sensação de que nada jamais chegará.

— Eu te amo, Jake Theopolis — sussurro, espalhando beijos pelo seu rosto todinho. — Eu te amo mais do que qualquer um tem direito de amar outro ser humano. Você está me ouvindo? Me prometa que nunca vai me deixar. Me prometa.

Em meio ao fervor, meus lábios cruzam com os dele. E, como sempre, há uma fagulha. Mas, desta vez, há mais do que isso. Há amor. E sal. E doçura. E há esperança.

E, bem ali, no meio de tudo, há um fogo.

— Nunca — murmura ele de encontro à minha boca, lambendo as curvas dos meus lábios.

Como o fogo na igreja — súbito, explosivo, enfurecido —, tudo o que eu sinto por Jake e tudo o que ele sente por mim vem à tona. Somos mãos e lábios. Somos bocas e línguas. Somos paixão e desespero. E é lindo.

Quando Jake escorrega a mão por baixo da minha saia e puxa minha calcinha, eu procuro a barra do carro atrás de mim, passando meus braços por ela. Ouço ele se atrapalhando com o zíper da calça e, em seguida, ele está me tirando do chão, me comendo, balançando meu corpo contra a barra acolchoada.

Minhas pernas estão enlaçadas em sua cintura e seu sexo grosso e duro está dentro de mim. Jake move meu corpo contra o dele. Sobre o dele. Por dentro dele, parece. E, quando gozo, numa explosão de estrelas brancas e fogo crepitante, eu ouço sua voz rouca e suave quebrar o silêncio. A cada estocada, ele sussurra:

— Eu te amo. Eu te amo. Eu te amo.

Essas três palavrinhas nunca significaram tanto.

38
Jake

Dois meses depois

— Qual é o seu problema, hein? — Jenna pergunta, me cutucando nas costelas com seu cotovelo pontudo.

— Não tem espaço suficiente para nós dois nessa cozinha, caramba! — devolvo.

Estou contente por Jenna ter finalmente superado o luto para poder entrar na casa, mas estamos tropeçando um no outro ao tentar preparar tudo para começar esse almoço ao ar livre.

— Meu Deus, você é tão ranzinza! Quando foi a última vez que Laney dormiu aqui?

— Eu não a vi pela semana toda. Isso responde à sua pergunta?

— Sim. Responde. Somos da família Theopolis. Precisamos da nossa... atenção.

— Eca. Você pode não me deixar enjoado antes do jantar?

— Não sou eu quem está deixando você enjoado. São os seus nervos. Você acha que eu não sei o que está acontecendo, mas eu seeeeiiiii. — Ela se delicia num tom de voz musical.

— E o que exatamente você *acha* que está acontecendo?

— Acho que você convidou o pastor maioral daqui porque vai pedir a mão da filha dele em casamento. E acho que é por isso que você está ranzinza desse jeito. E acho que é por isso que você está tão nervoso. E eu também acho que é a coisa mais fofa do mundo!— Dando um gritinho, Jenna lança os braços ao redor do meu pescoço e beija minha bochecha com um estalo. — Eu espero que ele diga não só para te provocar. E então, quando eu me intrometer para impedir que você lhe dê uma lição, ele vai pedir que você leve a filha dele para o quarto para possuí-la imediatamente, e vocês vão viver felizes para sempre.

Quando ela finalmente se afasta, eu franzo o cenho.

— Que diabos você fumou?

— Ah, qual é! — diz ela, dando um tapa no meu braço. — Você precisa pedir para casar com aquela garota antes que outra pessoa faça isso. Eu nunca vi você assim tão feliz. E você é idiota o bastante para fazer algo estúpido do tipo demorar demais e estragar tudo. Eu não estou suportando isso...

— Meu Deus, Jenna, respira. E fecha essa matraca — digo, num tom de voz mais baixo. — Eles vão chegar a qualquer instante.

— E qual o problema se me ouvirem? Se você não estava planejando pedir...

Ponho a mão sobre a sua boca e resmungo em seu ouvido.

— Certo, você está certa. Agora, por favor, pode calar a boca?

Gritando ainda mais alto, Jenna começa a pular e a bater palmas, animada.

— Obaaaaa! Eu vou ter uma irmãããã!

— Jenna, *shhhhh*! — sibilo. Mas não consigo ficar bravo de verdade com ela. Eu me sinto bem assim por dentro. Só que mais nervoso. E, para dizer a verdade, não estou de forma alguma me sentindo mais nervoso por medo de o sr. Holt dizer não do que por medo de Laney dizer não. Embora ela tenha se aberto e relaxado bastante desde que nos conhecemos, Laney ainda é muito fechada. Ela nunca disse ter alguma reserva em relação a mim ou em relação a nós, mas isso não quer dizer que não esteja nutrindo alguma coisa do tipo. E não há momento melhor que um pedido de casamento para fazer alguém começar a considerar as coisas, pesá-las. Vê-las por todos os ângulos. Ver todas as suas quinas pontudas.

Para mim, a ideia de passar o resto da vida com Laney me deixa feliz. Mais feliz do que já me senti nesta vida. É ela o que eu quero da vida. E fico mais certo disso a cada dia que passa. Com o tempo, em vez de descobrir coisas de que não gosto ou que me enlouquecem, eu acho que a amo ainda mais. Quanto mais eu sei sobre ela, mais descubro o que tem para amar.

Ouço Einstein latindo e meu pulso acelera. Jenna se vira para mim com seus olhos arregalados e sussurra:

— Ele chegou.

Tenho certeza de que *é* o sr. Holt. De propósito, informei a ele e à mulher um horário um pouco mais cedo do que o dito às demais pessoas. Eu sabia que ia querer resolver isso logo em vez de me preocupar o tempo inteiro.

Respiro fundo e olho para minha radiante irmã.

— Me deseje sorte.

Seus olhos começam a lacrimejar quando ela responde:

— Você não vai precisar. Eu sempre acreditei que você merecia toda a felicidade do mundo, mesmo quando você não merecia.

Eu me interrompo a caminho da porta, olhando de volta para minha irmã.

— Jenna, eu... — Eu nem mesmo sei o que dizer a ela, como explicar o que estou sentindo. — Eu te amo.

Em todos os nossos anos juntos, eu nunca disse isso a Jenna. Espero que ela perceba o significado de tudo, ainda que não compreenda totalmente. Eu quero que Jenna saiba que é importante para mim, tendo eu demonstrado isso ou não.

— Eu sei. — Ela respira, trêmula. — Só estou feliz por você ter se libertado do que quer que estivesse te segurando por esses anos todos. Não vou fingir entender, mas estou feliz que você não esteja mais se escondendo. Você merece muito mais que isso.

Num impulso, volto para beijar sua bochecha.

— Agora, não diga nada para me constranger. E, pelo amor de tudo que há de mais sagrado, cuidado com essa boca suja.

Jenna dá uma fungada alta e joga o cabelo sobre o ombro.

— Não vou parar de xingar por causa de ninguém. — Então lanço o mais duro dos olhares para ela. Ela suspira e sorri, com doçura. — A não ser por você. Só dessa vez.

— Melhor. Agora fique invisível. Eu preciso praticar o meu charme.

Ela provavelmente acha que não estou mais ouvindo, quando estou saindo da cozinha e ela sussurra:

— Arrasa, Jake.

E é o que eu faço.

39
Laney

Meu bolso parece pesado. Eu me sinto torta, como se tudo em mim estivesse se inclinando. Se inclinando e sem fôlego.

Nunca estive tão nervosa. E também nunca estive tão certa.

Ao longo dos últimos dois meses, Jake e eu conversamos sobre todo tipo de coisa — nossas esperanças e nossos sonhos, nossos medos e desafios, nossos planos e propósitos. Ouvi-lo dizer que quer as mesmas coisas que eu quero, uma por uma, foi a revelação mais incrível da minha vida. É como se os sonhos que eu tinha desde pequena estivessem na mira, mas faltava um ingrediente vital: o homem perfeito para dar uma balançadinha neles.

Sim, ainda quero me casar. Sim, ainda quero ter uma família. Sim, ainda quero um lugar para ter raízes e chamar de casa. Sim, ainda quero um amor que fique melhor conforme formos envelhecendo. Ainda quero todas essas coisas. Mas agora elas têm uma cara. Todas elas. Todas giram em torno de Jake.

Ele pegou todas essas coisas e fez delas *nossas*, não apenas minhas. E Jake trouxe para elas a sua marca rebelde e especial. Eu nunca quis viajar e experimentar coisas novas na vida, mas agora eu quero. Quero voar até lugares desconhecidos e dar saltos em queda livre com Jake ao meu lado. Quero velejar nas águas quentes do Mediterrâneo e voar de asa-delta sobre florestas tropicais. Quero fazer tudo isso. E depois quero voltar para casa, para a vida que construímos, sentar em frente à lareira nas noites frias de inverno e mergulhar nua no rio nas noites quentes de verão.

O que estava faltando na minha vida era Jake.

Tudo começa e termina com ele.

Espero somente que ele se sinta da mesma forma em relação a mim.

Estou sempre esperando...

40
Jake

Guio os Holt até o meu quintal. Jenna aparece em segundos, com um imenso sorriso. Reviro os olhos mentalmente. Ela é péssima em guardar segredos!

— Posso buscar um pouco de limonada para vocês dois?

— Seria ótimo — diz a sra. Holt. O sr. Holt concorda com a cabeça.

— Essa é minha irmã, Jenna. Jenna, os pais de Laney, sr. e sra. Holt.

— É um prazer conhecê-los — diz ela, vividamente, e depois desaparece para buscar a limonada.

— Que belo lugar você tem aqui. Fez um bom trabalho mantendo-o depois da morte de Cris — diz o sr. Holt. Tenho certeza de que, para alguém como eu, esse é o maior dos elogios.

— Obrigado, senhor. Gostaria de ir até a frente do pomar? Fica bem próximo da cerca que circunda a casa.

Quase posso senti-lo suspirar.

— Claro.

Muito animado.

Digo ao pastor coisas que ele provavelmente já sabe enquanto andamos do quintal nos fundos até a cerca de madeira que marca o perímetro da parte leste do pomar. Quando paramos lá, eu começo logo a falar sobre a operação do pomar, só para ter algo a dizer. Mas me interrompo. Minha paciência é curta. Isso não está ajudando. Então, vou direto ao assunto.

— Eu gostaria de conversar sobre um assunto, sr. Holt.

A pausa que ele faz é longa.

— E o que seria?

Ele se vira e encosta na cerca, cruzando os braços e estreitando os olhos na minha direção. Ansioso, mastigo o palito de canela entre meus dentes. Depois, pensando que ele pudesse ver isso — meu nervosismo — como um sinal de fraqueza, tiro o palito da boca e jogo no pomar.

— Veja bem — digo, passando os dedos pelo cabelo —, nós dois sabemos que eu nunca tive a melhor reputação nesta cidade. E, para ser justo, eu mereci a maior parte dela. Mas eu não trouxe o senhor aqui para tentar explicar o meu passado. Trouxe para falar sobre a sua filha, sr. Holt. E sobre o nosso futuro — explico, deixando meus pensamentos irem até Laney e tudo o que ela significa para mim. — A melhor forma de descrever o que Laney representa para mim é dizer que ela tem sido como *vida*. Por razões nas quais não vou me aprofundar, eu não estava totalmente vivo antes de conhecê-la. Eu não tinha ideia do que estava perdendo até estar com ela. Ela me amou sem que eu fizesse qualquer coisa para merecer. E, embora eu não me veja sendo bom o bastante para ela, posso lhe prometer uma coisa: vou amar Laney e cuidar dela mais do que qualquer outra pessoa na face da Terra. E isso inclui você. Ela é tudo de bom que eu tenho. Ela é tudo que eu poderia querer. Ela é tudo que eu poderia esperar conquistar na vida. E até o meu último suspiro vou garantir que ela esteja feliz. Não existe mais ninguém para mim, senhor. Laney me deu uma chance quando mais ninguém daria. Ela viu alguma coisa em mim que nem eu mesmo vi. Espero que o senhor possa fazer o mesmo. E, com a sua permissão, eu gostaria de pedir a mão dela em casamento.

Estou exausto. Se não estivesse esperando uma resposta e se não fosse extremamente grosseiro, eu daria meia-volta e entraria em casa para abrir uma cerveja. Porém, como o meu futuro é incerto, acho que não é uma boa ideia.

— Sabe, um pai sempre quer o melhor para os seus filhos. Segurança, proteção, amor. O melhor de tudo. Mas, às vezes, não conseguimos enxergar as coisas com tanta clareza quanto achamos que enxergamos. Sou homem o bastante para admitir que eu lamentavelmente julguei você mal. Isso foi errado e não há desculpa. Você provou ser um homem melhor quando me tirou daquele incêndio somente para ver a minha filha sorrir de novo. Parece que eu parei de ensinar a Laney como ser uma boa pessoa, como ter sucesso na vida, muito tempo atrás. Na verdade, ultimamente *ela* é quem tem *me* ensinado. Com você, ela me lembrou que se deve olhar o coração de uma pessoa e nada além disso. Jake, independentemente do seu passado, eu sei que você faz a minha filha feliz. E acredito que você a ama. Não consigo entender como alguém pode *não* amá-la. Mas estou cansado de tentar forçá-la a fazer o que eu acho que está certo. Estou aprendendo que ela é inteligente o bastante para perceber o que é melhor para ela. E vou ficar ao lado dela, seja o *que* for e *quem* Laney escolher para a vida.

O sr. Holt se afasta da cerca e começa a andar, passando por mim. Ele para quando nossos ombros estão lado a lado — ele de frente para a casa, eu de frente para o pomar —, e se vira para me dar um tapinha nas costas.

— E, desta vez, eu concordo com ela. — Com um aceno de cabeça e um sorriso, ele se afasta mais alguns passos de mim e depois olha para trás, como se estivesse esperando. Dou um suspiro e caminho até chegar ao seu lado, e nós andamos juntos para a casa. Juntos. Em silêncio. Em um perfeito silêncio.

41
Laney

O almoço ao ar livre transcorreu sem percalços. Meus pais aparentavam estar felizes e flexíveis, o que é extremamente importante para mim, em se tratando de Jake. Na minha opinião, ele deveria ter o respeito de cada morador desta cidade pelo que fez na noite do incêndio. Mas não estou preocupada com a cidade inteira. Estou preocupada com papai. Eu o odiaria se ele me fizesse escolher entre Jake e ele.

Ele ficaria decepcionado com a minha escolha.

Mas parece que isso talvez não aconteça, se a noite de hoje for algum indício. Agora os pratos estão lavados, meus pais foram embora e Jenna está na varanda da entrada, esperando seu noivo chegar.

E por alguns minutos eu tenho Jake somente para mim.

Sinto meu nervosismo voltar com tudo.

Estamos deitados na rede dos fundos. Jake está mascando seu palito e bebendo uma cerveja. Parece nojento, mas é algo que considero adorável agora. Jake só faz o que quer. Ele anda de acordo com o ritmo que estiver ouvindo e gostando no momento. E eu amo isso nele.

Eu me inclino sobre ele, olhando para seu rosto. Os olhos dele estão fechados, os lábios curvados num meio sorriso.

— Jake?

— Laney?

Abro um sorriso.

— Você estava falando sério quando disse que via a si mesmo vivendo aqui?

Ele abre um olho só.

— Por que você quer saber?

Ai Deus, ai Deus, ai Deus! Lá vou eu!

Eu me obrigo a me sentar, fazendo a rede balançar perigosamente.

— Você nunca ouviu a expressão é melhor um pássaro na mão do que dois voando? — pergunta Jake, na borda da rede para não cair.

— É claro. Que bom que não é sobre isso que estamos falando — digo, com uma risadinha. Jake também sorri. — Mas eu imaginei. Você também? Eu tô falando sério.

— Sim, por que você está perguntando isso?

Limpo a garganta, e minha mão escorrega para inconscientemente procurar o meu bolso. Nem percebo o que estou fazendo até ver que os olhos de Jake seguem o meu movimento. Ele franze o cenho, mas não diz nada.

— Você quer dizer aqui, nesta cidade? Ou aqui neste lugar? No pomar?

Jake dá de ombros.

— Qualquer um deles, eu acho. Mas acho que seria meio legal passear pelo pomar, ficar por aqui. Mas ainda existem algumas coisas para fazer com Ellie antes de saber que este lugar é meu para sempre. Por quê? — pergunta ele de novo.

— E se eu te dissesse que posso fazer isso acontecer? Você ficaria bravo?

— Bravo? Claro que não. Acabei de falar que eu adoraria que fosse assim. Por quê, Laney? Aonde você quer chegar?

Jake está ficando impaciente e eu não quero estragar este momento, então saio da rede e fico de pé, secando as palmas molhadas da minha mão no jeans.

Ele se senta na rede e me olha, curioso. Por alguns segundos, eu me perco em seus cálidos olhos cor de mel. Mas então me lembro do motivo de estar nervosa, do que deveria estar fazendo.

— A sua tia foi ao escritório alguns dias atrás. Talvez eu tenha conversado com ela. E talvez eu a tenha convencido a assinar os papéis que deixam o pomar para você. Tudo. Para sempre. Ela não tem interesse financeiro ou legal, seja o que for.

Ele ri. O tipo de risada que demonstra que Jake está satisfeito, mas sem palavras.

— Uau! Você tá falando sério?

Eu concordo com a cabeça, mordendo o lábio.

— Isso é ótimo! Como você conseguiu?

Resisto ao impulso de chutar a terra ou brincar com os dedos.

— Talvez eu tenha ou não exagerado ao falar sobre o trabalho que você vai ter com o pomar para mantê-lo em funcionamento. Talvez eu tenha ou não exagerado um pouquinho sobre as despesas para tocar e manter o terreno agora, que está de volta ao seu tamanho original. Talvez eu tenha ou não exagerado sobre o número de empregados que ela teria que contratar para a colheita do próximo ano. E talvez eu tenha ou não exagerado sobre a quantia que ela teria que investir do próprio bolso para enfrentar somente a primeira colheita antes de *talvez* ter algum lucro.

Jake tem um sorriso orgulhoso e satisfeito no rosto.

— E você fez isso por mim? — *A minha deixa.*

Não digo nada por alguns segundos. E também não me mexo. Estou completamente congelada, imaginando se ultrapassei os limites.

Mas preciso correr o risco. Jake vale a pena. Vale tudo isso e mais. Ele vale tudo.

Fico de joelhos diante dele, puxando o anel do meu bolso. Deixo o cabelo escorregar e tapar uma parte do meu rosto, enquanto ponho as alianças lado a lado sobre a palma da mão.

— Um dia, há algumas semanas, eu estava ajudando o papai a limpar os destroços do salão de eventos e vi uma coisa reluzir sob a luz do sol. Estava soldada a um pedaço de concreto que foi atingido pelo fogo. Peguei uma pedra e cavei até que se soltasse. Mas enterrado ali, ao lado deste, havia outro anel. Duas alianças de ouro. — Paro e inspiro profundamente, dando uma olhada de relance na expressão de Jake antes de continuar. Tenho a completa atenção dele. E ele ainda não saiu correndo. Acho que é um bom sinal. — Papai me viu olhando para as alianças. Eu lhe disse onde as tinha encontrado. Ele sorriu, mas não disse nada por um longo tempo. Mas, assim que começou a falar, me contou que, quando ele minha mãe se casaram, havia uma antiga igreja onde agora é o salão. Ela também pegou fogo e meu pai comprou o terreno vazio assim que recebeu o convite para ser pastor. Ele queria construir uma igreja lá atrás. Disse que ele e a mamãe costumavam ir até ali para sentar no chão onde a igreja ficava e onde a nova igreja deveria estar um dia, e eles conversavam sobre o futuro, seus planos, sobre a igreja, a vida e a família dos dois. Anos mais tarde, quando a fundação estava úmida, papai comprou alianças novas para ele e minha mãe, e então eles voltaram até o terreno da nova igreja e puseram as alianças antigas no concreto. Empurraram-nas bem fundo enquanto o concreto ainda estava mole. Ele disse que estava plantando uma semente em terreno sagrado em nome da saúde, da alegria e da prosperidade da sua família e da sua igreja.

Ponho a mecha de cabelo atrás da orelha e levanto a cabeça na direção de Jake, encarando seus olhos do modo mais corajoso que consigo.

— Eu sei que, na noite em que a igreja pegou fogo, você pensou que eu me casaria com outra pessoa. Mas, desde então, você viu que não era isso. De certo modo, eu sinto como se aquele fogo tivesse queimado tudo que estava entre nós dois, como se o fogo tivesse limpado o ar e pavimentado o caminho para que simplesmente nos amássemos. Do jeito que não podíamos fazer no começo. Do jeito que duas pessoas devem se amar. Para sempre. — Sinto as lágrimas escorrendo e não posso mais controlar. Minha voz está trêmula quando pergunto: — Jake, quer se casar comigo? Eu sei que é loucura a garota pedir a mão, mas eu tenho medo de passar mais um dia sem que você saiba que eu juro te dar a minha vida bem aqui, neste lugar, bem aqui, neste momento, se eu puder. Você é a única coisa neste mundo que me deixa feliz. Sem você, não há... não há... não há nada. Você é tudo para mim. E eu quero passar o resto da minha vida te mostrando o quanto eu amo você.

É tudo que consigo dizer antes de começar a chorar como uma menininha de dois anos de idade que perdeu seu bichinho de estimação.

Ouço um estalo na rede e então sinto os braços fortes e quentes ao meu redor. Jake me puxa para perto e sussurra no meu cabelo.

— Você roubou as melhores falas.

Eu me reclino para olhar para ele. Ele tem um sorriso lindo, perfeito e feliz só para mim.

— Isso é um sim?

— Não. É um grande sim!

As lágrimas escorrem pelas minhas bochechas, num jorro de alegria e alívio.

— Eu não sei se vai servir. Ou se você vai querer usar, mas...

— Se não servir, nós as colocamos num cordão e usamos no pescoço. Vai ser uma lembrança dos dias mais felizes da minha vida e eu nunca vou deixar a minha aliança. Assim como nunca vou deixar você.

Parece que o meu coração derreteu e saiu percorrendo todo o meu corpo, me deixando quente e mais satisfeita do que jamais me lembrei ter estado.

— Por favor, não, não me deixe — digo, respirando contra sua pele enquanto pressiono a boca no seu pescoço.

— Você não precisa se preocupar com isso. Eu não sobreviveria sem você. E eu nem quero tentar. Você me faz ser o tipo de homem que eu sempre quis ser. Você me faz ser melhor. Sem você eu não sou nada.

— Mas, para mim, você é tudo.

— É só uma prova.

— Prova do quê?

— De que o amor *é mesmo* cego.

— Não este amor! Eu vejo com muita clareza. E amo o que eu vejo.

— Bom, se você me der alguns minutos, posso te dar muito mais para ver — diz Jake, e de repente seu sorriso é divertido. Ele fica de pé, me levantando ao mesmo tempo nos braços, e a temperatura sobe alguns milhões de graus.

— Alguns minutos? Você só precisa disso?

— Ah, não! Você não me fez uma pergunta dessas! Desafio aceito.

Me jogando sobre o ombro, Jake sai correndo até a porta de trás.

— Jake, pare!

— É melhor aproveitar bastante essa palavra, meu amor, porque é a última vez que vai dizê-la por um período bem longo.

Dou um gritinho quando ele escancara a porta, corre pela cozinha e sobe a escada dois degraus por vez.

Ele nem precisava se preocupar comigo pedindo para ele parar. Nunca vou deixar de querer que ele me ame.

Impresso no Brasil pelo Sistema Cameron da Divisão Gráfica da
DISTRIBUIDORA RECORD DE SERVIÇOS DE IMPRENSA S.A.